W0366101

Christian Grawe

»Darling Jane«

Jane Austen. Aquarell von ihrer Schwester Cassandra Austen, um 1810

Christian Grawe

»Darling Jane«

Jane Austen – eine Biographie

Mit 25 Abbildungen

Reclam

Meiner Frau Ursula gewidmet:
Wir haben Jane Austen gemeinsam erobert.

MIX
Papier aus verantwortungsvollen Quellen
FSC® C014496
www.fsc.org

RECLAM TASCHENBUCH Nr. 20477
2010, 2017 Philipp Reclam jun. GmbH & Co. KG,
Siemensstraße 32, 71254 Ditzingen
Umschlaggestaltung: Anja Grimm Gestaltung,
unter Verwendung des Farbkupferstichs »Rose / Anémone / Clématite«
von Victor nach Pierre-Joseph Redouté (1759–1840). akg-images
Druck und Bindung: GGP Media GmbH, Karl-Marx-Str. 24, 07381 Pößneck
Printed in Germany 2017
RECLAM ist eine eingetragene Marke
der Philipp Reclam jun. GmbH & Co. KG, Stuttgart
ISBN 978-3-15-020477-1

Auch als E-Book erhältlich

www.reclam.de

Inhalt

Einleitung

Jane Austens sechs Romane *Verstand und Gefühl, Stolz und Vorurteil, Mansfield Park, Emma, Kloster Northanger* und *Überredung* haben endlich auch in Deutschland eine breitere Leserschaft gefunden. Da steigt das Interesse, die Autorin hinter ihren Büchern zu finden, sich eine Vorstellung von ihrer Stellung in der Literaturgeschichte zu machen und die Gründe für ihre außerordentliche Beliebtheit zu erfahren.

In der englischsprachigen Welt sind ihre Bücher in unzähligen Leinen- und Taschenbuchausgaben mit und ohne Illustrationen verbreitet und fehlen in kaum einem Jahr im Abiturkanon. Sie haben als Filme und Fernsehserien – etwa die sechsteilige Folge nach *Mansfield Park* – ein weltweites Publikum gefunden. Jane Austens bekannteste Gestalten sind in England sprichwörtlich. Schon Ende des 19. Jahrhunderts nannte man in manchen Familien einen überschwenglichen Dankbrief nach dem überkandidelten Pfarrer in *Stolz und Vorurteil* einen »Collins«. Ständig werden ihre Romane von der Literaturwissenschaft neu beschrieben, gedeutet, verglichen. Jedes Jahr werden neue Doktorarbeiten über sie angefertigt. Jeder erhaltene Brief, den Jane Austen geschrieben, jedes Dokument, das sich auf sie und ihre Familie bezieht, ist veröffentlicht worden. Die Bibliographie über Jane Austen enthält allein für die Jahre 1952 bis 1972 über 800 Einträge. Jane Austen ist einer der am intensivsten erforschten Schriftsteller der englischen Literaturgeschichte und nach dem Verblassen von Walter Scotts Ruhm der einzige wirklich viel gelesene Autor vor der Viktorianischen Zeit. Sie ist konkurrenzlos der beliebteste Klassiker Großbritanniens.

Die Briefmarken von 1975

Aber nicht allein dies: Es gibt eine Jane-Austen-Gesellschaft. Zu Janes 200. Geburtstag 1975 erschien eine Serie Briefmarken in Großbritannien. Ihre drei Romanfragmente sind in den letzten zehn Jahren von modernen Autorinnen zu Ende gesponnen worden. 1984 ist Jane Austen in Barbara Ker Wilsons (leider allzu naivem) Buch *Jane Austen in Australia* sogar zur Romanheldin auf dem fünften Kontinent geworden. 1986 hat die englische Autorin Judith Terry den Roman *Mansfield Park* unter dem Titel *Abigail's Part; or Version and Diversion* (*Abigails Rolle; oder eine unterhaltsame Variante*) aus der Perspektive eines Dienstmädchens im Haus von Sir Thomas Bertram neu erzählt. Es gibt

Tassen mit Jane Austens Schattenriss und Postkarten mit ihrem Porträt. Das Haus in Chawton, wo sie gelebt und ihre Bücher geschrieben hat, das Haus in Winchester, wo sie gestorben ist, und die Kirche, wo sie begraben liegt, sind literarische Wallfahrtsorte.

Der englische Dichter Alfred Tennyson fuhr 1867 in das südenglische Seebad Lyme Regis, um die Stelle auf der Mole zu sehen, wo Louisa Musgrove in Jane Austens *Überredung* die Treppe hinunterfällt. William Allingham, der ihn begleitete und das Ereignis in seinem Tagebuch festhielt, las ihm an Ort und Stelle dann das entsprechende zwölfte Kapitel des Romans vor. 1870 berichtete James Edward Austen-Leigh, einer seiner Freunde benutze die Frage, ob jemand Jane Austen mag, als Test für die Einsichtsfähigkeit einer Person. 1926 veröffentlichte Rudyard Kipling, der heute allenfalls noch durch sein *Dschungelbuch* weiter bekannt ist, eine Kurzgeschichte mit dem Titel *The Janeites* (*Die Janiten*), in der englische Offiziere, die begeisterte Anhänger Jane Austens sind, im Ersten Weltkrieg an der französischen Front einen einfachen Soldaten zur Lektüre ihrer Romane veranlassen. Außer dem Soldaten, der die Geschichte im Rückblick erzählt und dem ihre Gestalten Modelle der Wirklichkeit geworden sind, werden sie alle im Krieg getötet. Seitdem sind die Begriffe »Janeites« und »Anti-Janeites« in England für Verehrer und Gegner Jane Austens eingebürgert. Die Erzählung ist nur *ein* Dokument für die besondere und persönliche Beziehung, die sich über das Literarische hinaus immer wieder gerade zwischen dieser Autorin und ihren Lesern herstellt. Jane Austen ist mehr als eine Klassikerin der englischen Literatur. Jane Austen ist eine Kultfigur.

In Deutschland war sie, soweit ihre Bücher überhaupt verfügbar waren, lange ein Geheimtip. Das hat sich geändert, seit ihre Romane – von 1977 bis 1984 – im Reclam Verlag zum erstenmal vollständig in deutscher Übersetzung erschienen sind. Der Verfasser der Biographie ist seit der zufälligen Lektüre der ersten Seite von *Stolz und Vorurteil* vor vierzig Jahren ein »Janeite«. Alle Zitate aus Jane Austens Romanen sind den Ausgaben im Reclam Taschenbuch entnommen; die Seitenzahl in Klammern verweist jeweils auf die entsprechende Stelle.

Jede Darstellung von Jane Austen steht vor der Schwierigkeit, dass das biographische Material keineswegs reichhaltig, ja für bestimmte Perioden ihres Lebens geradezu dürftig ist. Das hat mehrere Gründe. Der außerordentlichen Beliebtheit ihrer Bücher heute, ihrem überwältigenden Nachruhm, der sie selbst zweifellos sehr überrascht hätte, steht die Anonymität ihres Daseins als scharfer Kontrast gegenüber. Sie lebte zurückgezogen im Kreis ihrer Familie in der englischen Provinz und kannte keine einzige literarische Persönlichkeit ihrer Zeit. Ihre Bücher erschienen anonym. Nicht einmal ihre weitere Familie wusste, dass sie Schriftstellerin war. Sie ließ die Blätter, auf denen sie ihre Manuskripte schrieb, unter ein Löschblatt gleiten, wenn jemand das Zimmer betrat, und unternahm nichts gegen das Quietschen der Zimmertür, weil es sie rechtzeitig warnte. Eine ihrer Nichten nahm in ihrem Beisein einen ihrer Romane in einer Buchhandlung in die Hand und legte ihn mit einer abfälligen Bemerkung über den Titel wieder auf den Tisch zurück. Ihr ältester Neffe fiel aus allen Wolken, als er drei Jahre vor ihrem Tod erfuhr, dass *sie* die Romane geschrieben hatte, die er so bewunderte, und er machte ihr sein Kompliment in einem reizenden Scherzgedicht, in dem er seinen Schreck über die Enthüllung ihrer Autorschaft mit dem des Schweins unterm Fleischermesser vergleicht und hofft, der Prinzregent werde sie nun heiraten, falls seine Frau sterben sollte.

Gerade als sie berühmt zu werden begann und der Schleier ihrer Autorschaft sich lüftete, starb sie im Alter von nur 41 Jahren. Es gibt nur ein einziges authentisches Porträt von ihr – eine flüchtige Skizze, die ihre Schwester in Pastell entworfen hat und die nach Aussagen ihrer Verwandten nicht sehr treffend ist. Nach diesem Aquarell wurde dann 1870 der Kupferstich für James Edward Austen-Leighs Biographie seiner Tante (s. u.) im viktorianischen Geschmack angefertigt, die den Umschlag des vorliegenden Bandes schmückt.

Obwohl ihre sieben Geschwister sie zum Teil um Jahrzehnte überlebten, haben auch sie aus dem Leben Janes, deren Zurückhaltung sie kannten, aus Diskretion nichts veröffentlicht. Ja, ihre einzige Schwester hat in der Befürchtung, dass Persönliches doch an die Öffentlichkeit gelangen könnte, einen Teil ihrer Briefe ganz vernichtet und andere von Intimem, Unliebsamem und Indiskretem gereinigt, indem sie einzelne Zeilen mit der Schere daraus entfernte. Die Äußerungen Jane Austens gerade während persönlicher Krisen oder Zeiten besonderer seelischer Belastung sind daher unwiderruflich verloren. Nur der indiskreteste ihrer Brüder, Henry Austen, gab den beiden aus dem Nachlass herausgegebenen Romanen kurz nach dem Tod seiner Schwester eine biographische Notiz von mehreren Seiten bei, die zwar für die Öffentlichkeit stilisiert ist, aber doch aus unmittelbarer Nähe und intimer Kenntnis Jane Austens stammt. Henry war ihr Lieblingsbruder.

Die meisten Augenzeugen starben, ohne der Nachwelt ihr Wissen und ihre Eindrücke von Jane Austen zu hinterlassen. Erst als in der zweiten Hälfte des 19. Jahrhunderts ihre Bücher immer beliebter wurden und ihr Ruhm sich immer weiter verbreitete, sammelten die nachfolgenden Generationen der Austens alles, was sich über Jane noch finden und erfahren ließ, und veröffentlichten es zwischen 1870 und 1913 in mehreren die Grundlage der Jane-Austen-Forschung bildenden Bänden. Sie wurden zwar nicht mehr von Familiendiskretion, aber dafür von viktorianischen Vorstellungen der Wohlanständigkeit geleitet. Manches wurde deshalb zurückhaltender behandelt, als dem heutigen Wahrheitsbedürfnis lieb ist, und so liegen das Leben der Schriftstellerin und ihre Ansichten über ihre Kunst zum Teil für immer im dunkeln. Dass sich um sie allerlei Mythen ranken, ist bei dieser Quellenlage nicht verwunderlich. Auf welches Material kann sich eine Biographie Jane Austens stützen?

(1) Überlebt haben in ihrer kleinen, ungewöhnlich gepflegten und leserlichen Handschrift 153 Briefe, von denen fast hundert an ihre Schwester gerichtet sind. Erst in den letzten drei Lebensjahren ist die Zahl der Adressaten größer und daher der Eindruck von Jane Austens Persönlichkeit weniger einseitig. Die Briefe wurden zum größten Teil in der Lebensbeschreibung Jane Austens von ihrem Neffen James Edward Austen-Leigh (*A Memoir of Jane Austen*, 1870), in der Briefausgabe ihres Großneffen Edward Lord Brabourne (1884) und in der Biographie ihrer beiden Seeoffiziers-Brüder durch die Nachkommen des einen von ihnen (1906) veröffentlicht. 1932 hat der Philologe R. W. Chapman alle erhaltenen Briefe in einer bis heute nicht überholten kommentierten Ausgabe herausgegeben.

Aber so dankbar man für diese erhaltenen Briefe sein muss, so wenig erschöpfend sind sie auch. Der erste Brief stammt von 1796, also aus Janes 21. Lebensjahr, so dass es aus ihrer Kindheit und Jugend keinerlei eigene Aussagen von ihr gibt. Zudem gibt es zwischen den brieflichen Äußerungen große zeitliche Lücken, einmal weil die beiden Schwestern den größeren Teil ihres Lebens zusammen verbrachten und daher häufig keine Veranlassung bestand, einander zu schreiben; zum anderen weil Cassandra offenbar für einige Lebensabschnitte die Briefe vernichtete. So fehlen etwa Briefe zwischen September 1796 und April 1798, Mai 1801 und September 1804, August 1805 und Januar 1807, Juli 1809 und April 1811, Juni 1811 und November 1812, und von 13 der insgesamt 21 Jahre sind nur ein, zwei oder drei Briefe überliefert. Die brieflichen Äußerungen Jane Austens erhellen also ihr Leben nicht gleichmäßig, sondern beleuchten daraus in Abständen nur einzelne Phasen

Obwohl diese Briefe für den Jane-Austen-Biographen außerordentlich reiches Material enthalten, sind manche Leser von ihnen enttäuscht, weil es sich dabei um Familienbriefe handelt und sie selten Themen außerhalb des häuslichen Lebensrahmens der Autorin berühren. Über die großen Begebenheiten der Zeit, über kulturelle Ereignisse, ihre Lektüre und Schriftstellerei spricht Jane Austen nur ganz gelegentlich. Erst in den letzten Jahren ihres Lebens tauchen in den Briefen an ihren ältesten Neffen James Edward und ihre älteste Nichte Anna, die beide in jungen Jahren literarische Ambitionen hatten, und an den Bibliothekar des Prinzregenten Bemerkungen über das Romanschreiben und ihr Verständnis von Literatur auf. Was die Briefe trotz dieser Einschränkungen zur so erfreulichen Lektüre macht, sind die Menschlichkeit, die aus ihnen spricht, der Einblick in das englische Provinzleben um 1800 und der unverwechselbar heiter-ironische Jane-Austen-Ton.

(2) Die Manuskripte ihrer meisten Romane sind nicht erhalten; Entwürfe, Skizzen und Studien sind außer einem ausgeschiedenen Kapitel von *Überredung* nicht vorhanden. Wohl aber gibt es die Sammlung ihrer Jugendwerke, die sie selbst säuberlich in drei Hefte abgeschrieben und zum Teil

datiert hat. Sie vermitteln einen höchst lebendigen Eindruck von der Entwicklung der Schriftstellerin Jane Austen, die ungefähr in ihrem zwölften Lebensjahr zu schreiben anfing. Diese frühen Versuche sind noch heute zum Teil wegen ihres Humors und parodistischen Geschicks ein Lesevergnügen.

(3) Die Bücher oder Aufzeichnungen ihrer Neffen und Nichten und deren Kinder und Enkel, die ab 1870 unter Verwendung von Familienbriefen und -dokumenten erschienen, haben die Kenntnis von Jane Austens Leben erheblich bereichert. Ihre Verfasser und Verfasserinnen, Nachkommen von dreien ihrer sieben Geschwister, kannten die Schriftstellerin oder doch einige ihrer Geschwister – Cassandra lebte bis 1845, ihr Bruder Francis sogar bis 1865 – noch persönlich oder waren jedenfalls mit den Familientraditionen vertraut. Das heute wichtigste dieser Werke aus dem Familienkreis ist *Jane Austen. Her Life and Letters. A Family Record* (1913, *Jane Austen. Ihr Leben und ihr Werk. Eine Familienchronik*) von William und Richard Arthur Austen-Leigh, Sohn und Enkel des ersten Biographen, James Edward Austen-Leigh, einem Sohn von Jane Austens Bruder James. Das Buch verarbeitet die früheren Veröffentlichungen und stellt daher, da später kaum neue Quellen zutage gekommen sind, die an glaubwürdigen Informationen und an Fülle des Materials reichhaltigste Lebensbeschreibung Jane Austens dar. Sie wird allerdings von dem erwähnten früheren Werk *A Memoir of Jane Austen. By her Nephew* (1870, *Erinnerungen an Jane Austen. Von ihrem Neffen*) an schriftstellerischem Geschick und Atmosphäre weit übertroffen.

R. W. Chapman, der Jane Austens Werke und Briefe zwischen 1923 und 1954 in der heute autoritativen Ausgabe herausgegeben hat, hat in seinem Buch *Jane Austen. Facts and Problems* (1948, *Jane Austen. Tatsachen und Probleme*) auch einen kompetenten Abriss der Probleme der Jane-Austen-Forschung gegeben. Auf Englisch ist zudem eine ganze Reihe von neueren Biographien Jane Austens verfügbar. All diesen Büchern verdankt der deutsche Biograph Fakten und Anregungen.

Erstes Kapitel

Steventon 1775–1801

I

Jane Austens Lebenszeit umfasst eine der ereignisreichsten und turbulentesten Epochen der europäischen Geschichte. Sie wurde am 16. Dezember 1775 geboren und starb mit nur 41 Jahren am 18. Juli 1817. In dieser Zeit wurde in Frankreich von 1789 bis 1799 durch die Revolution der Staat vollständig umgeformt und durch die Herrschaft Napoleons von 1799 bis 1815 Europa in Krieg und Chaos gestürzt. Die politische Ordnung des europäischen Kontinents wurde erschüttert, die soziale vorübergehend infrage gestellt. Fast ganz Europa wurde nach und nach in blutige und verlustreiche Kriege verwickelt, die in Deutschland zur Besetzung weiter Teile des Landes durch französische Truppen und zu einer tiefempfundenen nationalen Erniedrigung führten.

Jane Austen ist also eine Zeitgenossin von Ludwig van Beethoven (1770–1827), Heinrich von Kleist (1777–1811) und Madame de Staël (1766–1817), von Napoleon (1769–1821) und Königin Luise von Preußen (1776–1810). Aber von den *inneren* Erschütterungen und künstlerischen Krisen des Komponisten und des Dichters, von den plötzlichen *äußeren* Lebensumschwüngen des französischen Kaisers und der preußischen Königin ist in ihrem Leben nichts zu spüren, und das Wanderdasein im Rampenlicht der europäischen Öffentlichkeit, das das Lebenselixier der Französin war, die im gleichen Jahr wie sie starb, wäre ihr sicher ein Grauen gewesen. Madame de Staël, über die Rahel Varnhagen gesagt hat, »es ist nichts Stilles in ihr«, ist der genaue Gegentyp zu Jane Austen. Die Familienüberlieferung, nach der sie die Gelegenheit, der berühmten französischen Kollegin in London zu begegnen, ausgeschlagen hat, klingt durchaus glaubhaft.

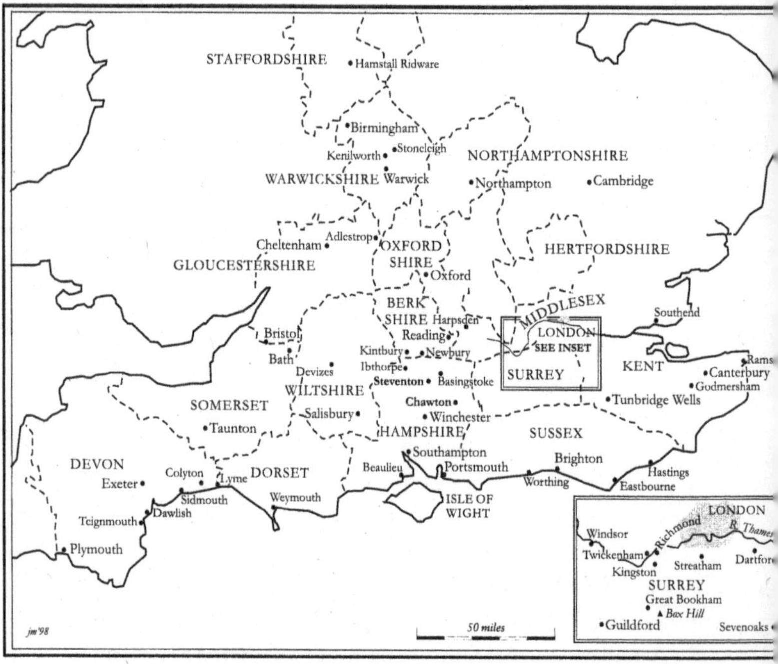

Karte von Südengland

Zwar war England fast zwanzig Jahre lang in den Kampf gegen die Revolution und dann gegen Napoleons Empire verwickelt, aber die »splendid isolation« des Inselreiches verschonte es davor, den Krieg auf eigenem Boden führen zu müssen, und das funktionierende System der konstitutionellen Monarchie – damals trotz solider parlamentarischer Institutionen weit davon entfernt, eine Herrschaft für und durch das Volk zu sein – bewahrte das Land vor schwereren Krisen. Anders als auf dem europäischen Festland gab es deshalb hier keine Umstürze und staatlichen Notsituationen, und die Welt der englischen Provinz veränderte sich während dieser spannungsgeladenen Jahrzehnte nicht wesentlich – jedenfalls nicht in dem ausschließlich landwirtschaftlich bestimmten Süden. Dort verbrachte Jane Austen ihr ganzes Leben – abgesehen von kürzeren Aufenthalten in London – auf dem Land oder in kleinen Städtchen. Nie kam sie nach Norden weit über die Linie London–Bristol hinaus; nie setzte sie nach Süden auf das Festland über. Da es zu ihren künstlerischen Grundsätzen gehörte, in ihren Büchern nur das zu schildern, was sie aus eigener Anschauung kannte, sind der Umkreis Londons und die südenglische Landschaft zwischen Bath und Brighton, zwischen Lyme Regis und Canterbury, zwischen Somerset und Kent auch der Handlungsraum ihrer Romane. *Verstand und Gefühl* spielt in London und ganz im Südwesten, im Umkreis der Stadt Exeter. In *Stolz und Vorurteil* ist die Handlung in Hertfordshire, nördlich von London, und in Kent, südöstlich von London, angesiedelt. Das Herrenhaus Mansfield Park, der zentrale Handlungsort des gleichnamigen Romans, steht in Northamptonshire, nordwestlich von London; später zieht die Heldin nach Portsmouth, in die berühmte Hafen- und Marinestadt an der Südküste. Highbury, das Dorf der Woodhouse in *Emma,* das der Leser nie verlässt, muss man sich in Surrey, südwestlich von London denken. Catherine Morelands Abenteuer in *Kloster Northanger* finden in Bath und der näheren und weiteren Umgebung des Kurortes statt.

Bath und Somersetshire, die Grafschaft südlich davon, sind die Schauplätze in *Überredung*, wobei der Ausflug nach Lyme Regis, das kleine Seebad an der Südküste, nicht vergessen werden darf. Und das aufstrebende Seebad Sanditon in dem gleichnamigen Fragment hat sich der Leser ebenfalls an der Küste, allerdings viel weiter östlich, zwischen Hastings und Eastbourne, vorzustellen.

Das Pfarrhaus von Steventon. Zeichnung von Jane Austens Nichte Anna

Jane Austens Elternhaus stand in Hampshire, in der Grafschaft mit den Hafenstädten Southampton und Portsmouth nördlich der Insel Wight. Steventon liegt in hügeliger, leicht bewaldeter Landschaft mit den breiten, hohen Hecken, die im zehnten Kapitel von *Überredung* ein Handlungselement bilden, und war mit seinem Herrenhaus, seiner Pfarre und seinen bäuerlichen Hütten ein typisches friedliches Dörfchen, in dem es zwar Armut, aber nicht Elend gab. Es hat sich bis heute fast nicht verändert und

Jane Austens Vater, Rev. George Austen

wirkt wie unberührt von der Zeit. Die Landstädtchen Basingstoke und Winchester waren in der Nähe. Hier war Jane Austens Vater seit 1764 Pastor und neben der Grundbesitzerfamilie der angesehenste Bewohner des Dorfes. Das Pfarrhaus, das in den dreißiger Jahren des 19. Jahrhunderts abgerissen wurde – nur die Pumpe der Waschküche steht noch heute –, lag ganz im Grünen, umgeben von Wiesen, Gebüsch und Ulmen. An der Rückseite hatte es einen üppigen Gemüse- und Blumengarten. Die zwei Stockwerke enthielten unten die Wohnräume der Familie und oben die zahlreichen Schlafzimmer. Für die beiden Töchter wurde oben zusätzlich ein kleines, an ihr gemeinsames Schlafzimmer angrenzendes »Ankleidezimmer« eingerichtet, wo sie viel Zeit mit Lesen und Handarbeiten verbrachten und wo Jane ihre frühen Manuskripte schrieb. Auch das Klavier – Jane musizierte, ihre Schwester malte in Aquarell – hatte hier seinen Platz.

Janes Vater, George Austen, entstammte einer bürgerlichen Familie aus Kent und war schon mit sechs Jahren Waise. Glücklicherweise fand sich ein Onkel, Francis Austen, ein reicher Rechtsanwalt, bereit, seine Erziehung zu finanzieren. George durchlief seine Universitätsausbildung in Oxford, wo er 1761 als Geistlicher ordiniert wurde. Ein anderer reicher Verwandter, Thomas Knight auf Godmersham in Kent, übertrug ihm die Pfarre von Steventon. Die Kirche, nur einen kurzen Fußweg vom Pfarrhaus entfernt, hat noch ganz das Aussehen von Jane Austens Zeit. 1773 kaufte ihm Onkel Francis die Pfarre von Deane ganz in der Nähe dazu, um sein Einkommen aufzubessern. George hatte nur eine Schwester, deren einzige Tochter, Eliza Hancock, mit der Familie in Steventon eng verbunden war.

Silhouette von Jane Austens Mutter Cassandra geb. Leigh

Janes Mutter, Cassandra Leigh, war eine resolute und humorvolle Frau, die gern heitere Verse schrieb, aber mit zunehmendem Alter hypochondrische Züge bekam. Ihre schwache Gesundheit ist ein ständiges Thema in der Korrespondenz ihrer Töchter. Trotzdem wurde sie 88 Jahre alt und überlebte ihre jüngere Tochter um zehn Jahre. Sie entstammte einer angesehenen Familie aus Gloucestershire, die wohlhabend war und hocharistokratische Verbindungen hatte. Ihr Vorname Cassandra wurde in Erinnerung an eine Vorfahrin, die Herzogin von Chandos, in der Familie tradiert. Ihr kinderloser Bruder James lebte mit seiner Frau als reicher Gentleman abwechselnd in Bath und auf seinem Gut Scarletts in Berkshire, nicht weit von Steventon. Ihre einzige Schwester lebte als Frau des Pastors Dr. Edward Cooper dicht bei Bath; mit deren beiden Kindern Jane und Edward waren die Austen-Kinder befreundet.

Das Pfarrerehepaar von Steventon wurde in den ersten fünfzehn Jahren seiner Ehe mit sechs Söhnen und zwei

Töchtern gesegnet: James (1765), George (1766), Edward (1768), Henry (1771), Cassandra (1773), Francis (1774), Jane (1775) und Charles (1779). Da fast alle Geschwister in Jane Austens Leben eine wichtige Rolle spielen, empfiehlt es sich, sie gleich etwas genauer vorzustellen. Was ist aus ihnen geworden? Dass sie alle überlebt haben, ist in einer Zeit hoher Geburtensterblichkeit wie dem 18. Jahrhundert erstaunlich.

James Austen

James wurde nach seinem Studium in Oxford Geistlicher und übernahm 1805 nach Vikarstellen in unmittelbarer Nähe die Nachfolge seines Vaters in Steventon, wo er 1819 starb. Er vermählte sich 1792 mit der sechs Jahre älteren Anne Mathew, einer Enkelin der Herzogs von Ancaster, und hatte eine Tochter mit ihr (Anna, geb. 1793). Seine Frau starb schon 1795, und James heiratete dann Cassandras und Janes Freundin Mary Lloyd, mit der er einen Sohn (James Edward, geb. 1798) und eine Tochter (Caroline, geb. 1805) hatte. Alle drei Kinder haben wichtige Aufzeichnungen über ihre Tante Jane hinterlassen; James Edward war ihr schon erwähnter erster Biograph. Mit James' zweiter Frau, Mary Lloyd, verstanden sich die Austen-Schwestern, obwohl bereits lange mit ihr befreundet, nicht so gut (»Sie ist alles in allem keine sehr hochherzige Frau«), und James ist der einzige Bruder, den Jane in ihren Briefen wiederholt kritisiert. Sie schreibt über ihn im Februar 1807:

> Es tut mir leid und macht mich wütend, dass seine Besuche einem nicht *mehr* Freude machen; die Gesellschaft eines so guten und klugen Mannes müsste einem wohltun, aber seine Unterhaltung ist forciert und seine Urteile sind in vieler Hinsicht nur von seiner Frau übernommen; und er bringt seine Zeit hier, scheint mir, nur damit zu, im Haus herumzulaufen und mit den Türen zu schlagen oder nach einem Glas Wasser zu klingeln.

James ging es finanziell nicht besonders gut, denn sein Schwiegervater war 1805 gestorben und das erwartete Erbe seiner Tochter fiel ohne sein Verschulden dem Staat zu. War James auch auf das literarische Talent seiner Schwester neidisch? Er schrieb Gedichte und hielt nicht viel von Romanen. Von früh an galt er als der Dichter der Familie und gab zusammen mit seinem Bruder Henry während ihrer gemeinsamen Studentenzeit in Oxford von Januar 1789 bis März 1790 eine Zeitschrift heraus, *The Loiterer* (*Der Bummler*), die es auf 60 Nummern brachte. James war auch die treibende Kraft bei den Theateraufführungen der Austen-Kinder in der väterlichen Scheune zwischen 1782 und 1788, bei denen manchmal auch Vettern, Cousinen und Freunde mitwirkten. Nach seinem Studium hatte er eine Europareise unternommen, aber sein wenig aufregendes späteres Leben als Landpfarrer erfüllte ihn offenbar nicht. Da er zehn Jahre älter und von ihren Brüdern der »akademischste« war, verdankte sie ihm nach Aussage seines Sohnes viel im Hinblick auf die Entwicklung ihrer Bildung und ihres literarischen Geschmacks.

George hatte als kleines Kind »Anfälle« (»fits«) und kehrte nach dem üblichen ersten Jahr, das alle Austen-Kinder bei einer Amme im Dorf verbrachten, nie mehr in sein Elternhaus zurück. Woran er litt, ist nicht bekannt, aber da auch ein Bruder von Mrs. Austen an einer ähnlichen Krankheit gelitten hat, scheint es sich um ein erbliches Leiden gehandelt zu haben. Er lebte bis 1838, wird aber von den Quellen nach dem vierten Lebensjahr kaum mehr erwähnt und in den Berichten über Jane Austen von den Nachkommen der Familie in typisch viktorianischer Manier einfach totgeschwiegen. Als Mrs. Austen 1827 starb, erbte jedes ihrer Kinder außer George 437 Pfund. Aber Edward überließ seinen Anteil »meinem Bruder George zu dessen Nutzen«. Einige Forscher vermuten, dass George taubstumm war, weil aus einer brieflichen Bemerkung Janes hervorzugehen scheint, dass sie die Taubstummensprache beherrschte (vgl. S. 149). Aber der Hinweis ist keineswegs eindeutig. Hätte diese Behinderung genügt, um den Sohn von Anfang an aus dem Familienleben auszuschließen? Man hat auch auf eine erbliche Geisteskrankheit geschlossen, weil ein Onkel Mrs. Austens geisteskrank war.

Edward, nicht gerade lernbegierig, aber liebenswürdig und kinderlieb, war das Glückskind der Familie. Er wurde von dem kinderlosen Sohn des schon erwähnten Thomas Knight adoptiert und erbte sein Vermögen und seine beiden Herrensitze Godmersham (Kent) und Chawton (Hampshire), hielt aber zeit seines Lebens weiterhin engsten Kontakt mit seiner Familie. Als künftiger wohlhabender Gentleman wurde er nicht zum Studieren nach Oxford, sondern von 1786–1788 auf eine zweijährige europäische Bildungsreise, die »Grand Tour«, geschickt, um sich Weltkenntnis und gesellschaftlichen Schliff anzueignen. 1794 starb Mr. Knight, und da seine Witwe 1797 nach Canterbury zog, kam Edward in den Besitz seines reichen Erbes und lebte meist auf dem großzügigen Landsitz Godmersham, einem 1737 errichteten stattlichen Bau. Nach dem Tod seiner Adoptivmutter 1812 nahm er mit seiner unterdessen zahlreichen Familie den

Namen Knight an. Er hatte 1791 die hübsche, reiche und liebenswürdige Elizabeth Bridges geheiratet, deren Eltern Jane und Cassandra öfter auf ihrem Landsitz Goodnestone (Kent) besuchten und dann auch abwechselnd einen Abstecher nach Godmersham machten. Elizabeth gebar in 17 Ehejahren elf Kinder und starb 1808 bei der Geburt des letzten. Vor allem Cassandra hielt sich nun noch öfter in seiner Familie auf, um ihrem Bruder und seinen Kindern behilflich zu sein. Auch ein Teil von Janes Briefen an Cassandra ist in Godmersham geschrieben. Edwards älteste Tochter Fanny (geb. 1793) war Janes Lieblingsnichte, »fast wie eine zweite Schwester«. Edward lebte bis 1852.

Henry, Janes Lieblingsbruder, dem sie angeblich am ähnlichsten sah, war der heiterste, aber auch unbeständigste der Brüder. Er ging nach seinem Studium – wie in der Familie Austen üblich in Oxford – als Offizier zur Militia, der Armee, die den Heimatdienst tat und aus der die reguläre Truppe im Kriegsfall verstärkt wurde. Er trat 1791 als Leutnant ein und brachte es bis zum Obersten. Ende 1797 heiratete er seine zehn Jahre ältere Cousine Eliza Hancock, die man wohl hinter seiner Entscheidung vermuten darf, den Soldatenberuf aufzugeben und sich in London niederzulassen. Dort gründete er mit einem Partner ein Bankhaus, das 1807 durch einen dritten Partner vergrößert wurde und ihm in den nächsten Jahren zur Freude seiner gesellschaftlich versierten Frau ein elegantes Leben in London erlaubte. Jane war öfter bei ihm zu Besuch und genoss das kulturelle Leben in der Hauptstadt. Als sie sich 1811 bei ihm aufhielt, fand in seinem Haus gerade eine große Abendgesellschaft mit fast 70 Gästen statt, die sogar in der Gesellschaftsspalte der *Times* erwähnt wurde. Mit seinen geschäftlichen Erfahrungen war er Jane bei der Publikation ihrer Romane behilflich. 1813 wurde er auf den ehrenvollen Posten des Steuereinnehmers der Grafschaft Oxfordshire berufen. Aber dieses Leben auf großem Fuß hörte unvermittelt auf, als das Bankhaus ohne eigenes Verschulden bankrott ging und auch einige Familienmitglieder Geld verloren. Sie scheinen es mit Gleichmut getragen zu haben, denn Verstimmungen hat es darum anscheinend nicht gegeben. Henry heiratete nach dem Tod seiner Frau (1813) 1820 noch einmal, hatte jedoch keine Kinder. Er zahlte nach und nach gewissenhaft seine Schulden ab und musste deshalb ein anspruchsloses Leben führen. Er lebte bis 1850.

Cassandra war zeit ihres Lebens Janes Vertraute. Die Schwestern wuchsen zusammen auf und teilten bis zu Janes Tod ein Schlafzimmer. Dass Cassandras Briefe an Jane nicht erhalten sind, ist ein großer Verlust, denn Jane hielt ihre Schwester für eine glänzende, witzige Korrespondentin. Cassandra verlobte sich 1795 mit dem Geistlichen Thomas Fowle, der eine Pfarrstelle in Aussicht hatte und die Zeit bis zu ihrem Freiwerden dadurch überbrückte, dass er mit seinem Gönner Lord Craven als Kaplan in dessen Regiment nach St. Domingo in die Karibik segelte. Dort bekam er Gelbfieber und starb 1797. Cassandra hat nie geheiratet. Sie lebte weiter mit Mutter und Schwester und starb als letzte der drei 1845.

Francis Austen

Francis machte von den Brüdern die steilste Karriere: Er starb hochbetagt 1865 als Flottenadmiral Sir Francis Austen. Wie damals bei der

Ausbildung der Marineoffiziere üblich, ging er 1786 schon als Zwölfjähriger auf die Marineakademie in Portsmouth, diente als Vierzehnjähriger auf verschiedenen Schiffen im Orient und war mit achtzehn Leutnant. Mit kurzen Unterbrechungen an Land war er erst als Offizier und dann als Kapitän auf den Weltmeeren unterwegs, denn der Krieg gegen Napoleon erforderte den ständigen Einsatz der britischen Flotte im Mittelmeer, im Atlantik, im Indischen Ozean und in der Nord- und Ostsee. Nur knapp verpasste Francis mit seinem Schiff 1805 die Seeschlacht von Trafalgar, nahm aber an der siegreichen Seeschlacht von St. Domingo in der Karibik am 6. Februar 1806 teil, wohin die englische Flotte die französische verfolgt hatte – auch Kapitän Wentworth in *Überredung* kämpft 1806 in der Karibik. 1806 heiratete er Mary Gibson, die eine von den Austen-Schwestern besonders geschätzte Schwägerin wurde, und mietete ein Haus in Southampton, das für Jane wichtig werden sollte. Francis hatte elf Kinder, bevor seine erste Frau 1823 starb. Drei seiner sechs Söhne folgten ihm in die Marine. Später heiratete er noch einmal, und zwar eine alte Freundin der Austen-Mädchen, Martha Lloyd, die sie ihm schon Jahrzehnte früher zugedacht hatten und deren Schwester Mary in zweiter Ehe mit James Austen verheiratet war. In der Marine war Francis bekannt als »der Offizier, der in der Kirche kniet«. Seine Genauigkeit, Ordnungsliebe und Ernsthaftigkeit sind durch allerlei Familienanekdoten belegt, so durch die folgende: Als Francis nach fünfjähriger Abwesenheit zum Uhrmacher ging, sah dieser sich seine Taschenuhr an und sagte: »Sie ist in ausgezeichneter Verfassung. Sie geht anscheinend überhaupt noch nicht falsch.« »Doch«, antwortete Francis, »sie geht falsch – um zehn Sekunden.« Francis wurde von Admiral Nelson sehr geschätzt. Im Seekrieg gegen die französische Flotte war er äußerst erfolgreich. 1801 besiegte er ohne Verlust eines einzigen Matrosen innerhalb von zwölf Stunden drei feindliche Schiffe, so dass sein eigenes Schiff voller Kriegsgefangener war. Park Honan hat 1988 in seiner Jane-Austen-Biographie zum erstenmal enthüllt, dass Francis in etwas dubiose Geschäfte mit der East India Company verwickelt war. Er transportierte auf seinem Schiff Ladungen von Silber. Da die Company Einfluss innerhalb der Marineführung hatte, war das nicht nur finanziell, sondern auch karrieremäßig vorteilhaft für Francis.

Obwohl das von den Schwestern besonders geliebte Nesthäkchen *Charles* mit seinem spontanen, lebhaften Naturell das Gegenteil seines Bruders war, folgte er ihm in den Fußstapfen. Auch er ging früh zur Marineakademie und wurde 1797 Leutnant. Er diente dann vor allem im Mittelmeer und vor der amerikanischen Küste. 1807 heiratete er die siebzehnjährige Tochter Fanny des Justizministers der Bermudainseln, mit der er vier Töchter hatte. Als sie 1814 auf dem Schiff ihres Mannes starb, heiratete er ihre ältere Schwester Harriet, die bei den Austens als gewöhnlich galt und nicht beliebt war. Mit ihr hatte er vier Kinder. Zwei seiner drei Söhne folgten ihm in die Marine. 1816 war seine Karriere in Gefahr. Sein Schiff *Phoenix* war im östlichen Mittelmeer, wo er die Aktivität von Piraten bekämpfen sollte, in einem Sturm untergegangen, aber das eingesetzte Kriegsgericht sprach ihn von aller Schuld daran frei. Er starb 1852 als Konteradmiral ebenfalls auf seinem Schiff in Burma. Nach allen Berichten war er nicht nur in der Familie, sondern auch im Beruf ein außerordentlich fürsorglicher und beliebter Mann.

II

Die Austens waren eine ausgesprochen gut aussehende Familie. Der Vater wurde während seiner Universitätszeit »der schöne Proktor« genannt und galt noch im Alter mit seinem vollen grauen Haarschopf als anziehende Erscheinung. Nur Henry und Jane hatten von ihrem Vater die ausdrucksvollen braunen Augen geerbt. Die Mutter war besonders stolz auf ihre »aristokratische Nase«. Die Bilder der erwachsenen Kinder zeigen mit dem kleinen Mund, der schmalen, leicht gebogenen Nase, den braunen Augen und dem gelockten Haar eine auffällige Familienähnlichkeit. Obwohl es von Jane nur einen möglicherweise nicht einmal echten Schattenriss und das von ihrer Schwester gemalte Aquarell gibt, kann man von ihrem genaueren Aussehen durchaus einen Eindruck gewinnen, wenn man die Bilder ihrer Brüder betrachtet. Besonders aufschlussreich ist die späte Daguerreotypie von Francis – das einzige Foto von einem der Austen-Geschwister (vgl. S. 27). Das Aquarell von Jane, das Cassandra etwa 1804 malte, ist leider nur eine Rückenansicht, auf der das Gesicht nicht zu sehen ist (vgl. S. 105). Von Cassandra gibt es leider nur zwei Schattenrisse. Vor allem Henry und Charles galten als ausgesprochen attraktiv. Die beiden Mädchen waren schlank und von überdurchschnittlich großer, eleganter Erscheinung. Die wenigen überlieferten Urteile über das äußere Bild und den Charakter des Mädchens Jane lassen keine eindeutige Vorstellung zu; sie sind spontane oder spätere Eindrücke, die mehr über die Augenzeugen als über die Beurteilte aussagen. 1788 schrieb die Cousine Philadelphia Walter an die Cousine Eliza Hancock nach ihrer ersten Begegnung mit den Austen-Schwestern, die damals 16 und 13 waren, sie habe Cassandra lieber. Jane sei »durchaus nicht hübsch, aber geziert, gar nicht wie ein Mädchen von zwölf«;

sie sei »launisch und affektiert«. Der heutige Leser spürt aus dieser Charakterisierung das Befremden, welches das geistig frühreife und offenbar befangene Mädchen hervorrief, das gerade angefangen hatte, literarische Parodien zu schreiben, und daher ihre Umwelt distanziert und kritisch betrachtete. Die angeschriebene Eliza berichtete ihrerseits drei Jahre später Philadelphia, was sie aus Steventon gehört hatte: Cassandra und Jane, nun 19 und 16, seien »vollkommene Schönheiten und erobern Herzen dutzendweise«; sie seien »zwei der hübschesten Mädchen in ganz England«. Bei diesem Urteil nun wieder ist die übersprudelnde Persönlichkeit Elizas zu berücksichtigen. Der Wahrheit näher kommt wohl die abgewogene spätere Erinnerung des Schriftstellers Sir Egerton Brydges, des Bruders ihrer mütterlichen Freundin Anne Lefroy, der von 1788 bis 1790 in der Nähe von Steventon wohnte und mit den Austens viel umging:

> Als ich Jane Austen kannte, hatte ich keine Ahnung, dass sie schriftstellerisch tätig war, aber meine Augen sagten mir, dass sie ansprechend und hübsch, schmal und elegant war, aber etwas zu volle Wangen hatte.

Dieser letzte Zug, ein Erbteil ihres Vaters, wie dessen einziges existierendes Altersbildnis deutlich erkennen lässt (vgl. S. 21), wird durch Cassandras Aquarell von Jane bestätigt. Eliza äußerte sich 1792 noch einmal brieflich über ihre Cousinen:

> Cassandra und Jane sind beide sehr gewachsen (die letztere ist nun größer als ich) und haben sich in ihren Umgangsformen und ihrer Erscheinung sehr herausgemacht [...]. Sie sind beide, glaube ich, gleich zartfühlend und beide in einem Grad, wie ich es selten erlebt habe,

aber ich ziehe im Herzen Jane vor, deren freundliche Zuneigung zu mir ebenso erwidert zu werden verdient.

Beide Mädchen zeichneten sich durch ihr ausgeglichenes Temperament aus. Aber ihre Mutter machte einen Unterschied. Sie sagte, Cassandra habe »das *Verdienst*, ihr Temperament immer unter Kontrolle zu haben, aber Jane habe das *Glück*, dass sie ihr Temperament nie unter Kontrolle zu haben brauche«. Trotz diesem mütterlichen Urteil war Cassandra offenbar die kühlere, weniger emotionale der Schwestern.

Bei den Jungen nahm der Vater die schulische Erziehung ganz in die eigene Hand; die Mädchen schickte er auf eine private Schule, vielleicht vor allem, damit er im Haus mehr Platz für seine zusätzlichen Schüler hatte. Als Cassandra und die Cousine Jane Cooper 1783 zu Mrs. Crawleys Pensionat in Oxford geschickt wurden, durfte Jane, obwohl sie eigentlich noch zu klein war, auch mitgehen, da sie von ihrer Schwester unzertrennlich war. Wenn Cassandra sich hätte enthaupten lassen, sagte Mrs. Austen, hätte Jane darauf bestanden, ihr Schicksal zu teilen. Die Schule siedelte bald nach Southampton über, und mit ihr die drei Mädchen; doch als dort die Diphtherie ausbrach, holten ihre Mütter sie unverzüglich nach Hause. Die tragische Folge dieser Episode war, dass Mrs. Cooper sich ansteckte und starb. Trotzdem wurde ein zweiter Versuch gemacht, und zwar mit Mrs. Latournelles Pensionat in Reading. Das Haus war malerisch in den Resten eines alten Klosters gelegen, und die Leiterin hatte interessanterweise ein künstliches Bein aus Kork, aber sehr akademisch scheint es dort nicht zugegangen zu sein. Bei beiden Institutionen handelte es sich zweifellos nicht um Schulen im heutigen Sinn, die man für Mädchen ja gar nicht für nötig oder auch nur empfehlenswert hielt, sondern um den Typ von harmlosem Pensionat, in das Harriet Smith in *Emma* geht:

> Mrs. Goddard war die Leiterin einer Schule – nicht etwa eines Seminars oder einer Anstalt, die sich in langen Sätzen voller gebildetem Unsinn dazu bekannte, reichliche Erkenntnisse mit einer gediegenen Moral auf der Basis neuer Prinzipien und neuer Systeme zu vereinigen, und in der den jungen Damen für enorme Summen Gesundheit ausgetrieben und Eitelkeit eingebleut wird – sondern es handelte sich um ein richtiges, solides, altmodisches Pensionat, wo eine angemessene Menge von Fertigkeiten für einen angemessenen Preis erworben wird und wohin man Mädchen schicken kann, damit sie aus dem Weg sind und sich ein bisschen Bildung zusammenkratzen können, ohne Gefahr zu laufen, als Genie zurückzukommen. (S. 25)

Höchstens aus einigen Schilderungen in den Romanen kann man auf Jane Austens Kindheit schließen, da das biographische Material so dürftig ist. Nimmt man Catherine Morlands Kindheit in *Kloster Northanger* als eine Art Selbstporträt, dann war Jane ein heiteres und wildes Kind:

> Sie liebte alle Jungenspiele und zog Cricket bei weitem nicht nur Puppen, sondern auch den Kindheitsvergnügungen vor, mit denen sich Romanheldinnen im allgemeinen die Zeit vertreiben, wie der Pflege einer kleinen Hausmaus, dem Füttern eines Kanarienvogels oder dem Gießen eines Rosenstrauchs. Ohnehin hatte sie mit Gärten nichts im Sinn, und wenn sie überhaupt Blumen pflückte, dann hauptsächlich aus Schabernack – jedenfalls musste man das daraus schließen, dass sie immer

> gerade die aussuchte, die sie auf keinen Fall nehmen sollte. [...] Schreiben und Rechnen lernte sie von ihrem Vater, Französisch von ihrer Mutter, aber in keinem waren ihre Kenntnisse überwältigend, und sie schwänzte die Stunden, wann immer sie konnte. Was für ein sonderbarer, unergründlicher Charakter! Denn trotz all dieser Anzeichen von Verworfenheit im zarten Alter von zehn Jahren hatte sie weder ein schlechtes Herz noch einen schlechten Charakter, war selten bockig, fast nie unverträglich [...]; obendrein war sie laut und wild, hasste Stubenarrest und Sauberkeit und liebte es über alle Maßen, den grünen Abhang hinter dem Haus hinunterzurollen. (S. 6 f.)

Wie es mit der Erziehung der Mädchen, die sicher nicht sehr systematisch war, im Haus Austen im allgemeinen stand, davon gibt vielleicht die Unterhaltung in *Stolz und Vorurteil* einen Eindruck, bei der die snobistische Lady Catherine de Bourgh sich über die Ausbildung Elizabeth Bennets und ihrer vier Schwestern ohne Gouvernante mokiert:

> »Und wer hat Sie denn nun unterrichtet? Wer hat auf Sie aufgepasst? Ohne Gouvernante! Sie müssen vernachlässigt worden sein.«
>
> »Im Vergleich mit anderen Familien war das sicher der Fall. Aber wer etwas lernen wollte, hatte immer Gelegenheit dazu. Wir wurden immer zum Lesen angehalten und hatten durch gute Bilder auch zum Malen Anregung genug. Aber wer nicht wollte, wurde nicht gezwungen.« (S. 188)

Dass Jane Austen *wollte*, ist keine Frage, und bei Eltern, die früh die Intelligenz ihrer Tochter bemerkten und förderten, und fünf Brüdern lebte sie in einer geistig intensiven häuslichen Atmosphäre, die auch das politische Gespräch einschloss, denn die Austens waren »Tories« und kultivierten Stuart-Sympathien. Maria Stuart war Janes Lieblingsmonarchin. Es ist überliefert, dass die junge Jane ausgeprägte politische Meinungen hatte. Ihr viel späteres Eingeständnis gegenüber dem Bibliothekar des Prinzregenten, sie spreche nur ihre Muttersprache, habe auch in ihr nur wenig gelesen und könne sich rühmen, die ungebildetste und unwissendste Frau zu sein, die es je gewagt habe, Schriftstellerin zu werden, ist eine bewusste, spitzbübische Irreführung, um Mr. Clarke davon zu überzeugen, dass sie nicht die Romane schreiben könne, die er ihr auf penetrante Art vorschlug. Jane Austen lernte Französisch und etwas Italienisch und hatte eine solide Grundlage auch auf anderen Wissensgebieten. Für die Historie wird das durch die komische *Geschichte Englands,* die sie als Sechzehnjährige schrieb, eindeutig belegt. Zudem lernte sie schon als Kind Klavier spielen und hatte außer zwischen 1801 und 1809 immer ein Instrument zur Verfügung, auf dem sie bis kurz vor ihrem Tod beinahe täglich übte. Vor allem aber war sie von früh auf eine leidenschaftliche Leserin, der der tolerante Vater auch Werke in die Hand gab, die man jungen Mädchen zu jener Zeit sonst lieber vorenthielt – wie etwa Henry Fieldings *Tom Jones.* Der Vater war selbst ein eifriger und vielseitiger Leser – auch von Romanen, auf die viele seiner Zeitgenossen mit Verachtung hinabsahen. 1798 erfahren wir aus einem Brief Janes, dass er gerade damit beschäftigt ist, *The Midnight Bell* (*Die Mitternachtsglocke*) zu lesen, das er aus der Leihbücherei entliehen hat. Das Buch war ein gerade erschienener Schauerroman, den Jane Austen auch in *Kloster Northanger* erwähnt. Das ist auch ein Anhaltspunkt für die Entstehungszeit des Romans. Nicht nur gegen derlei, sondern überhaupt gegen alle Romane gab es in dieser Periode noch starke Vorurteile, gegen die Jane Austen in ihren Romanen immer wieder zu Felde zieht. Der Leser kann sicher sein, dass eine Gestalt in ihren Büchern, die Romane verachtet, engstirnig und dumm ist. Im Jahr 1800 veröffentlichte die Zeitung der religiösen Sekte der »Evangelicals« ein »geistliches Barometer«, auf dem von +70 bis −70 die geistigen Tätigkeiten des Menschen bewertet werden. Darauf rangiert die »Liebe zu Romanen« noch hinter der fürs Theater (−30), lockeren Parties (−20) und Alkoholgenuss (−30) bei −40. Im Hause Austen wurden viele Abende mit Vorlesen verbracht, und wenn im Sommer und zu Weihnachten die Schüler George Austens in den Ferien nach Hause fuhren, ging man noch einen Schritt weiter. Dann führte man in der Scheune Theaterstücke auf, bei denen Cousine Eliza begeistert mittat. Auch die großartigen Theaterszenen in *Mansfield Park* verdanken den häuslichen Erlebnissen der Autorin wohl allerlei.

Jane Austens Briefe sprechen immer wieder von Lektüreeindrücken und spielen mit literarischen Gestalten und Zitaten. 1795 findet man den Namen der Zwanzigjährigen unter den Subskribenten von Fanny Burneys neuem Roman *Camilla*. Der Teenager Fanny Price in *Mansfield Park* verdankt den Stolz, zum erstenmal Abonnentin einer Leihbücherei zu sein, sicher den Erfahrungen ihrer Autorin. Aus einem Brief an Cassandra vom 18. Dezember 1798 kann man entnehmen, dass eine Mrs. Martin 1798 in Steventon oder Umgebung eine Leihbücherei eröffnete:

> Ich habe eine sehr höfliche Einladung von Mrs. Martin erhalten, mich als Abonnentin ihrer Leihbücherei einzuschreiben, die am 14. Januar aufmacht, und habe dem entsprechend mein, oder vielmehr Dein, Einver-

> ständnis gegeben. Meine Mutter will das Geld dafür auftreiben. [...] Als Anreiz zu abonnieren schreibt Mrs. Martin uns, dass ihre Sammlung nicht nur aus Romanen besteht, sondern aus jeder Art Literatur usw. usw. Diesen Anspruch hätte sie sich bei unserer Familie, die aus begeisterten Romanlesern besteht und sich dessen nicht schämt, sparen können. Aber ich nehme an, aus Rücksicht auf die Selbsteinschätzung der Hälfte ihrer Abonnenten war das nötig.

Aber auch diese Rücksichtnahme scheint nichts gefruchtet zu haben, denn in einem Brief vom Oktober 1800 heißt es dann:

> Unsere ganze Nachbarschaft ist im Moment vollauf damit beschäftigt, die arme Mrs. Martin zu beklagen, die mit ihrem Geschäft ganz und gar gescheitert ist und deren Haus vor kurzem gepfändet wurde.

Immerhin sind diese Briefstellen ein Beleg dafür, wie gegen Ende des 18. Jahrhunderts die Leihbüchereien auch das flache Land zu erobern versuchten.

Das Familienleben im Pfarrhaus in Steventon war, wie bei sieben Kindern nicht anders zu erwarten, lebhaft und nicht üppig. George Austen hatte zwar durch seine beiden Pfarren ein bequemes Auskommen, hatte aber finanzielle Sorgen, weil er früher gemachte Schulden an seinen Schwager Leigh-Perrot abzahlen musste. Deshalb besserte er sein Einkommen dadurch auf, dass er Schüler als Pensionsgäste ins Haus nahm, die er zusammen mit seinen Söhnen unterrichtete. Auch die Vettern und Cousinen vergrößerten die Familie durch ihre längeren und kürzeren Besuche noch weiter. Das austensche Haus war mit seiner harmonischen

Atmosphäre und Gastlichkeit für Teile der Verwandtschaft eine Art Refugium, besonders in Krisenzeiten.

Jane Austens Cousine Eliza als spätere Comtesse de Feuillide

Unter den vorübergehenden Ergänzungen zur Familie darf Mitte der achtziger Jahre die schon mehrmals erwähnte Cousine Eliza Hancock nicht übergangen werden. Ihr fast romanhaftes Schicksal erregte die Phantasie der Austen-Kinder: Sie war in Indien geboren und wahrscheinlich nicht die Tochter ihres offiziellen Vaters, sondern des Gouverneurs von Indien, Warren Hastings. Dass ihre Mutter dessen Geliebte war, glaubte man in der englischen Gesellschaft in Indien zu wissen. Hastings sorgte finanziell für Eliza, und sie nannte ihren früh verstorbenen Sohn Hastings. Seit 1781 war sie mit dem französischen Grafen Jean-François Capot de Feuillide verheiratet, der dann 1794 unter der Guillotine starb; sie lebte mehrere Jahre in Frankreich und sprach fließend Französisch. 1792 besuchte ihr Mann sie in England, wurde aber nach Frankreich zurückgerufen, weil sein Besitz in Gefahr war, konfisziert zu werden. Eliza folgte ihm dorthin, musste allerdings nach seiner Hinrichtung 1794 in einer abenteuerlichen Flucht nach England zurückkehren – so jedenfalls wurde es in der Familie überliefert. Sie blieb zeit ihres Lebens flatterhaft und ein bisschen exaltiert. Ihre Briefe an ihre Cousine Philadelphia Walter enthalten zahlreiche Informationen über die Familie Austen. Mit ihrer kapriziösen Art trug sie wesentlich zur Stimmung und Unterhaltung im Haus bei, heiratete schließlich in zweiter Ehe ihren zehn Jahre jüngeren Vetter Henry und hat wohl mit einigen Zügen zu bestimmten Gestalten in Jane Austens Romanen Patin gestanden, vor allem zu Mary Crawford in *Mansfield Park* und zur Titelgestalt von *Lady Susan*. Als elegante Schwägerin war sie später öfter Janes Londoner Gastgeberin und Gefährtin und zog diese ihrer Schwester Cassandra vor.

Es ist verführerisch, aus dem Familienleben vergangener Jahrhunderte eine Idylle zu machen, aber im Falle der Austens entsprach dieses Bild wohl weitgehend der Wirklichkeit. Es wurde von einem Beobachter mit der Natürlichkeit »der wohlhabenden Familien in den reizvollen Tälern der Schweiz« verglichen. Nur darf das nicht zu völlig unangebrachten Vorstellungen von einer engstirnig-frömmelnden Atmosphäre in diesem Pfarrhaus führen. Die Eltern erzogen ihre Kinder verständnisvoll und liberal und förderten ihre Interessen. Zeit ihres Lebens scheint das Verhältnis zwischen allen Geschwistern weitgehend ungetrübt und herzlich gewesen zu sein. Das Lob auf die geschwisterliche Vertrautheit, das Jane Austen in *Mansfield Park* gesungen hat, beruht bestimmt auf eigenen Empfindungen.

> Kindern derselben Familie, desselben Blutes mit denselben frühen Erlebnissen und Gewohnheiten ist eine Möglichkeit gegeben, sich gemeinsam zu freuen, wie keine spätere Verbindung im Leben sie herstellen kann; und es gehört schon eine lange und unnatürliche Entfremdung, eine Trennung dazu, die keine spätere Verbindung rechtfertigen kann, um diese kostbaren Reste früherer Zuneigung ganz auszulöschen. (S. 284)

Noch 1814 schrieb Jane in einem Brief an ihre Nichte Anna:

> Ich möchte, dass Vettern und Cousinen sich wie Vettern und Cousinen benehmen und sich füreinander interessieren. Schließlich sind sie nur einen Verwandtschaftsgrad weiter voneinander entfernt als Geschwister.

Das Vorlesen und Theaterspielen aber, das bei den Geschwistern häusliche Unterhaltung blieb, setzte sich bei Jane in künstlerische Impulse um und bildete die stärkste Anregung dafür, dass sie zu schreiben begann, denn sie benutzte die Lektüre und die Theaterstücke, um Parodien der zeitgenössischen Literatur zu schreiben, die sie dann ihrerseits offenbar mit großem Erfolg im Kreis der Familie vorlas.

III

Während die Brüder nun nach und nach das Haus verließen, um sich ihrem Studium oder ihrem Beruf zu widmen, und zum Teil auch heirateten, knüpften die beiden Mädchen engere Beziehungen in der Nachbarschaft an. Auch mit den Familien der Umgebung von den Grundbesitzern bis zu den Kollegen des Vaters standen die Austens auf bestem Fuß. Vor allem mit drei Häusern gingen Cassandra und Jane freundschaftlich um.

(1) Auf dem Landsitz Manydown auf dem Weg nach Basingstoke lebten die Biggs, die drei Töchter und einen Sohn hatten. Hier blieben die austenschen Mädchen öfter über Nacht, wenn in Basingstoke Veranstaltungen stattfanden, die man gemeinsam besuchte. Der Sohn sollte, wie sich zeigen wird, 1801 eine kurze, aber wichtige Rolle in Jane Austens Leben spielen.

(2) In Ashe, gut eine Meile nördlich von Steventon, war

Mr. Lefroy Pastor, dessen gebildete, gesellschaftlich gewandte Frau für Jane eine enge mütterliche Freundin war, die offenbar als frauliches Vorbild großen Einfluss auf sie ausübte. Ihr plötzlicher Tod durch einen Sturz vom Pferd 1804 ging Jane sehr nahe, obwohl sie zu dieser Zeit gar nicht mehr in Steventon wohnte. Der Unfall fand ausgerechnet an ihrem Geburtstag statt. Ihre Bestürzung lässt sich noch an dem Gedicht ablesen, dass sie vier Jahre später über das tragische Ereignis schrieb. Der jüngste Sohn der Lefroys heiratete 1814 Janes älteste Nichte Anna.

1796 war Tom Lefroy aus Irland bei seiner Tante zu Besuch und verliebte sich in Jane Austen, die seine Gefühle erwiderte. Aber da der junge Mann noch kein Einkommen hatte und vielleicht auch weil die Austen-Töchter mit einer größeren Mitgift nicht rechnen konnten, wurde die Verbindung von den Lefroys nicht ermutigt. Auch gab es ein Gerücht, dass Tom schon vergeben sei. In ihren ersten überlieferten Briefen berichtet Jane ihrer Schwester in halb ironischen, halb ernsten Worten von dem Abschied von Tom:

Tom Lefroy

> Du schimpfst mich in Deinem schönen langen Brief […] so sehr aus, dass ich gar nicht zu erzählen wage, wie mein irischer Freund und ich uns benommen haben. Stell Dir alles Mögliche vor, was Du Dir an verworfenem und Aufsehen erregendem Tanzen und Zusammensitzen

denken kannst. Ich kann mich allerdings nur noch einmal so skandalös benehmen, denn er reist bald nach Freitag ab […]. (9. Januar 1796)

Freitag. – Nun ist der Tag gekommen, an dem ich zum letztenmal mit Tom Lefroy flirten werde, und wenn Du diesen Brief erhältst, ist alles vorbei. Meine Tränen fließen bei diesem traurigen Gedanken, während ich schreibe. (14. Januar 1796)

Mrs. Lefroy kam letzten Mittwoch […]. Sie erwähnte mir gegenüber den Namen [ihres Neffen] nicht ein einziges Mal, und ich war zu stolz, nach ihm zu fragen; aber als mein Vater später fragte, wo er sei, erfuhr ich, dass er auf dem Weg nach Irland, wo er nun Rechtsanwalt wird und den Beruf auch ausüben will, zunächst zurück nach London gefahren ist. (17. November 1798)

Der junge Mann wurde schließlich oberster Richter Irlands und erinnerte sich im Alter: Ja, er sei einmal in die große Jane Austen verliebt gewesen, aber es habe sich um die Liebe eines Jungen gehandelt.

Noch eine zweite Liebelei, wenn nicht Liebe Jane Austens scheint sich bald darauf durch das Haus Lefroy angebahnt zu haben, wo ein »Freund« zu Gast war, der ohne Namensnennung ebenfalls in dem zuletzt zitierten Brief ausführlich bedacht wird. Mrs. Lefroy zeigte Jane bei ihrem Besuch, bei dem sie ihren Neffen totschwieg, einen Brief von ihrem Freund, in dem dieser schrieb:

Ich höre mit Bedauern von Mrs. Austens Krankheit. Es wäre mir eine große Freude, eine Gelegenheit zu haben, mit dieser Familie näher bekannt zu werden, um in eine engere Verbindung mit ihr zu treten. Aber vorläufig kann ich solche Absichten nicht verfolgen.

Solche Formulierungen bedeuteten im Sinn der Zeit, dass der junge Mann Jane Austen ganz gern geheiratet hätte, aber für eine Ehe noch keine finanzielle Basis hatte und daher von dem Plan wieder Abstand nahm. Jane war sich auch darüber im klaren, dass ihr Verehrer in solchen Worten »weniger Liebe und mehr Verstand zeigt, als er vorher manchmal zu zeigen schien«, und hatte sich auf ihre typisch ironische Art schon mit der Trennung abgefunden:

Es wird auf sehr vernünftige Weise langsam abklingen. Es ist nicht anzunehmen, dass er über Weihnachten nach Hampshire kommt und daher nur zu wahrscheinlich, dass unsere Gleichgültigkeit bald wechselseitig ist; es sei denn, dass seine Zuneigung, die anscheinend zustande kam, weil er nichts von mir wusste, sich nun davon nährt, dass er mich nie sieht.

Die Autoren von *Jane Austen. Her Life and Letters* haben 1913 diesen zögernden Ehekandidaten als den Geistlichen Samuel Blackall identifiziert, der erst gut fünfzehn Jahre später heiratete. Jane las die Anzeige in der Zeitung und schrieb an ihren Bruder Francis, der mit seiner Fregatte »Elephant« in der Ostsee kreuzte (sie erwähnte das Schiff dann mit seiner Erlaubnis in *Mansfield Park*):

Er hat in Clifton eine Miss Lewis geheiratet, deren verstorbener Vater aus Antigua stammt. Ich wüsste gern, was sie für eine Frau ist. Er war ein Bündel Vollkommenheit, geräuschvolle Vollkommenheit, an das ich mich mit Herzlichkeit erinnere. […] Ich wünschte, Miss Lewis

> wäre eher schweigsam veranlagt und ziemlich unbedarft, aber von natürlicher Intelligenz und mit dem Bedürfnis sich zu bilden; – sie müsste kalte Kalbspasteten, grünen Tee am Nachmittag und nachts grüne Jalousien gern haben. (3. Juli 1813)

Es hat wenig Sinn, aus diesen Liebeserlebnissen Jane Austens zur Erbauung des Lesers romantische Episoden zu spinnen, da wir außer diesen wenigen Andeutungen nichts wissen. Weder sind uns genügend Tatsachen überliefert, noch kennen wir über ihre eigenen knappen Bemerkungen hinaus Janes Gefühle. Nach den Konventionen der Zeit war es undenkbar, dass ein junger Mann und eine junge Frau länger miteinander flirteten, ohne dass ihre Umgebung auf ernste Absichten des Verehrers und seine Ermutigung durch die Dame schloss. Auch war es undenkbar, dass beide miteinander korrespondierten, ohne verlobt zu sein oder als verlobt betrachtet zu werden – daher ist es so skandalös, dass Marianne in *Verstand und Gefühl* an Willoughby schreibt. Solche Beziehungen endeten, falls der junge Mann sich nicht unmöglich machen und das Mädchen ihren Ruf nicht schwerwiegend schädigen wollte, unweigerlich in der Ehe, wenn der Kontakt nicht schnellstens abgebrochen wurde. Darum schickte Mrs. Lefroy ihren Neffen nach Irland zurück und zeigte Jane den ausweichenden Brief von Mr. Blackall.

Aber so wenig sinnvoll es ist, diese »Affären« auszumalen, so nützlich ist es, von ihnen zu wissen, weil aus ihnen hervorgeht, dass Jane Austens Schriftstellertum nicht etwa Kompensation für einen Mangel an weiblichen Reizen war. Sie war keineswegs eine »geborene alte Jungfer«, sondern lebte wie die meisten Teenager und jungen Frauen in der Erwartung, eines Tages zu heiraten. Die ersten erhaltenen

Briefe der Einundzwanzigjährigen enthalten übermütige, ironisch gefärbte Bemerkungen über ihre Flirtereien, so am 14. Januar 1796:

> Sag Mary, ich überlasse ihr Mr. Heartley und seinen gesamten Besitz zu ihrem ausschließlichen zukünftigen Nutzen und Gewinn, und nicht nur ihn, sondern obendrein all meine anderen Verehrer, wo immer sie sie auftreiben kann, sogar den Kuss, den C. Powlett mir geben wollte, da ich mich von jetzt an einzig auf Mr. Tom Lefroy beschränken will, an dem mir gar nichts liegt.

An der Charakterisierung, Jane sei »der hübscheste, albernste, affektierteste Backfisch auf der Jagd nach einem Mann gewesen«, ist vielleicht durchaus etwas daran, obwohl ihre viktorianischen Nachkommen, die diese Kennzeichnung nicht gerade als Kompliment werteten, nachzuweisen versucht haben, dass die Mutter der Schriftstellerin Mary Russell Mitford, die die Bemerkung gemacht hat, nicht glaubwürdig sei, weil sie in der Nähe Steventons nur gelebt habe, bis Jane zehn Jahre alt war. Ob Jane Austen nicht schließlich doch geheiratet hätte, wenn die Aussichten ihrer Schwester nicht durch den Tod ihres Verlobten plötzlich zunichte geworden wären und sie allein im Haus der Eltern zurückgeblieben wäre, und ob eine Heirat und Kinder – nahezu ständige Schwangerschaften waren damals bei dem Stand der Geburtenkontrolle eher die Regel – ihre literarischen Ambitionen nicht gehindert oder gar zerstört hätten, sind offene Fragen. Sicher ist, dass sie zunächst ledig blieb, weil eine Ehe trotz einiger aussichtsreicher Bewerber nicht zustande kam. Dass sie aber wohl nicht ohne Liebe geheiratet hätte, muss man ihren Romanen entnehmen, in denen die Heirat ohne echte Bindung der Partner immer wieder als eine schreckliche Aussicht dargestellt wird. Auch ihrer Nichte Fanny Knight, die ihre Tante in Liebesangelegenheiten um Rat fragte, gestand sie, dass nichts dem Elend gleiche, ohne Zuneigung an einen Mann gebunden zu sein (30. November 1814). Gerade aber weil es sich hier um einen Punkt handelt, an dem das Literarische und das Biographische in engster Beziehung zueinander stehen, ist es schade, dass der Mangel an sicheren Informationen uns nicht erlaubt, eine solche Verbindung weiter zu verfolgen und dadurch auch die Romane weiter zu erhellen. Es lässt sich aus Andeutungen in ihren Briefen entnehmen, dass Jane die Entscheidung, nicht geheiratet zu haben, später nicht bereut hat.

(3) Die engste Verbindung in der Nachbarschaft bestand zu den Töchtern des Pastors von Deane, Mr. Lloyd, der 1789 starb. Seine Witwe blieb noch einige Jahre im dortigen Pfarrhaus wohnen und zog dann mit ihren unverheirateten Töchtern Mary und Martha – Eliza war schon mit Fulwar Craven Fowle, dem Bruder von Cassandra Austens Verlobtem, verheiratet – nach Ibthorpe, nur 18 Meilen von Steventon entfernt, so dass der freundschaftliche Verkehr aufrechterhalten werden konnte. Mrs. Lloyd war eine Tochter der schönen und berüchtigten Lady Craven, die bei ihrem eleganten Leben ihre Kinder auf skandalöse Weise vernachlässigt und misshandelt hatte und die manche Forscher für das Vorbild von Jane Austens Lady Susan in dem gleichnamigen Romanfragment halten. Mary Lloyd heiratete 1797 den verwitweten James Austen, aber Martha blieb noch Jahrzehnte unverheiratet und zog 1805 nach dem Tod ihrer Mutter zu den Austens.

Zu den großen Vergnügungen der Mädchen gehörten vor allem die Bälle, die in den stattlichen Privathäusern der Umgebung oder monatlich einmal öffentlich in Basingstoke stattfanden. Sie nehmen in den frühen Briefen Jane Austens viel Raum ein. Ausführlich wird diskutiert, wer anwesend war, mit wem man getanzt und was man getragen habe, und für die Freundinnen boten diese Feste immer wieder Anlass zu gegenseitigen Besuchen.

Der Bildungsgrad dieser gemischten ländlichen Gesellschaft war dabei wohl nicht durchweg so hoch wie im Haus Austen. Die Ungebildetheit des englischen »Country Squire« ist schließlich schon eine satirische Zielscheibe des Romans im 18. Jahrhundert. Einmal wurde Mr. Austen von einem Grundbesitzer gefragt, ob nun eigentlich Paris in Frankreich oder Frankreich in Paris liege, er habe sich mit seiner Frau darüber gestritten. Es lässt sich schon aus dieser einen kleinen Anekdote ablesen, welche Fundgrube für die kritisch ihre Umwelt taxierende Schriftstellerin Jane Austen, zu deren besonderem Talent die ironische Darstellung leicht grotesker Mitmenschen gehörte, solche Zusammenkünfte gewesen sein müssen. Irgendwo ist sie immer wieder einem betulichen Umstandskrämer wie Mr. Woodhouse, einer geschwätzignaiven alten Jungfer wie Miss Bates, einer gewöhnlichen Neureichen wie Mrs. Cole oder einer sich hochvornehm gebenden Pfarrersfrau wie Mrs. Elton (alle aus *Emma*) begegnet und hat schmunzelnd oder bitter ihre charakteristischen Züge und vor allem ihre Art, sich auszudrücken, beobachtet, analysiert und in der literarischen Vorratskammer ihres Gedächtnisses gespeichert.

Zweites Kapitel

Jugendwerke

I

Aber bei vielen dieser Beobachtungen war ein langes Aufbewahren im Gedächtnis gar nicht nötig; sie konnten unmittelbar in die kleinen Werke eingehen, die während dieser Zeit schon entstanden, denn Jane Austen schrieb seit ihrem zwölften Lebensjahr kürzere literarische Texte, die zum Vorlesen in ihrer Familie gedacht waren. Die 27 erhaltenen Juvenilia erstrecken sich auf den Zeitraum von 1787 bis 1793 und sind in einigen Fällen sogar mit Daten versehen. Darüber hinaus beginnt der größte Teil mit einer pompösen Widmung an ein Familienmitglied, die bei mehreren Texten zusätzlich eine annähernde Datierung erlaubt. Da z. B. zwei kurze Erzählungen dem Bruder Francis, »Fähnrich auf Seiner Majestät Schiff ›Perseverance‹« gewidmet sind, können sie nur im Jahr von Francis' Dienst auf diesem Schiff, also 1791, geschrieben sein. Die Widmungen deuten auch an, welches Familienmitglied Züge zur jeweiligen Hauptgestalt der Geschichte beigesteuert hatte. Ob Jane Austen wohl an ihre jugendlichen Scherze zurückdachte, als sie gut zwanzig Jahre später bei der Veröffentlichung von *Emma* im vollsten Ernst eine solche aufwendige »höfische« Widmung an den Prinzregenten formulieren musste?

Die erste Veröffentlichung der dreizehnjährigen Jane Austen blieb über 20 Jahre lang ihre einzige. In der neunten Nummer von James' und Henrys *Loiterer* erschien am 28. März 1789 der Leserbrief einer offensichtlich fiktiven »Sophia Sentiment«. Sie schreibt:

> Sie wissen, Sir, dass ich eine begeisterte Leserin bin; und abgesehen von Hunderten von Romanen und Schauspielen habe ich in den beiden vergangenen Sommern sage und schreibe all die unterhaltsamen Aufsätze unserer gefeiertsten Schriftsteller geschafft [...]. Mein Herz schlug vor Freude, als ich Ihre Zeitschrift zuerst las. [...] Es tut mir zwar leid, aber nein, wirklich, Sir, sie ist das blödsinnigste Werk dieser Art, das ich je gesehen habe. [...] Man denke nur, in acht Nummern nicht eine gefühlvolle Erzählung über Liebe und Ehre [...], keine Liebe, keine Dame. Henrys letzte Geschichte hätte allerdings gerettet werden können, wenn der Held mit einer französischen Nonne durchgebrannt wäre. Sie haben dem Amüsement unseres Geschlechts noch keine einzige Nummer gewidmet und uns so wenig Aufmerksamkeit geschenkt, als glaubten Sie wie die Türken, dass wir keine Seele haben. [...] Wir möchten ein paar rührende Erzählungen sehen – über das Unglück zweier Liebender, die genau in dem Moment plötzlich starben, als sie zur Trauung in die Kirche gingen. Lassen Sie den Liebhaber in einem Duell sterben oder bei einem Schiffbruch umkommen; Sie können ihn auch Selbstmord begehen lassen, ganz wie Sie wünschen, und seine Geliebte muss natürlich verrückt werden. [...] Nur bedenken Sie bitte bei allem, was Sie tun, dass Held und Heldin höchst empfindsam sein und recht hübsche Namen haben müssen. Wenn solche Geschichten nicht ›baldigst‹ erschei-

nen, dann soll Sie das Schicksal treffen, Junggeselle zu bleiben – mit einer altjüngferlichen Schwester als Haushälterin und Plagegeist.

Entsprechend Ihrem Benehmen
Ihre
Sophia Sentiment.

Obwohl nicht sicher ist, dass diese Epistel von Jane Austen stammt, ist ihr überkandidelter Spott doch unverkennbar. Der Brief reiht sich zwanglos in ihre Juvenilia ein. Zudem heisst eine Heldin in *Liebe und Freundschaft*, das Jane etwa zur selben Zeit schrieb wie den Brief, Sophia.

Die jugendlichen Werke variieren in ihrer Länge von der halbseitigen Farce oder Kürzestgeschichte bis zum 50 Seiten langen Roman, wobei der größere Umfang als Zeichen größerer Reife und literarischer Beherrschung zu deuten ist. Bei vielen Stücken handelt es sich um Fragmente, die zu beenden wohl nie die Absicht bestand, weil ihre Komik sich im Charakterisieren eines bestimmten Zuges erschöpft und den Abschluss der Geschichte nicht erfordert. Die Texte zeigen eine für einen zwölf- bis fünfzehnjährigen Teenager ganz ungewöhnliche, wenn nicht einmalige satirisch-parodistische Begabung, die ein scharfes Auge für die menschlichen Schwächen und Laster, ein empfindsames Ohr für die sprachlichen Mängel und Absurditäten ihrer Zeitgenossen und einen wachen Sinn für die literarischen Stereotypen ihrer Zeit voraussetzt. In dieser letzten Hinsicht sind Jane Austens Jugendwerke der eindeutigste Beleg für die lebendige geistige Atmosphäre und die Freizügigkeit ihres Elternhauses, wo man das Parodistische zu schätzen gewusst und das gesellschaftliche Leben recht ungehemmt diskutiert haben muss. Die Texte zeigen inhaltlich alles andere als das ängstliche Einhalten von Tabus oder enge moralische Maßstäbe; sie handeln von Bastarden und Morden, Trunk- und Spielsucht, unverantwortlichen Eltern und missratenen Kindern und sind auch durchaus nicht prüde. Sie spielen auf übermütige, selbstsichere und respektlose Weise mit den Konventionen und Verirrungen der Zeit und ihrer durch und durch unglaubwürdigen Darstellung im populären Roman. Schon als junges Mädchen fand Jane Austen ihre Mitmenschen mit ihrer Impertinenz, Heuchelei, Geschwätzigkeit, Großmannssucht, Leichtgläubigkeit und Unmoral unendlich komisch. Von Anfang an erhob sie sich über die Unvollkommenheiten der menschlichen Welt, indem sie ihre besonders grotesken, aber auch bedrückenden Züge lächerlich machte: Komödie als Ventil, Therapie und kritische Waffe. Das Besondere an diesen frühen literarischen Versuchen aber ist, dass sie das Possenhafte zum Gutteil aus ihren parodistischen Elementen gewinnen, also zurückbezogen sind auf die zeitgenössische Literatur. Die Forschung hat auf alle möglichen Vorlagen selbst einzelner Szenen hingewiesen, die Jane Austens Vertrautheit nicht nur mit populären Romanen, sondern ebenso mit anspruchsvollen Autoren wie Richard Sheridan, Samuel Johnson, den sie besonders schätzte, und Oliver Goldsmith sowie mit Zeitschriften belegt. Auch die Kenntnis Shakespeares spricht schon aus diesen frühen Werken. Was Henry Crawford im 34. Kapitel von *Mansfield Park* über den größten englischen Dramatiker sagt, entsprach sicher Jane Austens eigener Anschauung:

> Aber Shakespeare lernt man kennen, ohne eigentlich zu wissen, wie. Er wird jedem Engländer zur zweiten Natur. Seine Gedanken und Schönheiten sind so verbreitet, dass man überall darauf stößt; man ist instinktiv mit ihnen vertraut. (S. 408)

Jane Austen probierte verschiedene literarische Genres und versuchte sich unter anderem auch an zwei absurden Gesellschaftskomödien. In *Der Besuch* muss der Kreis der vornehmen Gesellschaft unter den unleidlichen Lebensumständen im Haus Lord Fitzgeralds leiden, dessen Großmutter in allem nur ihre eigenen Bedürfnisse berücksichtigt hat: die Betten sind zu kurz, und es gibt zu wenig Stühle, so dass manch einer jemanden auf den Schoß nehmen muss, Sophie Hampton den Gastgeber. In *Das Geheimnis* erfahren die Leser – oder bei der jungen Jane Austen immer besser: die Zuhörer – nie, wovon das Stück eigentlich handelt, weil sich die Mitwirkenden alles Wichtige nur ins Ohr flüstern. Mit der »parteilichen, voreingenommenen und ahnungslosen« *Geschichte Englands von der Herrschaft Heinrich IV. bis zum Tod Karls I.*, die Goldsmiths *Geschichte Englands in einer Reihe von Briefen eines Edelmannes an seinen Sohn* (1764, gekürzte Fassung) ins Komische entstellt und durch die aquarellierten Königsporträts von Janes Schwester noch einen weiteren karikaturistischen Reiz bekommt, ist auch ein nicht-literarisches Genre vertreten.

Vor allem aber beutet Jane Austen den sentimentalen Frauenroman der Zeit zu parodistischen Zwecken aus und macht sich ausgiebig in immer neuen Variationen über die unglaubwürdigen, überirdisch schönen und tugendhaften Heldinnen lustig. Für das frühe Stadium des Genres ist durch den Einfluss von Samuel Richardsons Romanen *Pamela* (1740), *Clarissa* (1748) und *Sir Charles Grandison* (1754) die Briefform charakteristisch, so dass auch ein Teil von Jane Austens Parodien aus Briefromanen besteht. Doch schon diese epistolare Form selbst wird bei ihr ad absurdum geführt, weil sie keinerlei Funktion hat, wenn es – wie in *Liebe und Freundschaft* – nur *eine* Briefschreiberin gibt, die ihre durch die Briefform willkürlich zerhackte, weit zurückliegende Jugendgeschichte erzählt; denn der Briefroman lebt von der Aktualität der Ereignisse, so dass sich die Handlung entwickelt, während die Briefe selbst geschrieben werden, und nicht nur der Leser, sondern auch die Akteure selbst über die Ereignisse noch im dunkeln tappen.

Die Heldin dieses Romantyps ist die tugendhafte junge Frau von großer Empfindsamkeit, die dem moralisch bedenklichen, wenn nicht schlichtweg korrupten Liebhaber das Ideal des reinen Lebens entgegenhält und auch in der bedrohlichsten Lage ihre Unschuld selbst unter Einsatz ihres Lebens zu verteidigen bereit ist. Da der Frauenroman der Zeit, den Jane Austen vorfand und dessen Unglaubwürdigkeit sie in ihren jugendlichen Parodien bloßstellte und in ihren späteren reifen und so bewundernswert wirklichkeitsgetreuen Werken weit hinter und unter sich zurückließ, für sie so wichtig ist, sei ein frühes und ein spätes Beispiel des Genres schon hier vorgestellt. Sie enthalten eine Fülle typischer Elemente und machen Jane Austens parodistischen Ansatz deutlich. Die Autorin kannte beide Romane gut, und auffälligerweise gibt es in beiden Namen, die sie selbst dann auch in ihren Büchern verwendete. (Im zweiten Fall, einem heute recht obskuren Buch, ist das von der Austen-Forschung wohl noch nicht angemerkt worden.)

Fanny Burneys (1752–1840) Erstling *Evelina* (1774), der die Autorin schlagartig berühmt machte, ist die Geschichte des naiven siebzehnjährigen Provinzmädchens, das in der verführerischen Londoner Gesellschaft ihre Integrität wahren und sich gesellschaftlich schulen muss, bevor sie am Ende mit der Hand des reiferen Lord Orville belohnt wird – eine Verbindung nicht hemmungsloser Leidenschaft, wie sie einst ihre Mutter durch unkluge Flucht erzwungen hatte, sondern langsam gewachsener Zuneigung. Orville ist wie ein Schutzgeist das ganze Buch hindurch immer zur Stelle, wenn Evelinas Tugend oder Ruf in Gefahr gerät, nicht weil sie schlecht ist, sondern weil sie in ihrer Arglosigkeit die Schlechtigkeit anderer nicht durchschaut oder sich anderen als Abhängige unterordnen muss. Vor allem Sir Clement Willoughbys (!) Nachstellungen muss sie sich immer wieder entziehen. Ihr geistlicher Vormund, Mr. Villars, gibt ihr die Ermahnung auf den Weg: »Nichts ist so verletzlich wie der Ruf einer Frau; er ist zugleich das schönste und das zerbrechlichste aller menschlichen Dinge.« Die abenteuerliche französisch-englische Herkunft der Heldin, die Wiederherstellung verwandtschaftlicher Verhältnisse durch das Auftauchen ihres gewissenlosen Vaters, Sir John Belmont, der sie, überwältigt von der Ähnlichkeit mit seiner verstorbenen Frau, anerkennt, und ihre Einsetzung in ihr rechtmäßiges Erbe, nachdem die falsche Tochter Sir Johns als Hochstaplerin entlarvt ist, lassen sich, zu Stereotypen verallgemeinert, leicht in *Liebe und Freundschaft* als Grundelemente von Jane Austens absurdem Spiel menschlicher Beziehungen wiederfinden: als exotisch-unglaubwürdige Herkunft, abenteuerliche Verwandtschaft, angemaßte Identität oder unmoralische Elternschaft.

Self-Control (1811, *Selbstbeherrschung*) ist der Erstling Mary Bruntons (1778–1818), die fast genau eine Zeitgenossin Jane Austens ist; sie hat diesen Romantyp so verinnerlicht und sentimentalisiert, dass ihr Buch bis kurz vor Ende nahezu keine Handlung hat. Auf Seite 6 macht Oberst Villiers Hargrave (!) Anstalten, die siebzehnjährige, fromm erzogene Schottin Laura Montreville, die ihn als männliches Ideal liebt, auf einem Spaziergang kurz nach dem Tod ihrer Mutter zu verführen oder auch nur zu küssen – die Vagheit der Szene macht es unmöglich, genaue Schlüsse zu ziehen –, was sie entsetzt zurückweist. Die nächsten 400 Seiten sind nun ihrem unentwegten seelischen Kampf gegen die Nachstellungen dieses Mannes, den aufzugeben ihr schwerfällt, gewidmet, bis sie begreifen muss, dass er ein leichtsinniger und skrupelloser Schurke ist. Mit unendlicher Geduld wirbt der liebenswerte Montague de Courcy (!), der einen Freund namens Wentworth (!) hat, um sie, ohne je ihre Skrupel besiegen zu können. Aber schließlich kommt auf den letzten 30 Seiten doch noch eine dramatische Handlung zustande: Hargrave verschleppt Laura nach Amerika, wo sie – zu Jane Austens Amüsement, die dies ironisch als die noch relativ realistischste Szene des Buches bezeichnete – allein in einem Boot einen Fluss hinuntertreibt, während Hargrave sich im Bewusstsein seiner Schuld erschießt. So kann sie nach ihrer Rückkehr nach England auf der letzten Seite doch noch de Courcy die Hand fürs Leben reichen.

Die übersensible, hochgradig idealisierte Heldin, die in *Selbstbeherrschung* ins Extrem gesteigert ist, bildet einen Hauptangriffspunkt in Jane Austens frühen Werken. Die ihr nachempfundenen Protagonistinnen ihrer Geschichten behalten einerseits die Charakteristika solch zartfühlender Lebenshaltung bei, indem sie etwa ständig in Ohnmacht fallen, und sprechen auch unentwegt über ihre zarten Empfindungen, aber ihr tatsächliches Handeln widerspricht diesen Attitüden völlig. Sie stehlen, lügen, handeln herzlos, sind grenzenlos eitel, egoistisch und geldgierig und lassen überhaupt jeden Anstand in ihrem Verhalten und ihrem menschlichen Umgang vermissen – und das alles mit dem hartnäckig verteidigten Anspruch, das Muster weiblicher Vollkommenheit zu sein. Zwei Prinzipien humoristischer Verzerrung liegen diesem Verfahren zugrunde: die Übersteigerung bestimmter Züge ins Karikaturistische, die das allgemein als Maßstab Akzeptierte durch scheinbar vehemente Bestätigung desavouiert (»Wir fielen abwechselnd auf dem Sofa in Ohnmacht«; *Liebe und Freundschaft*, 1790), und das selbstverständliche und gelassene Hinnehmen dessen, was dem allgemein Akzeptierten widerspricht, so dass die Welt auf dem Kopf zu stehen scheint (»Mr. Brudenell war ein einsichtiger Mann und hatte eine schöne Nichte, in die sich sogleich Sir William verliebte. Aber Miss Arundel war grausam; sie zog einen gewissen Mr. Stanhope vor. Sir William erschoss Mr. Stanhope; die Dame hatte nun keinen Grund mehr, ihn abzuweisen; sie nahm seinen Antrag an, und am 27. Oktober wurden sie getraut.«; *Sir William Montague*, vor 1790. Oder: »Das arme Mädchen! Sie betrauert seinen Tod noch immer mit unverminderter Treue, ungeachtet der Tatsache, dass er schon über sechs Wochen tot ist, aber manche Leute nehmen sich solche Dinge eben mehr zu Herzen als andere.«; *Burg Leslie*, 1792).

II

Auch in der Naturdarstellung lassen sich beide Verfahren beobachten. So wird in der folgenden Passage das sentimentale, ins Idyllisch-Ideale geschönte Landschaftsbild, das im Frauenroman immer wieder der Kummer oder Freude erlebenden Heldin als dekorativer Hintergrund dient, sprachlich und gegenständlich übertrieben:

> Bei ihrer Rückkehr nach Crankhumdunberry (in welch lieblichem Dörfchen ihr Vater Pastor war) wurde Charlotte mit überschwenglicher Freude von Frederic und Elfrieda empfangen, die sie abwechselnd an die Brust drückten und dann vorschlugen, einen Spaziergang durch den Pappelhain zu unternehmen, der vom Pfarrhaus zu einer frischen grünen Wiese führte, die von einer Fülle bunter Blumen reizend betupft dalag und von

einem rieselnden, durch eine unterirdische Passage vom Tal von Tempé hergeleiteten Bach bewässert wurde.

(*Frederic und Elfrieda*, vor 1790)

Nach dem zweiten Verfahren wird ein solcher Landschaftshintergrund bei Jane Austen nicht mehr übertrieben poetisiert, sondern es wird eine Umgebung ausgewählt, die den Maßstäben des Landschaftlich-Schönen einfach ins Gesicht schlägt:

Ein paar Tage nach ihrer Versöhnung machte Lady Williams Miss Johnson einen Besuch und schlug einen Spaziergang in den Pappelhain vor, der vom Schweinestall der gnädigen Frau zu Charles Adams' Pferdetränke führte. (*Jack und Alice*, vor 1790)

In solchen Landschaftsbeschreibungen ist zugleich ein weiteres parodistisches Angriffsziel erkennbar: William Gilpins (1724–1804) Theorie des Pittoresken übte nach den biographischen Bemerkungen ihres Bruders Henry »schon sehr früh [...] großen Reiz auf sie aus«. In den späteren Romanen spielt sie darauf wiederholt an – besonders in *Verstand und Gefühl*, wo daher deutlich die frühe Entstehung durchscheint. In *Liebe und Freundschaft* wird ja Augusta durch Gilpins Buch über Schottland veranlasst, dorthin zu fahren. Der Geistliche und Hobbymaler Gilpin veröffentlichte in den beiden letzten Jahrzehnten des 18. Jahrhunderts eine Reihe von Reisebüchern und ästhetischen Essays, in denen er seinen Zeitgenossen ein Ideal des Landschaftlichen nahezubringen suchte, das er mit dem Begriff des »Pittoresken« bezeichnete. Dieses Ideal soll dem Bildarrangement beim Malen von Landschaften und der Ausbildung des Schönheitssinns beim Betrachten der Natur dienen. Sein entscheidender Gesichtspunkt ist die Abwechslung und Belebung, das Spiel kontrastierender Formen, das die Landschaft etwa durch Felspartien, bizarre Baumgruppen oder mittelalterliche Ruinen reizvoll macht. Als Element dieser ästhetisch gruppierten Formenvielfalt werden auch Mensch und Tier als statuarisches Bildingrediens eingeordnet. Wenn es bei Jane Austen in *Evelyn* (1792) etwa heißt:

> Ein Kiesweg lief durch diesen schönen Staudengarten, und da der Rest des Geländes weiter keine Bäume oder Sträucher aufwies, seine Oberfläche völlig glatt und eben war und vier Kühe in gleichmäßigem Abstand voneinander darauf weideten, nahm der Anblick der Grünfläche Mr. Gower beim Betreten der Wiese außerordentlich gefangen,

dann sind das Kriterien und Formulierungen, die Gilpin nachgebildet sind, aber durch das *Bildelement* der Kühe im gleichmäßigen Abstand, das hier in die Wirklichkeit übernommen wird, als hätte man die Kühe aus ästhetischen Gründen dort auf Dauer plaziert, grotesk wirkt und nicht nur Mr. Gower, sondern auch den eingeweihten Leser gefangennimmt.

In allen drei Beispielen der parodistischen Landschaftsbeschreibung wird zudem die Verbindung dieser ästhetischen Theorie mit der Landschaftsgärtnerei der Zeit deutlich. Der Pappelhain und die grüne Wiese von Crankhumdunberry sind bewusst übertriebene Beispiele für die pittoresk-romantische Naturgestaltung, deren Charme nach dem Urteil der Zeitgenossen in ihrer scheinbaren Natürlichkeit bestand, die aber das kunstvoll-künstliche Arrangement nur verbarg. Das Umgestalten der Haus-, Garten- und Parkanlagen, um sie den neuen Vorstellungen landschaftlicher Schönheit anzupassen, war im England dieser Zeit eine große Mode. Die Gartenarchitekten Lancelot Brown (1716–1783) – Capability-Brown genannt, weil er zu allen Kunden sagte: »Ihr Grundstück bietet Möglichkeiten« – und Humphrey Repton (1752–1818) waren vielgefragt, und in Jane Austens Romanen, vor allem in *Mansfield Park*, bildet denn auch der Geschmack, den Garten- und Parkanlagen zeigen, ein Element für die Beurteilung ihrer Besitzer.

Jane Austens frühe karikierende Verfahren sind vielfältig. Sie verabsolutiert zum Beispiel immer wieder einzelne menschliche Züge und schafft so grotesk einseitige Charaktere oder lässt Gestalten völlig unangemessen, oft herzlos grausam auf eine Situation oder ein Ereignis reagieren. In der folgenden Szene aus *Burg Lesley* ist beides vereint. Dort gibt es eine junge Dame, die die Welt bis hinein in ihre sprachlichen Vergleiche nur unter dem Gesichtspunkt des Kochens sieht. Als die Hochzeit ihrer Schwester nicht zustande kommt, hat sie ihre eigenen Sorgen, wie sie ihrer Briefpartnerin berichtet:

> Du kannst Dir vorstellen, wie groß meine Enttäuschung ist, wenn Du bedenkst, dass ich nun, nachdem ich Tag und Nacht geschuftet habe, um das Hochzeitsessen rechtzeitig fertig zu bekommen, nachdem ich genug Rindfleisch gebraten, Hammel geschmort und Suppe gekocht habe, um das Brautpaar unbesorgt durch die Flitterwochen zu bekommen, den Schmerz erleben muss, das Fleisch und mich völlig umsonst gebraten, geschmort und gekocht zu haben. Ja, meine liebe Freundin, ich erinnere mich nicht, je so erschüttert gewesen zu sein wie letzten Montag, als meine Schwester mit einem Gesicht weiß wie Schlagsahne zu mir in die Vorratskammer gelaufen kam und sagte, dass Hervey vom Pferd gefallen

sei, einen Schädelbruch erlitten habe und vom Arzt als lebensgefährlich verletzt bezeichnet worden sei. »Guter Gott«, rief ich, »was du nicht sagst! Was soll nun um Himmels willen aus den Lebensmitteln werden? Wir sind doch nicht imstande, sie aufzuessen, bevor sie schlecht werden. Aber wir können den Arzt bitten, uns zu helfen. Ich schaffe das Rindfleisch allein, meine Mutter nimmt sich die Suppe vor, und du und der Doktor, ihr müsst alles übrige aufessen.

Man kann es der armen Braut kaum verdenken, dass sie prompt in Ohnmacht fällt. Das Unwahrscheinliche wird in solchen Szenen immer wieder als das Selbstverständliche geschildert, so auch in den Geburts- und Gefängniserfahrungen Elizas in *Henry und Eliza* (vor 1790). Der »Roman« beginnt mit einem parodistischen Seitenhieb auf die beliebten Findlinge in sentimentalen Romanen:

> Als Sir George und Lady Harcourt das Heuen ihrer Arbeiter beaufsichtigten, wobei sie den Fleiß der einen belohnten durch ein zustimmendes Lächeln und die Faulheit der anderen bestraften – mit einem Knüppel, sahen sie gut verborgen unter einem Heuhaufen ein wunderschönes kleines Mädchen von höchstens drei Monaten liegen.

Der Findling ist das reizendste und tugendhafteste Mädchen der Welt, bis es mit Achtzehn 50 Pfund aus dem Schreibtisch des Adoptivvaters stiehlt und hinausgeworfen wird. Daraufhin singt sie in idyllischer Natur sentimentale Lieder, die ein beliebtes Ingrediens des Frauenromans waren. Später schnappt sie der Tochter einer neuen, diesmal herzoglichen Wohltäterin den Mann weg:

In Frankreich blieben sie drei Jahre und wurden während der Zeit Eltern von zwei Jungen. Schließlich aber wurde Eliza Witwe und stand ohne jedes Auskommen für sich und ihre Kinder da. Sie hatten seit der Hochzeit jährlich 18 000 Pfund ausgegeben; da Mr. Cecils Besitz aber nur ein Zwanzigstel davon einbrachte, hatten sie nur wenig sparen können; sie hatten ihr Einkommen aufs äußerste strapaziert.

Eliza war sich ihrer verzweifelten Lage bewusst und segelte in einem Kriegsschiff mit 55 Kanonen, das sie sich während ihrer besseren Tage gebaut hatten, nach England. Aber kaum war sie in Dover mit einem Kind an jeder Hand an Land gegangen, da wurde sie von den Agenten der Herzogin verhaftet und in das hübsche kleine Gefängnis geführt, das ihre Hoheit zur Aufnahme ihrer persönlichen Gefangenen hatte errichten lassen. Kaum hatte Eliza ihren Kerker betreten, da dachte sie schon an nichts anderes, als wie sie ihn wieder verlassen könne. Sie ging zur Tür; aber die war verschlossen. Sie blickte zum Fenster; aber das war mit Eisenstäben vergittert. In ihren Erwartungen so bitter getäuscht, wollte sie schon daran verzweifeln, je ihre Flucht bewirken zu können, als sie glücklicherweise in einer Ecke der Zelle eine kleine Säge und eine Strickleiter entdeckte. Mit der Säge ging sie sogleich ans Werk und hatte in ein paar Wochen alle Gitterstäbe beseitigt – bis auf einen, an dem sie die Leiter befestigte. Eine Schwierigkeit ergab sich zunächst, die sie nicht zu lösen wusste. Ihre Kinder waren zu klein, um allein die Leiter hinunterzuklettern, und sie konnte sie unmöglich auf den Arm nehmen, wenn sie selbst hinunterstieg. Schließlich beschloss sie, alle Kleidungsstücke (und sie hatte eine Fülle davon) hinunterzuwerfen, befahl dann den Kindern aufs strengste, sich nicht zu verletzen, und warf sie hinterher. Sie selbst stieg die Leiter ohne Schwierigkeiten hinunter und hatte unten die Freude, ihre kleinen Jungen vollkommen gesund und im tiefsten Schlaf anzutreffen.

Es versteht sich in einer solchen Parodie fast von selbst, dass sich Eliza zu guter Letzt als echte Tochter ihrer ursprünglichen Finder herausstellt. Ihr Schicksal war, wie ihre Mutter ihrem Vater erklärt, wahrhaft außerordentlich:

> Vier Monate, nachdem du [nach Amerika] aufgebrochen warst, wurde ich von diesem Mädchen entbunden. Aber da ich fürchtete, dass du es ablehnen würdest, weil es nicht der gewünschte Junge war, brachte ich sie zu dem Heuhaufen und legte sie darunter. Ein paar Wochen später kamst du zurück und stelltest mir über das Thema glücklicherweise keine Fragen. Über das Wohlergehen meines Kindes beruhigt, vergaß ich bald, dass ich eines hatte, so dass ich, als wir sie in dem Heuhaufen fanden, wohin ich sie gelegt hatte, ebenso wenig wie du wusste, dass es mein eigenes war.

III

Der Übergang von der komischen zur ernsten Literatur verlief bei Jane Austen gleitend. Es gibt unter ihren Jugendwerken keines, das nicht um humoristischer Wirkungen willen die dargestellte Wirklichkeit bewusst ins Groteske entstellte, aber das bloße Spiel mit den gesellschaftlichen und literarischen Traditionen tritt schon 1792 in dem Fragment *Catherine,* dem längsten der frühen Werke, zurück, so dass sich hier zum erstenmal unter der Oberfläche des Absurden eine richtige Geschichte entwickelt, in deren Zentrum die erste Liebeserfahrung eines jungen Mädchens steht. Wohl beginnt der Roman noch mit parodistischen Anklängen. Catherine ist noch die typische früh verwaiste Heldin, die bei ihrer Tante aufwächst, die dann – je nach dem Romantyp – rührend naiv oder verworfen ist (in diesem Fall ist sie so prüde, dass sie ihre Nichte schon vor dem Anblick jedes männlichen Wesens schützen zu müssen glaubt), und ihre Jugend wird noch auf dem Hintergrund literarischer Anspielungen dargestellt (z. B. Catherine fand »das Vorfahren einer vierspännigen Kutsche ein interessanteres Geräusch als die Musik einer italienischen Oper, die für die meisten Heldinnen den Gipfel des Vergnügens bildet«); wohl gibt es auch noch die absurden Dialogfetzen und die grotesk-monomanischen Charaktere. Aber die Szenen – darunter eine Ballszene, wie sie später in jedem von Jane Austens Romanen vorkommt – werden nun auf realistische Weise ausgesponnen, statt im rasanten komischen Erzählfluss aufs äußerste reduziert zu werden. Über die bloße Wiedergabe einer Handlung hinaus kommt es nun also langsam zu deren Ausgestaltung; und der Gefühlswelt des jungen Mädchens wird nun eine ernstere Aufmerksamkeit geschenkt, so dass das Werk hierin schon auf einen Schwerpunkt in Jane Austens späterem Schaffen hinweist. In den früheren Texten dagegen stehen zwar weitgehend auch junge Mädchen im Mittelpunkt, aber Liebe und Ehe, um die sich ihre Welt – wie in *Die drei Schwestern* – dreht, sind in ihnen nichts als komisch.

Eine solche Mischung von Scherz und Ernst, von Übertreibung und Realismus, von parodistischem Ursprung, der immer mehr von einem eigenen Gestaltungswillen überlagert wird und sich darüber hinausentwickelt, müssen auch die ersten Fassungen der drei frühen Romane Jane Austens dargestellt haben, die wir aber nicht kennen. Erhalten ist ein undatierter Zettel, auf dem Cassandra Austen nach dem Tod ihrer Schwester die Entstehungsdaten aller Werke Jane Austens festgehalten hat. Nur, wann geschah das und wie genau war ihre Erinnerung? Dort heißt es über die frühen Fassungen:

> Erste Eindrücke [First Impressions] begonnen Oktober 1796, abgeschlossen August 1797. Später mit Änderungen und Kürzungen unter dem Titel Stolz und Vorurteil veröffentlicht.
>
> Verstand und Gefühl begonnen November 1797. Ich bin sicher, dass ein Teil dieser Geschichte und ihrer Gestalten früher geschrieben wurde und Elinor und Marianne hieß.
>
> […]
>
> Kloster Northanger [Cassandra schreibt North-Hanger] wurde etwa in den Jahren [17]98 und 99 geschrieben.

Wir wissen zu wenig über Jane Austens Leben aus diesen Jahren und daher auch fast nichts über die Entstehung der Erstfassungen dieser Romane. Ihre Manuskripte sind nicht erhalten. Für 1796 gibt es sieben Briefe Janes, zwei im Januar und fünf im August und September, für 1797 gar keine. Da dies das Jahr ist, in dem Cassandra ihren Verlobten verlor, hat sie sie bestimmt vernichtet. Die Romane werden in den Briefen nicht erwähnt. Erst 1799 lassen zwei Bemerkungen über *Erste Eindrücke* darauf schließen, dass sowohl Cassandra als auch die Freundin Martha Lloyd das Manuskript sehr gut kannten. Jane schreibt, wenn Martha es noch einmal lese, müsse sie es auswendig können. Man darf wohl vermuten, dass es längere Pausen in Jane Austens schriftstellerischer Tätigkeit seit den Jugendwerken nicht gegeben hat. Höchstens könnten durch die Todesfälle, die die Familie in diesen Jahren trafen (1794 starb Edwards Adoptivvater, wurde Eliza Hancocks Mann in Paris hingerichtet, 1795 starb James' erste Frau, 1797 Cassandras Verlobter), die Arbeit und das Vorlesen vorübergehend unterbrochen worden sein. Es klingt nach Cassandras Datierung so, als ob die ursprüngliche Fassung von *Verstand und Gefühl* schon vor *Erste Eindrücke* geschrieben worden sei, also in die Zeit vor 1796 falle, was die Lücke zwischen den Jugendwerken von 1793 und *Erste Eindrücke* überbrücken würde. Mit Cassandras Erinnerung stimmt auch der Hinweis von Jane Austens Nichte überein, die 1869 schrieb:

> Das Gedächtnis kann sich täuschen, aber ich irre bestimmt nicht, wenn ich sage, dass Verstand und Gefühl zuerst in Briefen geschrieben und so ihrer Familie vorgelesen wurde.

Das würde der frühen Schreibart der Autorin entsprechen, auch wenn es schwerfällt, sich vorzustellen, wie die Korrespondenz eines Briefromans ausgesehen haben könnte, deren beide Heldinnen in der endgültigen Fassung nie getrennt sind. Dass das Abschlussdatum von *Erste Eindrücke* äußerst wahrscheinlich ist, ist 1836 durch das Bekanntwerden eines Briefes bestätigt worden. Im November 1797 schrieb Janes Vater an den angesehenen Londoner Verleger Thomas Cadell jun., er sei im Besitz eines Romanmanuskripts in drei Bänden, etwa von der Länge von Fanny Burneys *Evelina*, und an einer Veröffentlichung interessiert. Der Verleger zeigte kein Interesse, aber der Brief aus Mr. Cadells Nachlass belegt, dass George Austen die Schriftstellerei seiner Tochter zu dieser Zeit schon ernst nahm und aktiv zu fördern suchte und dass diese gegen Ende

1797 im Besitz des druckreifen Manuskripts von *Erste Eindrücke* war.

Alle drei frühen Werke wurden vor ihrer endlichen Publikation über ein Jahrzehnt später gründlich umgearbeitet. Die deutlichsten Spuren der ursprünglichen Fassung zeigt *Kloster Northanger,* der späteste der frühen Romane, mit dem Jane Austen sich parodistisch ein neues Genre eroberte, nämlich den gotischen Schauerroman. Aber es ist auffällig, dass seine Verulkung nun nicht mehr zu Anfang, sondern erst in der zweiten Hälfte ausgespielt wird. Das deutet auf die Integration der Persiflage in den größeren Zusammenhang hin und repräsentiert damit am unverkennbarsten die zweite Stufe in der literarischen Entwicklung der Autorin.

Wie Jane Austen später über ihre jugendlich-ausgelassenen schriftstellerischen Versuche dachte, ist eindeutig nicht zu sagen. Einerseits hat sie noch 1809 Änderungen in ihnen angebracht, was auf ein anhaltendes Interesse an ihnen, wenn nicht gar auf den Gedanken an eine verspätete Publikation schließen lässt. Dass Cassandra und sie eine lebhafte Erinnerung an die Geschichten hatten, geht auch aus einem Brief Janes vom August 1814 hervor, wo sie auf die in *Liebe und Freundschaft* zwischen Edinburgh und Sterling hin- und herfahrende Postkutsche anspielt. Aber andererseits hat ihre Nichte Caroline, die bei Janes Tod zwölf Jahre alt war, später berichtet, ihre Tante habe ihr abgeraten, sich als Kind zu viel mit dem Schreiben von Vers und Prosa abzugeben. Sie wisse, dass es viel Spaß mache, aber bis zum 16. Lebensjahr solle man es lassen. Sie selbst habe oft gewünscht, vor diesem Alter mehr gelesen und weniger geschrieben zu haben.

In ihren frühen Zwanzigerjahren wandelte sich Jane Austen von der parodistisch begabten Tochter eines gebildeten Landpastors, die ihre lesehungrige Familie mit literarischen Scherzen unterhielt, zur Schriftstellerin, die die Tiefe ihrer Begabung begriff und das Schreiben zur zentralen geistigen Tätigkeit ihres Lebens machte. Und doch dauerte es noch gut zehn Jahre, bis trotz verschiedener Buchmanuskripte, die mehr oder minder vollendet vorgelegen haben müssen, ihr erster Roman erschien und sie dann innerhalb von nur sieben Jahren mit sechs Werken auf dem Buchmarkt präsent war. Diese Verzögerung hängt mit äußeren Umständen, aber auch inneren Erfahrungen zusammen, die Jane Austens nächste Jahre beeinflussten. Der Vorteil dieser Verzögerung ist allerdings, dass schon das erste Buch eine reife, ihr Handwerk beherrschende Autorin zeigt. Aber bevor ihre Biographie – und von nun an chronologisch etwas genauer – weiter verfolgt wird, muss das Bild ihres Lebens durch eine Skizze Englands um 1800 grundiert werden, ohne die für den deutschen Leser viele Begebenheiten und Ereignisse in ihrem Dasein und ihren Romanen unverständlich bleiben würden.

Drittes Kapitel

Jane Austens England

I

Die folgende Skizze Englands um 1800 ist auf das Verständnis Jane Austens und ihrer Romane zugeschnitten. Nichts liegt ihr ferner – schon wegen der notwendigen Kürze und der vielen unumgänglichen Verallgemeinerungen – als der Anspruch einer »Sozialgeschichte Großbritanniens in der zweiten Hälfte des 18. Jahrhunderts«. Sie versucht lediglich, ein paar Grundzüge des Lebens bestimmter Schichten und ihrer Existenzvoraussetzungen in dieser Zeit hervorzuheben, auf denen sich dann das Profil der Schriftstellerin deutlicher abzeichnet. Man muss sich dabei darüber im klaren sein, dass ihre Welt nur ein Ausschnitt der damaligen Gesellschaft, nämlich deren angenehmere, ästhetisch schönere und sozial privilegiertere Seite repräsentiert. Die Leser dürfen sich daher nicht wundern, dass im folgenden von den Verbrechen und sexuellen Exzessen, von dem Elend und der Trunksucht im Sündenbabel London, von den Erhängungen zehnjähriger Kinder für minimale kriminelle Delikte und dem infektiösen Schmutz der städtischen Armenquartiere oder von dem sich herausbildenden industriellen Proletariat, dessen unerträgliche Lebens- und Arbeitsbedingungen Friedrich Engels dann 1845 in seinem bedeutendsten Werk *Die Lage der arbeitenden*

Klassen in England eindrucksvoll beschrieben hat, nicht die Rede ist.

Nur einmal ist wohl Jane Austen im Lauf ihres Lebens ernsthaft und auf bedrohliche Weise mit den erschreckenden Aspekten der damaligen Gesellschaft in Berührung gekommen. Mrs. Leigh-Perrot, ihre reiche, in Bath wohnende Tante, kaufte im August 1799 in einem Kurzwarengeschäft ein Stück *schwarze* Litze und ging anschließend mit ihrem Mann in der Stadt spazieren. Als das Ehepaar eine Viertelstunde später wieder an dem Laden vorbeiging, stürzte die Inhaberin heraus und beschuldigte Jane Austens Tante, zusätzlich ein Stück *weiße* Litze gestohlen zu haben, das sich denn auch prompt zusammen mit der schwarzen in dem Paket fand. Es besteht kaum ein Zweifel, dass es sich dabei um einen Versuch handelte, die Leigh-Perrots zu erpressen, von denen man wohl hoffte, sie würden jeden Skandal vermeiden wollen und lieber Schweigegeld zahlen. Und doch bleibt da ein Unbehagen, denn es ist die merkwürdige Tatsache überliefert, dass Mrs. Leigh-Perrot einige Jahre später angeblich dabei beobachtet wurde, wie sie in einer Gärtnerei eine Pflanze zu stehlen versuchte. Und 1844 behauptete ein Freund von James Edward Austen Leigh, der Mrs. Leigh-Perrot beerbte, ›die Dame hatte eine unbezwingbare Neigung zum Stehlen‹. Aber das Paar leugnete standhaft, auch als die Inhaberin des Geschäfts Anklage erhob und die schwerfällige, aber höchst brutale juristische Maschinerie der Zeit sich in Bewegung setzte und der Fall durch die Presse ging. Die Sache war bedenklich genug: Auf Diebstahl stand Todesstrafe oder Verbannung nach Australien. Da der Prozess erst für den folgenden März angesetzt wurde, stand Mrs. Leigh-Perrot eine Untersuchungshaft von gut einem halben Jahr bevor. Für eine Dame ihres Standes war das bei den damaligen verheerenden Haftbedingungen ohne Einzelhaft eine furchtbare Aussicht. In dieser Lage bewiesen die Austens eine bewundernswerte familiäre Verbundenheit. Mrs. Leigh-Perrots Mann, Mrs. Austens Bruder, entschloss sich, seine Frau ins Gefängnis zu begleiten, wo sich dann eine Unterkunft in der Wohnung des Wärters fand, so dass dem Ehepaar das Schlimmste erspart blieb. Und Mrs. Austen machte ihrem Bruder und ihrer Schwägerin das noble und selbstlose Angebot, ihre beiden Töchter als Hilfe und Gesellschaft im Gefängnis zu ihnen zu schicken. Aber Mrs. Leigh-Perrot lehnte den Vorschlag ab; es sei nicht zumutbar, zwei »vornehme junge Damen« den Bedingungen einer solchen Haft auszusetzen. Ob diese ungewohnte Lebenserfahrung, wäre sie Jane Austen beschieden gewesen, sich in einem ihrer Romane niedergeschlagen hätte? Vierzehn Jahre später besichtigte sie in Begleitung ihres Bruders Edward, der Friedensrichter war und daher Zugang zu solchen staatlichen Institutionen hatte, dann in Canterbury ein Gefängnis und »machte all die Gefühle durch, die sich einem notwendig aufdrängen, wenn man einen solchen Ort besucht« (Brief vom 3. November 1813). Die Sache ging schließlich glimpflich aus. Die Jury sprach die Angeklagte nach dem Anhören von Charakterzeugen frei.

England hatte seine politischen Grundpositionen in dem Jahrhundert zwischen etwa 1650 und 1750 so prinzipiell und eindeutig bestimmt, dass nach turbulenten Zeiten eine ruhige innere Entwicklung auf lange Sicht gewährleistet war. Nur außenpolitisch brach durch den Unabhängigkeitskrieg der nordamerikanischen Kolonien und das zwanzigjährige Ringen erst mit dem revolutionären, dann dem napoleonischen Frankreich eine Epoche starker Erschütterungen herein.

Durch die »Glorreiche Revolution« von 1688 war der absolute Herrschaftsanspruch der Stuart-Könige abgewiesen und die staatstragende Rolle des Protestantismus und der konstitutionellen Monarchie erneut bestätigt worden. Die Wiedereroberungsversuche des Throns erst durch den Sohn und später durch den Enkel des letzten Stuart-Herrschers waren endgültig 1746 in der Schlacht von Culloden gescheitert. Sie bildet den Mittelpunkt von Walter Scotts erstem historischen Roman *Waverley* (1814), den Jane Austen bewunderte und trotz seinem anonymen Erscheinen sofort als Werk des Schotten erkannte. Durch den »Act of Union« wurde 1707 Schottland nach der Aufgabe seines eigenen Parlaments vollständig in das Regierungssystem integriert und das eigentliche Großbritannien mit dem »Union Jack« als Flagge geschaffen.

Die Thronübernahme durch die hannoversche Dynastie im Jahr 1714 – Georg I. war ein Urenkel Jakobs I. von England – vollzog sich nach dem Bürgerkrieg erstaunlich reibungslos, und damit war das parlamentarische System gesichert. Aber die Wahl der Abgeordneten war alles andere als demokratisch im heutigen Sinn. Der größere Teil der Wahlkreise war traditionell in der Hand bestimmter privilegierter Familien; eine immer größere Zahl wurde daher, je weiter das Jahrhundert voranschritt, gar nicht mehr unter zwei Kandidaten ausgefochten. Das Parlament war hoffnungslos unrepräsentativ. Jane Austen hat in *Verstand und Gefühl* in dem morosen Mr. Palmer, den es so unendliche Mühe kostet, wichtige Wähler einzuladen und nett zu ihnen zu sein, einen dieser völlig ungeeigneten, aber sozial privilegierten Parlamentskandidaten karikiert. Die innere Verwaltung blieb das ganze 18. Jahrhundert hindurch äußerst schwach. Ein Beamten- und Polizeiapparat war im Gegensatz etwa zu Preußen oder Österreich kaum vorhanden. Ein Friedensrichter, normalerweise – wie Lady de Bourgh in *Stolz und Vorurteil* – der Grundherr, nahm die Funktionen der örtlichen Administration wahr. Nachlässigkeit und Korruption waren an der Tagesordnung. Zu dieser losen staatlichen Organisation gehörte es auch, dass die Regierung keinerlei Autorität bei der Erziehung der Kinder beanspruchte, sondern diese ganz und gar den Eltern überließ. Frederica in *Lady Susan* ist ein Beispiel, wie eine Mutter die Erziehung ihrer Tochter vernachlässigt. Ein staatliches Schulsystem gab es nicht. Aber gerade diese lockere Verwaltungsstruktur des Landes ermöglichte dann im Unterschied zum umständlich verwalteten Kontinent die schnelle Entwicklung der Industrie. Und trotz vielfältigem Missbrauch des Systems, trotz erschreckender sozialer Ungerechtigkeiten und einer barbarischen Rechtsprechung waren die persönliche Freiheit und die rechtliche Existenzsicherung des einzelnen Bürgers im Vergleich zu den kontinentalen Staaten höchst fortschrittlich und aufgeklärt und gaben den Engländern das Überlegenheitsgefühl einer Nation freier Bürger. Auf das kontinentale Europa mit seinen absoluten Monarchien, seiner Rechtsunsicherheit, seiner Zensur und seinen Polizeiorganen sah man mit Verachtung oder spöttischem Lächeln hinab.

Das 18. Jahrhundert war das Georgische Zeitalter: vier hannoversche Georgs hatten nacheinander zwischen 1714 und 1830 den britischen Thron inne. Die erste Hälfte des Jahrhunderts sah unausgesetzt Regierungen der »Whigs«, die die Ansprüche der Hannoveraner unterstützt hatten und dafür belohnt wurden. Aber in der zweiten Hälfte, als der Thron nicht mehr umstritten war, regierten fast ständig die konservativen »Tories«, die die Privilegien der oberen Schichten schützten und an Wandel nicht interessiert waren. Der König war bei dieser Konstellation die Schlüsselfigur, weil er nach eigenem Gutdünken den Premierminister bestimmte. Jane Austens Lebenszeit fällt ganz in die lange

Herrschaft Georgs III. (1760–1820), der jedoch in den letzten Jahrzehnten zunehmend geistig umnachtet war, so dass sein Sohn Georg (IV.) 1810 die Regentschaft übernahm. Die letzten Lebensjahre Jane Austens, ihre Zeit als publizierende Schriftstellerin, fallen daher in die Regentschaft, das »Regency«, das durch den korpulenten, lebenslustigen, amoralischen und verschwenderischen Kronprinzen geprägt war. Dies waren die Jahre der prinzlichen Mätressen (es gab neben dem Kronzprinz-Regenten sieben königliche Prinzen, nahezu alle mit laxer Moral!) und der eleganten Empiremode; der Schlacht von Waterloo und des Triumphs über Napoleon; der Staatsbesuche des russischen Zaren Alexanders I. und des preußischen Königs Friedrich Wilhelms III., der General Blücher als ungeeigneten, aber begehrten Salonlöwen mitbrachte; der peinlichen öffentlichen Auseinandersetzungen zwischen dem Regenten und seiner Frau, der braunschweigischen Prinzessin Caroline; der romantischen Literatur und zugleich gesellschaftlichen Skandale Lord Byrons und Percy Shelleys; der Maschinenstürmer gegen die rapide Industrialisierung und der protestantischen »Evangelicals« zur Erneuerung des Christentums; der geschmacklich tonangebenden Rolle Beau Brummells und des Siegeszugs des Walzers; der ersten kühn impressionistischen, farbenprächtigen Bilder William Turners und der sozialen Reformversuche Robert Owens; der Ablösung Baths als modischen Kurorts durch das vom Regenten favorisierte Brighton und der klassizistischen baulichen Erneuerung Londons.

Dem Leichtsinn und der Unmoral der Zeit setzte Jane Austen in ihren Romanen ein festes Gefüge ethischen und gesellschaftlichen Verhaltens und Handelns und ein selbstbewusstes Verständnis der Frau im Rahmen der gegebenen sozialen Ordnung entgegen. Ihre Welt war noch stabil, ihr literarischer Geschmack und ihre Bildung waren noch eher vom »augusteischen Zeitalter« des 18. Jahrhunderts als von den neuen künstlerischen Entwicklungen der Romantik geprägt. Und doch schuf sie den realistischen englischen Roman des 19. Jahrhunderts.

II

Um das Leben zu verstehen, das Jane Austen in der englischen Provinz führte, müssen die Leser sich in eine Epoche zurückversetzen, die ihnen gut 200 Jahre später denkbar fern liegt und die sie sich in ihrem Alltag nur noch schwer vorstellen können: die vorindustrielle Zeit mit ihren soliden handwerklichen Erzeugnissen, mit dem in vieler Hinsicht autarken Haushalt, in dem man den größeren Teil der Nahrung selbst schlachtete, schoss, erntete, braute, herstellte und haltbar machte, und mit einem Lebensrhythmus, der nicht blindlings an der benötigten Zeit, sondern an der sinnvollen Ausführung einer gestellten Aufgabe orientiert war.

Zwar war England das erste Land, in dem sich die technischen Fortschritte, die das Gesicht Europas im Lauf des 19. Jahrhunderts völlig veränderten, ab der Mitte des 18. Jahrhunderts abzeichneten. Jane Austens Lebenszeit umfasst die Jahrzehnte, in denen die Dampfmaschine das Tier und das Segel als Zugkraft, das Gaslicht die Kerze als Beleuchtung, die Kohle das Holz als Heizkraft und das Eisen den Stein und das Holz als Baumaterial abzulösen begann; in denen die Produktionsmethoden der Textilindustrie revolutioniert wurden und die Geschichte des Schienentransports anfing. Aber obwohl wir durchaus annehmen können, dass Jane Austen in London eine von Gaslicht erhellte Lesehalle oder eine Dampfmaschine zu Gesicht bekam, waren all diese neuen Erfindungen und Entwicklungen nicht Teil ihrer Welt. Der landwirtschaftlich bestimmte Süden Englands bewahrte noch Jahrzehnte den Charakter friedlicher Stabilität; die Natur blieb noch lange unverschandelt von der Industrie; und die traditionelle Zusammensetzung und Rangordnung der Bevölkerung, aber auch ihr System privater Verantwortung für die Schwachen und Armen war in diesem Teil des Landes noch unangetastet. Der Gemeinde als Armutsfall zur Last zu fallen galt als letzte Stufe des Unglücks. Es gehörte zu den Verpflichtungen wohlhabender Mitbürger – Miss Bates in *Emma* weiß es nicht nur zu schätzen, sondern auch in endlosen Dankesfloskeln auszudrücken –, das Schicksal der Armen durch persönliche Hilfe und mit Takt – den Mrs. Elton so vermissen lässt – zu erleichtern, und die Wahrnehmung dieser Pflicht ist in Jane Austens Leben und Büchern ein Maßstab menschlichen Wertes. Wie sehr auch immer Emma in ihrer Menschenbehandlung fehlt; dass sie die Armen nie vernachlässigt und etwa den Bates schon das ganze Hinterteil des frisch geschlachteten Schweins hat zukommen lassen, als ihr Vater ihr vorschlägt, ihnen ein Bein zu schicken, ist ein Hinweis auf ihre intakte Menschlichkeit. Es weist aber auch auf eine mitmenschliche Notwendigkeit hin, denn da es keinerlei staatliches ›soziales Netz‹ gab, waren die Armen auf die Hilfe ihrer Mitbürger angewiesen.

Jane Austen reiste noch langsam und von Pferden gezogen – im Sommer durch eine ungestört grünende und blühende Natur, im Winter jedoch auf nahezu unbefahrbaren, verschmutzten Wegen. Das Reisen war ohnehin ihr Leben lang ein Problem, weil junge Frauen aus Anstandsgründen nicht allein die engen und unbequemen Postkutschen benutzten und sie und ihre Schwester daher meist auf die Begleitung oder die Wagen ihrer Brüder angewiesen waren. Der Besitz und Unterhalt solcher Fahrzeuge war eine recht kostspielige Angelegenheit und gibt einen ersten Hinweis auf Jane Austens soziale Zugehörigkeit.

Die Austens gehörten der »Gentry« an, dem oberen Mittelstand, der nach der höheren Aristokratie den niederen Adel und das landbesitzende Bürgertum umfasste. Da in England das Erbrecht des Erstgeborenen strikt gehandhabt wurde und viele Besitztümer als Fideikommiss (»entail«) ungeteilt auch in der weiteren männlichen Verwandtschaft weitervererbt wurden, blieb die Zahl der durch ausgedehnten Landbesitz begüterten Familien – es waren zu dieser Zeit etwa 15 000 bei einer Gesamtbevölkerung von 10 Millionen Einwohnern – ziemlich konstant. Da auf diese Weise jeweils nur der älteste Sohn oder *ein* Verwandter in den Genuss des Erbes kam, musste für die jüngeren Kinder anderweitig gesorgt werden. Bei den Töchtern war das rein ökonomisch kein Problem, auch wenn es dabei menschlich höchst unbefriedigende Lösungen gab. Sie heirateten oder blieben im Haus der Eltern und nach deren Tod in dem eines Familienangehörigen, weiterer Verwandter oder einer befreundeten Familie, ohne je im bürgerlichen Sinn selbständig zu werden. Cassandra und Jane Austen betrachteten nach dem Tod ihres Vaters ihre Mutter als Familienvorstand und respektierten ihre Autorität. Hatte eine alleinstehende junge Frau keinerlei Zuhause, dann konnte sie sich nur als Gouvernante oder Gesellschafterin in einer fremden Familie verdingen – ein Schicksal, über das in Jane Austens Romanen nur mit Widerwillen gesprochen wird. Jane Fairfax in *Emma,* der dieses Schicksal möglicherweise bevorsteht, fürchtet, sich ›verkaufen‹ zu müssen, nennt die ›Vermittlungsstellen‹ für Gouvernantenposten verächtlich ›Verkaufsbüros [...] für menschliche Intelligenz‹, und spricht von ›Hauslehrerhandel‹ (S. 356 f.).

Die jüngeren Söhne dagegen waren meist darauf angewiesen, ihren Unterhalt selbst zu verdienen, und dafür kam nach den Vorstellungen der Zeit nur eine Reihe von Berufen infrage, die nicht zu Handarbeit zwangen und in denen die Arbeitslast nicht zu groß war, ja, die ihnen womöglich Einnahmequellen sicherten, ohne dass sie auf regelmäßige Arbeit überhaupt angewiesen waren, und ihnen eines Tages ein gesichertes Leben von den Zinsen ihres Kapitals auf einem kleinen Landsitz oder in einem Stadthaus erlaubten, wofür natürlich auch eine Barerbschaft aus dem Familienbesitz infrage kam. Die Palette dieser akzeptablen Berufe kann man in *Verstand und Gefühl* aus Edward Ferrars Erklärung seiner momentanen Lage erfahren, in der seine Anspruchslosigkeit mit der snobistischen und modisch gefärbten Sicht seiner Mutter kontrastiert wird:

> Wir konnten uns nie auf einen Beruf einigen. Ich habe immer der Kirche den Vorzug gegeben und tue es immer noch, aber das war meiner Familie nicht fein genug. Sie schlugen die Armee vor; das war mir viel zu fein. Jura genügte ihren Ansprüchen. Viele junge Männer, die eine Rechtsanwaltspraxis hatten, machten in den besten Kreisen eine glänzende Figur und fuhren in eleganten Einspännern in London herum. Aber ich hatte nichts für die Rechtswissenschaft übrig, nicht einmal für diese weniger arbeitsaufwendigen Seiten des Berufs, die die Billigung meiner Familie fanden. Was die Marine angeht, so galt sie zwar als schick, aber ich war bereits zu alt dafür, als zum erstenmal die Rede davon war. Und schließlich, da ja keinerlei Notwendigkeit für mich be-

> stand, einen Beruf zu ergreifen, da ich ohne einen roten Rock am Leibe [das englische Militär war rot gekleidet] ebenso schneidig und aufwendig auftreten konnte wie mit, bot sich für mich alles in allem Müßiggang als das Vorteilhafteste und Ehrenvollste an, und ein junger Mann von achtzehn ist im allgemeinen nicht so ernsthaft entschlossen, sich nützlich zu machen, dass er dem Zureden seiner Freunde, nichts zu tun, widersteht. Ich wurde deshalb auf der Universität in Oxford eingeschrieben und habe mich seitdem, wie es sich gehört, dem Müßiggang ergeben. (S. 120)

Unter diesen Berufen bot sich der geistliche Stand deshalb besonders an, weil häufig die Verfügung über ein oder mehrere Pfarren, zu denen Ackerland (»glebe«) gehörte, das sich dann ganz oder teilweise verpachten ließ, Teil der grundherrlichen Rechte des Vaters oder älteren Bruders war. Da es als völlig normal galt, dass ein Pastor mehrere Pfarrstellen (»livings«) innehatte und an seinen Sohn gewissermaßen »vererbte«, bauten sich jüngere Familienzweige hier eine langfristige Lebensgrundlage auf. Wenn der Gönner (»patron«) die Pfarre nicht in der Familie behalten wollte, konnte er sie verkaufen. Wie so viele berufliche Positionen, etwa Offizierspatente, waren auch Pfarren käuflich. John Dashwood kann es denn in *Verstand und Gefühl* auch gar nicht fassen, dass der Grundherr Oberst Brandon die Pfarre seines Dorfes an Edward Ferrars gibt, wo doch Pfarrstellen »so gutes Geld bringen« (S. 337). Tatsächlich herrschte ein schwunghafter Handel mit solchen »livings«, deren materieller Wert von der Höhe der Kirchenabgaben der Bewohner (»tithes«) und der Größe des Ackerlandes abhing.

Um die Zwanglosigkeit zu verstehen, mit der solche

kirchlichen Angelegenheiten gehandhabt wurden, muss sich der deutsche Leser die Situation des offiziellen englischen Protestantismus im 18. Jahrhundert vergegenwärtigen. Es war alles in allem eine Zeit des konventionellen Glaubens, die das religiöse Eifern verachtete. Die Hochkirche war verweltlicht, aber Impulse zur Reform der Gesellschaft gingen von ihr nicht aus, denn dafür war sie viel zu sehr mit der etablierten sozialen Ordnung verschmolzen. Ein Theologiestudium war nicht nötig, um Geistlicher zu werden, und der Ruf der Universitäten Oxford und Cambridge war ohnehin nicht der beste. Solides akademisches Studium stand im Leben der meisten Studenten nicht gerade obenan. Es ist zu fürchten, dass der Typ des Studenten, den John Thorpe in *Kloster Northanger* darstellt, im wirklichen Leben keineswegs selten war. Wenn die kirchliche Prüfungskommission – und hier wie überall spielten in dieser Zeit persönliche Beziehungen und familiäre Verbindungen eine große Rolle – die Befähigung eines Kandidaten zur Ausübung des Pfarramtes nach seinem Studium festgestellt hatte, wurde er ordiniert. Es scheint recht charakteristisch zu sein, dass der Bischof bei Henry Austens Ordination 1816 die Hand auf das griechische Neue Testament auf dem Tisch legte und sagte: »Und was dieses Buch angeht, Mr. Austen, so kann ich sicher sagen, es ist einige Zeit her, seit

Henry Austen, nach seiner Ordination

Sie oder ich hineingesehen haben.« Die Dörfer, in denen der größere Teil der Pastoren tätig war, waren meist so klein, dass die amtlichen Pflichten nicht sehr zeitraubend waren. Es lag deshalb in der Hand des Amtsinhabers selbst, ob er seine Tage mit Müßiggang, sinnvollen Studien oder gar sozialer Gemeindearbeit füllen wollte. Vielfach wohnte er ja ohnehin nicht am Ort, weil er mehrere Pfarren verwaltete. In *Mansfield Park* werden die Pflichten und Gefährdungen des Landpfarrers diskutiert. Der Geistliche war ein weltlicher Bürger wie alle anderen Menschen auch; Beschränkungen aus moralischen Gründen wurden ihm nicht auferlegt. Beiträge zur Theologie wurden von ihm nicht erwartet, obwohl das Veröffentlichen von Predigtsammlungen beliebt war. Er vermittelte die Lehren der Kirche und ließ ansonsten oft den lieben Gott einen guten Mann sein. Karten spielen und trinken konnte er ohne jedes schlechte Gewissen. Seinen ethischen Standard setzte er selbst. Jane Austen stellt mit dem moralisch korrupten und servilen Mr. Collins, dem irritierbaren Gourmet Dr. Grant, dem sozial ehrgeizigen Mr. Elton, dem einsichtigen Edmund Bertram, dem bescheidenen Edward Ferrars und dem geistreichen und gewissenhaften Henry Tilney eine ganze Skala verschiedener Typen von Landgeistlichen dar; und da sie selbst umgeben von Pfarrern war, konnte sie aus reichem Anschauungsmaterial schöpfen. Bertram und Tilney sind die typischen jüngeren Brüder, die Pfarrer geworden sind. Mr. Collins' Lebensumstände geben zudem nicht nur einen Einblick in die Abhängigkeit des Pastors von seiner Patronin, sondern auch in das Prinzip des Fideikommiss, nach dem er trotz Mr. Bennets fünf Töchtern dessen Familiensitz erbt.

Die austensche Familie ist nahezu ein Modell dieser Verhältnisse. In den beiden Familien der Eltern und bei deren eigenen Kindern gab es die typischen in der Gentry angesehenen Berufe. Ein Bruder Janes war ein vermögender Grundbesitzer, einer war Pastor, einer war erst Offizier, dann Bankier, dann auch Pastor, und zwei machten in der Marine Karriere. Aus Janes Briefen kann man entnehmen, dass beide dabei durchaus die Förderung durch Verwandte und Freunde erfuhren. Charles war zum Beispiel eine Zeitlang Offizier unter Kapitän Thomas Williams, der mit seiner Cousine Jane Cooper verheiratet, also ein angeheirateter Vetter war und sein Vorwärtskommen förderte. Bei beiden Brüdern wandte sich der Vater zudem erfolgreich an einen Admiral. Jane bemerkt auf ihre gewohnt ironische Art, als George Austen nach der Protegierung von Francis auch noch um die für Charles nachsuchte:

Kapitän (später Admiral) Charles Austen als junger Mann

> Mein Vater wird an Admiral Gambier schreiben, dem ja die Bekanntschaft und Förderung von Francis so viel Genugtuung bereitet haben wird, dass er bestimmt entzückt ist, wenn ihm ein weiteres Familienmitglied vorgestellt wird. (Brief vom 18. Dezember 1798)

Einen solchen Fall stellt Jane Austen dann auch in *Mansfield Park* dar: Henry Crawford überredet seinen Onkel, einen Admiral, Fannys Bruder William Price zum Leutnant befördern zu lassen, weil er mit dieser guten Tat Fannys Herz zu gewinnen hofft.

In Jane Austens Romanen stellt die dörfliche Gesellschaft von Highbury in *Emma* den sozialen Kosmos der Gentry im agrarischen Süden Englands am ungetrübtesten dar. Der ältere der Knightley-Brüder hat den alten, umfangreichen Familienbesitz Donwell geerbt, der jüngere ist erfolgreicher Rechtsanwalt in London. Trotz dieser ungleichen Verteilung des väterlichen Erbes ist das Verhältnis zwischen beiden unter der kühlen Oberfläche ausgesprochen herzlich. Ein Teil des landwirtschaftlichen Nutzlandes bildet die Lebensbasis des Grundherrn, der einen Verwalter zur Wahrnehmung seiner Interessen hat, ein anderer Teil ist verpachtet. Die Abbey-Mill-Farm, die Robert Martin so gut in Schuss hat, ist ein solcher eigentlich zu Donwell gehörender Pachthof. Gerade dieses verbreitete System von Pachthöfen, die von selbständigen und freien Bauern verwaltet wurden, gab der englischen Landwirtschaft eine gesunde Grundlage, denn im Gegensatz zu den abhängigen und mit schweren Steuern belasteten Bauern auf dem Kontinent arbeiteten sie ja in eigenem Interesse und konnten durchaus zu einem gewissen Wohlstand kommen. *Em-*

Kapitän Sir Francis Austen

ma zeigt darüber hinaus auch, wie neue Familien in die Gentry hineinwachsen. Mr. Weston, ursprünglich Offizier in der Militia, hat nach einer erfolgreichen Karriere als Kaufmann den Landsitz Randalls gekauft und führt nun das behagliche Leben eines Gentlemans. Gesellschaftlich ist er lange akzeptiert und verkehrt auf gleichem Fuß mit den Knightleys und den Woodhouses, den beiden angesehensten Familien. Es lässt sich voraussehen, dass die aufstrebenden Coles mit ihren gutgehenden Geschäften in London, die ihnen einen anspruchsvollen Lebensstil ermöglichen, und trotz ihrer eher niedrigen Herkunft, der wackligen Grammatik und den unvollkommenen Lebensformen von Mrs. Cole die nächsten sein werden, die in den Kreis der landsässigen Familien vordringen. Schon lässt sich Emma Woodhouse herab, ihre Dinnereinladung anzunehmen. Solche Handelsleute, die Landbesitz und Herrenhaus erwarben und sich dann etablierten, gehörten zu den typischen Erscheinungen der gesellschaftlichen Umschichtung im 18. Jahrhundert. Im 19. Jahrhundert sind es dann die Industriellen, die sich auf diese Weise Ansehen und eine gesellschaftliche Position erkauften. Der Pfarrer von Highbury – wie er an die Pfarre gekommen ist, erfährt der Leser nicht – geht in den vornehmen Häusern aus und ein, auch wenn er nicht den gleichen Rang hat. Er heiratet eine reiche Frau aus einer aufsteigenden Kaufmannsfamilie. Sozial die Spitze bilden in dem Roman die hochvornehmen Churchills auf Enscombe, die die »Saison« in ihrem Haus in London verbringen und die Heirat der Schwester mit dem jungen Offizier Mr. Weston als Familienschande empfinden, aber den Sohn der »Mesalliance« als Erben adoptieren. Ohnehin stammt die hochmütige Mrs. Churchill aus einer weit weniger angesehenen Familie: Sie war »kaum die Tochter eines Gentleman [...] ein Emporkömmling« (S. 369).

III

Hier zeigt sich ein charakteristischer Zug der Gentry und ein anderer der englischen Gesellschaft überhaupt. Die Gentry beruhte auf dem Konzept des »Gentleman«. Es entwickelte sich im späten Mittelalter aus dem Recht gewisser nicht-adliger Bürger, Waffen tragen zu dürfen, bedeutet also einen sozialen Status, der näher an die Privilegien der Aristokratie heranführt. Dieser neue Stand war im 18. Jahrhundert schon lange durch die Existenz ohne das Angewiesensein auf Handarbeit definiert und hatte als zusätzliche Voraussetzung die gesellschaftliche Geschliffenheit seiner Mitglieder angenommen. Nur wer durch gepflegte Umgangsformen in die kultivierte Gesellschaft passte, wurde auch als Gentleman akzeptiert. Die ungenaue Definition des sozialen Phänomens »Gentleman«, dem in Deutschland nichts zu vergleichen ist und dessen Vorzüge weder rechtlich noch sozial »einzuklagen« sind, weist auf eine Besonderheit der englischen Gesellschaft hin.

Das Aufsteigen – und auch Absteigen: Mrs. Bates in *Emma,* die Witwe des früheren Pfarrers von Highbury, ist durch ihre beschränkten Lebensumstände unter ihr vormaliges soziales Niveau gesunken – und der durch Standesschranken regulierte, aber nicht verhinderte Umgang der Klassen miteinander zeichnete die soziale Struktur Englands damals insgesamt aus. Sie ist, anders als die deutsche Gesellschaft der Zeit, durchlässig und kennt nicht die grundsätzliche und so bedrückende Trennung von Adel und Bürgertum. Die sozialen Konflikte der deutschen Gesellschaft sind daher den Engländern um 1800 unverständlich – etwa in Goethes *Die Leiden des jungen Werther,* wo die verächtliche Behandlung durch die Aristokratie den Titelhelden so erbittert. Nicht zufällig hat Elizabeth Inchbald in ihrer

Übersetzung von Kotzebues Drama *Das Kind der Liebe*, das in *Mansfield Park* von den Kindern des Hauses und ihren Freunden aufgeführt werden soll, das Standesproblem abgeschwächt. Dass man allerdings auch in England eine sehr klare Vorstellung von der eigenen Position und dem eigenen Rang innerhalb der Gesellschaft hatte, beweist Emmas schließlich geheilte Arroganz nur zu deutlich. Aber alle Grenzen nach oben und unten sind weitaus fließender als in Deutschland. Es ist gerade diese Mobilität der Gesellschaft, die Sir Walter Elliot in *Überredung* hasst. Er beklagt etwa, die Marine sei »dafür verantwortlich, dass Leute obskurer Herkunft es zu unverdienter Auszeichnung bringen und Männer in ehrenvolle Stellungen gelangen, von denen ihre Väter und Großväter niemals geträumt hätten«. (S. 25)

Diese größere gesellschaftliche Harmonie hängt auch damit zusammen, dass sich alle Schichten im Alltag derselben Sprache bedienten, während sich ja der deutsche Adel durch die Verwendung des Französischen von den niederen Schichten entfremdete. Das Zusammenleben wurde aber auch dadurch erleichtert, dass es in England eine größere Balance zwischen Stadt und Land als auf dem Kontinent gab. Während im Frankreich des 18. Jahrhunderts das Land zugunsten des höfischen und städtischen Magnets Paris/Versailles entblößt und vernachlässigt wurde und in Deutschland dem provinziellen Land die Urbanität der städtischen Metropole als Gegengewicht fehlte, blieben die oberen Gesellschaftsschichten in England auf dem Land wohnen und verbrachten nur einen Teil des Jahres, normalerweise den Winter, in London. Sie überzogen die Landschaft im 18. Jahrhundert mit den schönen und zum Gutteil noch heute erhaltenen Herrensitzen und Landhäusern im gotischen, klassischen oder Palladio-Stil, die sie tatsächlich bewohnten; oder sie modernisierten die alten Tudorsitze und säkularisierten Klöster zu stolzen Wohnsitzen, in denen elegantes und oft auch kultiviertes Leben herrschte – wie die Knightleys in *Emma* und die Tilneys in *Kloster Northanger*. Dass dieser rege Austausch zwischen Metropole und flachem Land der Durchdringung des Landes mit Zivilisation insgesamt zugute kam, liegt auf der Hand.

Diese Verhältnisse zu betonen ist für das Verständnis von Jane Austens sozialer Stellung wichtig, denn sie war keineswegs, wie es dem deutschen Leser auf den ersten Blick erscheinen könnte, in unserem Sinn »eine arme Landpfarrers Tochter«. Im Gegenteil, die Zugehörigkeit zur Gentry sicherte ihr ein hohes gesellschaftliches Ansehen. Sie war keine reiche Erbin, aber sie war »a gentlewoman« und sich dessen durchaus bewusst. »Es ist angenehm«, schreibt sie 1808 aus dem Kreis von Edwards Verwandten in Canterbury, »unter Leuten zu sein, die die Familienbeziehungen, die man hat, kennen und zu schätzen wissen.« Dass Janes Schwester 1798 mit Prinz William von Gloucester speiste, dass Jane selbst in Bath Adligen Visiten machte, im Londoner Haus ihres Bruders mit der Emigrantenfamilie eines französischen Grafen umging, dass ihre Cousine Eliza einen französischen Grafen geheiratet hatte, deutet auf den Status ihrer Familie hin. Sie hätte sich leicht in Sir Thomas Bertrams Mansfield Park oder Mr. Woodhouses Hartfield eingelebt. Ihr Bruder besaß zwei solche für unsere Vorstellung riesigen Besitztümer, wo sie als Gast das elegante Leben der Oberschicht führte, und es lag in ihrer Wahl, selbst Herrin eines kleinen Landsitzes zu werden. Auf dem schlossartig ausgedehnten Herrensitz Stoneleigh Abbey führte sie 1806, von einer zahlreichen Dienerschar umschwirrt, vorübergehend das üppige Dasein der Privilegierten und Verwöhnten, und der Besuch in Carlton House, der Londoner Residenz des Prinzregenten, im Jahr 1815 hat sie sicher nicht in die

Ängste versetzt, die in *Stolz und Vorurteil* Sir Arthur Lucas überfielen, als er Lady de Bourghs hochvornehmes Rosings betrat. Die sozial bevorzugte Welt ihrer Romane war ihre Welt.

All dies sagt nicht, dass Jane reich war, aber es galt bei den Erbbedingungen der Zeit als selbstverständlich, dass die Finanzlage einzelner Familienmitglieder äußerst unterschiedlich sein konnte. Edward Austen war ein herrschaftlich reicher Mann, James' Familie wurde durch die Erbschaft seines Onkels Leigh-Perrot wohlhabend und nahm daher den Namen Austen-Leigh an, Henry wurde nach guten Jahren ein eher armer Landpfarrer, umgekehrt erwarben sich die zunächst armen Marinebrüder ihr Vermögen durch Hingabe und Begabung im Beruf, und Cassandra und Jane mussten ihr Leben lang ihr weniges Geld zusammenhalten. »Die ganze Welt hat sich verschworen, den einen Teil unserer Familie auf Kosten des anderen zu bereichern«, klagte Jane 1801 Cassandra ihr Leid und charakterisierte damit die Lage in vielen Familien der Gentry. Auch bei der Publikation ihrer Romane war für sie die finanzielle Seite keineswegs uninteressant. »Ich bin dem, was Edward ›Kies‹ [»pewter«] nennt, durchaus auch nicht abgeneigt«, schrieb sie 1814 an ihre Nichte Fanny.

Auch ihre Romane spiegeln diese Breite des materiellen Wohlergehens innerhalb einzelner Familien. Die drei Miss Ward in *Mansfield Park* treten zu Beginn des Romans durch ihre Heiraten geradezu in verschiedene Welten ein. In *Verstand und Gefühl* wird schon am Anfang der Reichtum und Geiz John Dashwoods mit den relativ beschränkten Lebensverhältnissen (*nur* zwei weibliche und ein männlicher Diener!) seiner Stiefmutter kontrastiert, und am Ende findet sich von den Dashwood-Töchtern Marianne als Herrin von Oberst Brandons Herrensitz Delaford – ein Name übrigens, den es in Maria Edgeworths Roman *Belinda* (1801) gibt – wieder, während sich ihre ältere Schwester Elinor als Frau des dörflichen Pfarrers mit einem recht geringen Einkommen zufrieden geben muss. Man kann sicher sein, dass dabei bei aller Freundschaft zwischen den Schwestern und allem vertrauten Umgang zwischen ihren Familien die soziale Etikette durchaus gewahrt wird, denn dies ist ein weiteres charakteristisches Element der englischen Gesellschaft dieser Zeit. Der Verkehr der Gentry untereinander war hochgradig formalisiert und wirkt im Vergleich mit unserem heutigen, weitgehend formlosen Umgang fast steif und kühl. Jane Austens Briefwechsel mit dem Bibliothekar des Prinzregenten gibt einen Eindruck von der Floskelhaftigkeit des sprachlichen Austauschs bei solchen Gelegenheiten. Aber auch innerhalb des engsten Familien- und Freundeskreises wurden die Formen immer gewahrt. Ehepaare redeten sich fast nie mit dem Vornamen an, wie diese überhaupt über den Geschwisterkreis hinaus kaum verwendet wurden. Freunde nannten sich meist einfach beim Nachnamen. Kinder titulierten ihre Eltern als »Sir« und »Madam«, angeheiratete Verwandte blieben bei »Mr.«, »Mrs.« oder »Miss« – das englische »Miss« hat noch heute nicht das leicht Diskriminierende des deutschen »Fräulein« –, und Titel wurden, ohne dass damit wie so häufig im Deutschen ein besonderes Prestige, das Unterwürfigkeit herausfordert, verbunden wäre, ganz selbstverständlich gebraucht. Der Pastor in *Mansfield Park* bleibt für die Geschwister seiner Frau, sogar als sie eine Zeitlang bei ihm wohnen, immer »Dr. Grant«. Sir Thomas Bertram geht bei seiner Schwägerin, die er nahezu täglich sieht (vielleicht auch als Schutz gegen ihre Aufdringlichkeit), nie über das formelle »Mrs. Norris« hinaus, und sogar seine eigene Frau nennt ihn nur »Sir Thomas«. Mrs. Eltons Vulgarität in *Emma* wird gerade dadurch enthüllt, dass sie sich, wenn sie Miss Fairfax mit »Jane« und Mr. Knightley mit »Knightley« anredet, Vertraulichkeiten anmaßt, die ihr nicht zukommen. Daraus, dass Willoughby ihre Schwester mit dem Vornamen anredet, schließt Elinor in *Verstand und Gefühl* geradezu, dass beide heimlich verlobt sind. Auch in ihren Briefen an ihre doch so vertraute Schwester wahrt Jane Austen selbst diese Zurückhaltung beim Titulieren der Familie und Freunde. Sie schreibt »mein Bruder« und »meine Mutter«, denn sowohl »unsere Mutter«, »Mama« oder »unser Bruder« widersprachen dem kultivierten Gebrauch und hätten auf einen Mangel an gesellschaftlichen Umgangsformen schließen lassen, der auf weitere und gewichtigere menschliche Mängel hingewiesen hätte. Das Benehmen galt als Teil der menschlichen Gesamtpersönlichkeit.

Zu Jane Austens Dasein gehörte entsprechend ihrer Stellung das Leben mit dienstbaren Geistern, die die tägliche Arbeit erledigten. Aber in damaliger Zeit galt das auch schon von geringeren Familien. Sogar Mrs. Bates in *Emma*, die für ihren Lebensunterhalt auf die Güte ihrer Nachbarn angewiesen ist, hat schließlich eine Magd. Wohl hatten die Austen-Mädchen Verpflichtungen im Haus, zu denen die Beaufsichtigung des Personals gehörte. Hausarbeiten etwa gehörten auch für weitaus wohlhabendere junge Damen zum täglichen Leben. Janes Briefe geben darüber Auskunft, dass die Austen-Schwestern die Hemden ihrer Marine-Brüder nähten und auch Kleidung für die Armen des Dorfes herstellten. Aber im großen und ganzen verfügten die Austen-Damen, wie es sich für die Gentry gehörte, über ihre Zeit. Man machte Spaziergänge, besuchte sich gegenseitig, verbrachte die Abende mit Spiel, Musik und Lesen und widmete der immer größer werdenden Schar der Nichten und Neffen viel Liebe und Zeit. Die hochentwickelte

Gefühlskultur im Frauenroman dieser Zeit wäre ohne die Zeit für die ausgiebige Reflexion des Innenlebens gar nicht möglich gewesen, und auch in Jane Austens Romanen gibt es ganze Kapitel, die ausschließlich dem Nachdenken über die eigenen Gefühle gewidmet sind. Aber nicht nur dem *inneren Befinden,* sondern auch dem *äußeren Verhalten* wurden, wie immer in solchen Schichten mit viel Freizeit und geselligem Umgang, große Aufmerksamkeit und Bedeutung zugeschrieben. Jane Austens Romane sind »novels of manners«, Romane der guten Gesellschaft. Sie spiegeln in dem Gewicht, das darin den Lebens- und Umgangsformen für das reibungslose Funktionieren des häufigen Miteinanderumgehens, aber auch für die menschliche Bewertung der Familienmitglieder, Freunde, Nachbarn und Bekannten zukommt, die Welt der Gentry und damit Jane Austens eigene soziale Welt und ihre eigenen moralischen Maßstäbe.

Dieses Ideal der gesellschaftlich geformten Persönlichkeit, das in der französischen und englischen Literatur eine so viel stärkere Rolle spielt als in der deutschen, umfasste auf eine für uns heute nur noch schwer vorstellbare Weise das ganze körperliche und geistig-seelische Wesen des Menschen. Gang, Gestik, Haltung, Eleganz, geschmackvolle und der Situation angemessene Kleidung, Gesichts- und Augenausdruck, sprachliche Gewandtheit und die Fähigkeit, sich in jeder Gesellschaft je nach dem erforderlichen Verhalten leutselig, zwanglos oder respektvoll zu bewegen, machten zusammen mit geistiger Lebhaftigkeit, höflichem Umgangston, menschlichem Empfinden, künstlerischem Interesse und Gespür, seelischem Feingefühl die Gesamtheit der »manners« aus. Dieses anspruchsvolle Ideal wurde von kaum jemandem ganz erfüllt, aber die einzelnen Elemente, die es konstituierten, wurden kritisch beobachtet und beurteilt. Der Leser findet in Jane Austens Romanen immer wieder die ausführliche Betrachtung dieser Züge der Gestalten. Schon eine laute Stimme, eine indiskret wiederholte Frage, ein undelikates Gesprächsthema, eine brutale Wahrheit gegenüber einem wehrlosen Menschen (Emma Woodhouse gegenüber Miss Bates!) können einen bedauerlichen Mangel an gesellschaftlicher Vollkommenheit bedeuten. Die Gefahr der falschen Einschätzung des Menschen besteht dabei in dem Übersehen der möglichen Diskrepanz zwischen Innerem und Äußerem. In dieser Hinsicht sind etwa Edward Ferrars und John Willoughby in *Verstand und Gefühl* Gegentypen. Edwards Schüchternheit und Ungelenkheit verbergen seine wertvollen menschlichen Qualitäten, während umgekehrt Willoughbys äußerer Charme gerade seine menschlichen Fehler überdeckt. Die Erscheinung, die ein Mensch in der Öffentlichkeit machte, unterlag in einem Maße in allen Einzelheiten der Bewertung durch seine Mitmenschen, das für uns in einer Zeit weitestgehender Benehmens-, Kleidungs- und Erscheinungsfreiheit kaum nachvollziehbar ist. Wer aber Jane Austen liest, muss auf diese Aspekte der Persönlichkeitsbeschreibung und -diskussion achten, weil sie den Schlüssel zur Persönlichkeits*bewertung* enthalten. Anders als heute, wo jeder in seiner gesellschaftlichen Rolle seine eigenen Wünsche und Bedürfnisse befriedigt sehen will, galt zu Jane Austens Zeit in ihren Gesellschaftskreisen als Ideal des gesellschaftlichen Verhaltens die aufmerksame Einstellung auf die Wünsche und Bedürfnisse der anderen, denen man jede Verlegenheit, Unzufriedenheit und Enttäuschung, jeden Ärger und Grund zur Klage zu ersparen suchte. Egoistische Regungen musste man überwinden. Jane und ihre Schwester praktizierten dieses Ideal mit unermüdlicher Liebe und Geduld, aber sie gönnten sich in ihrem Briefwechsel die Entspannung des gemeinsamen Lästerns und gossen über den ungeliebten, verachteten oder absurden Teil ihrer Mitmenschen ihr ironisches Lachen aus. Jane Austens Romane lassen spüren, welche Frustrationen diese gesellschaftlichen und menschlichen Verpflichtungen mit sich brachten. Was man um der Wahrung höflicher Formen willen über sich ergehen lassen musste, wenn man nicht selbst die Etikette der guten Gesellschaft verletzen wollte, ist am Leben ihrer meisten Heldinnen, am ausgeprägtesten bei Elinor Dashwood und Anne Elliot, leicht abzulesen. Solchen Schilderungen liegen auch bittere Erfahrungen der Autorin selbst zugrunde.

Viertes Kapitel

Bath – Southampton 1801–1809

I

Mitte November 1800 stattete Jane Austen den Lloyds in Ibthorpe einen Besuch ab, von dem sie im Dezember ihre Freundin Martha Lloyd mit nach Steventon brachte. Ihre Mutter empfing die beiden nach der Familienüberlieferung mit den Worten: »Also, ihr Mädchen, es ist alles abgemacht; wir haben uns entschlossen, Steventon in der und der Woche zu verlassen und nach Bath zu ziehen.« Bei dieser völlig unerwarteten Nachricht fiel Jane in Ohnmacht. Obwohl wir auch in dieser zweiten Phase von Jane Austens Leben viel zu wenig über sie wissen, geben uns einige dramatische Ereignisse der nächsten Jahre doch eine lebendigere Vorstellung von ihrer Persönlichkeit. Cassandra hielt sich zur Zeit dieser plötzlichen Umzugspläne bei Edward in Godmersham auf, aber trotzdem sind zwischen dem 30. November 1800 und dem 3. Januar 1801 keine Briefe Janes erhalten. Da sich die Schwestern mindestens einmal in der Woche schrieben, wenn sie getrennt waren, liegt der Verdacht nur zu nahe, dass Cassandra ihre Briefe, in denen sehr persönliche Dinge gestanden haben müssen, vernichtet hat. Wenn diese schon mehrfach geäußerte Vermutung richtig ist, ist das nur ein weiteres Indiz für Janes Erschütterung. Warum ihr aber die Aussicht, Steventon zu verlassen, so bestürzend erschien, dafür gibt es keine Anhaltspunkte in den Dokumenten über ihr Leben. Als wir ihre Stimme im Januar 1801 wieder hören, schreibt sie:

> Ich versöhne mich immer mehr mit dem Gedanken unseres Umzugs. Wir haben lange genug in dieser Gegend gelebt, die Bälle in Basingstoke werden immer schlechter, die Unruhe des Aufbruchs hat etwas Aufregendes, und die Aussicht, den Sommer künftig an der See oder in Wales zu verbringen, etwas sehr Reizvolles.

Diese Bemerkungen, die John Halperin in seiner Austen-Biographie (1984) allerdings für den reinsten Hohn hält, sprechen von einem Sinneswandel, der die früheren Vorbehalte gegen den Umzug bestätigt. Was war geschehen? George Austen hatte im Alter von 70 Jahren beschlossen, seinem Sohn James, der zu dieser Zeit die Pfarre in Deane verwaltete, die nun verkauft werden sollte, das Pfarramt in Steventon zu übergeben und sich aufs Altenteil nach Bath zurückzuziehen – möglicherweise auf James' Drängen? James übernahm die Pfarre als Stellvertreter, und Mr. Austen behielt sich den Erlös des verpachteten Pfarrlandes vor, so dass er mit einem jährlichen Einkommen von etwa 600 Pfund rechnen konnte. Das reichte für ein standesgemäßes, aber nicht üppiges Auskommen. Warum die Entscheidung so plötzlich fiel, ist nicht bekannt, aber es könnten Gesundheitsrücksichten gewesen sein. Weder Mr. noch Mrs. Austen ging es besonders gut; Bath mit seiner Mineralquelle und seinen heißen Bädern war zur allgemeinen körperlichen Wiederherstellung zweifellos der geeignete Ort. Es ist nicht auszumachen, ob die Vermutung der Leigh-Perrots stimmt. Sie meinten, die Austens wollten Steventon schnell verlassen, um eine sich anbahnende Beziehung zwischen Jane und einem der Digweed-Söhne aus dem Herrenhaus des Dorfes zu verhindern. Warum aber sollten Janes Eltern etwas gegen eine so vorteilhafte Verbindung gehabt haben? Jane selbst neckt Cassandra in einem Brief damit, dass James Digweed in sie verliebt sei.

> James Digweed hat heute Hampshire verlassen. Ich entnehme aus seinem dringenden Wunsch nach Deiner Teilnahme an dem Ball in Faversham und auch daraus, dass er vermutete, die beiden Ulmen [die ein heftiger Sturm umgeweht hatte] seien aus Schmerz über Deine Abwesenheit umgefallen, dass er in Dich verliebt ist. War das nicht eine galante Vermutung?
>
> (20. November 1800)

Wieviel an solchen Bemerkungen reiner Spaß und wieviel ernst gemeint ist, ist bei Jane Austen häufig schwer zu sagen. Die Namen der Digweed-Söhne tauchen in dieser Zeit öfter in den Briefen auf, der Umgang mit ihnen scheint also recht intensiv gewesen zu sein. Vielleicht aber zogen die Austens auch gerade deshalb nach Bath, weil sich in Steventon *keine* Heiratsaussichten für ihre Töchter anbahnten und sie die Chancen in dem Kurort für günstiger hielten, was Jane ganz sicher schrecklich gefunden hätte. Cassandra war zu dieser Zeit schon 28, Jane 26 Jahre alt; es wurde nach den gesellschaftlichen Konventionen also höchste Zeit.

Die Gefühle, die Jane bei dem Umzug nach Bath bewegten, klingen anderthalb Jahrzehnte später in *Überredung* in Anne Elliots Unglück nach, als ihr Vater sich entschließt, nach Bath umzuziehen, statt sich »ein kleines Haus in ihrer alten Nachbarschaft« zu suchen. Anne »mochte Bath nicht und konnte sich nicht vorstellen, dass sie sich dort wohlfühlen werde – und ausgerechnet Bath sollte ihr Zuhause werden« (S. 18 f.). Zwar ist das Wetter beim ersten Betreten des neuen Wohnorts durch die Romanheldin ganz anders als das bei Janes eigener Ankunft, aber die Distanzierung wirkt bewusst und kann das in beiden Fällen gleich ausgeprägte Missbehagen, das durch die Atmosphäre hervorgerufen wird, nicht verdecken. Jane schreibt an Cassandra:

> Der erste Anblick von Bath bei schönem Wetter entspricht nicht meinen Erwartungen; ich glaube, ich sehe deutlicher durch Regen. Die Sonne lag hinter allem, und der Eindruck des Ortes von der Kingsdown-Höhe war nichts als Dunst, Schatten, Rauch und Durcheinander.
>
> (5. Mai 1801)

Anne Elliot fährt »an einem regnerischen Nachmittag« in der Kutsche Lady Russells in die geschäftige Stadt ein:

> Sie beharrte auf ihrer entschiedenen, wenn auch stummen Abneigung gegen Bath, empfing den ersten verschwommenen Eindruck der ausgedehnten Gebäude, die im Regen dampften, ohne den leisesten Wunsch, sie deutlicher wahrzunehmen, und empfand die Fahrt durch die Stadt bei aller Unannehmlichkeit trotzdem als zu schnell. (S. 162 f.)

Dass solche Landschaftsbeschreibungen bei Jane Austen eher das Atmosphärische als das Detail betonen und Caroline Austen berichtet hat, ihre Tante habe schwache Augen gehabt und manchmal nicht lange handarbeiten oder lesen können, hat manche Forscher dazu veranlasst, bei ihr auf

Kurzsichtigkeit zu schließen. Aber man darf auch nicht vergessen, dass die Beleuchtungsverhältnisse zu dieser Zeit noch sehr viel schlechter und für die Augen schädlicher waren als heute. Im übrigen sind Jane Austens Landschaftsschilderungen in ihren Romanen streng funktional auf die handelnden Personen bezogen und haben keinen Selbstzweck.

Sydney Gardens, Bath

Bath, der Ort mit den einzigen heißen Quellen Englands, erlebte als Modebad des 18. Jahrhunderts gerade seine letzte Blüte und war wegen seiner Popularität schnell gewachsen. Es hatte um 1800 etwa 35 000 Einwohner. Als lebendiger Kurort bot die hübsch am Ufer des Avon gelegene Stadt, die in den letzten hundert Jahren durch eine Fülle von großzügigen »modernen« Straßenzügen, Plätzen und Gebäuden ein stattliches Aussehen gewonnen hatte, viel Abwechslung und viel vornehme Gesellschaft. Die Austens kannten Bath durch ihre Besuche bei den Leigh-Perrots. Schon 1798 schreibt Jane, es sei sehr liebenswürdig von ihrer Tante, sie *wieder* einzuladen. Im Mai und Juni 1799 verbrachte sie mit ihrer Mutter und der Familie Edward Austens, der seine Gicht dort zu kurieren hoffte, wieder einige Zeit in Bath; und da dies die beiden Jahre waren, in denen die erste Fassung von *Kloster Northanger* entstand, verarbeitete Jane in dem Buch eigene Erfahrungen und Eindrücke in Bath.

Cassandra war bei den Lloyds zu Besuch und sollte mit ihrem Vater nachkommen. Daher fuhren Jane und ihre Mutter Anfang Mai 1801 allein in den neuen Wohnort und wohnten zunächst in Paragon Buildings bei den Leigh-Perrots. Diese wollten ihre Verwandten überreden, sich ebenfalls hier im höher gelegenen und neuen nördlichen Teil der Stadt anzusiedeln. Aber man zog Sydney Place im Südosten vor, wo die erst kürzlich eröffneten Sydney Gardens einen reizvollen Anblick vom Fenster aus und hübsche Spaziergänge vor der Haustür boten. Da die häuslichen Pflichten im Mietshaus in der Stadt erheblich geringer waren, konnte man nun das behagliche Leben einer Familie führen, die weitgehend über ihre Zeit verfügt, und den Tag mit Spaziergängen, Besuchen, Stadtbummeln und abendlichen Veranstaltungen wie Bällen, Konzerten oder Theaterbesuchen füllen. Sicher schloss das den regelmäßigen Gang zum Brunnenhaus ein, das nicht nur zum Trinken des Mineralwassers, sondern auch als Treffpunkt diente. *Kloster Northanger* gibt ein lebendiges Bild davon. Heute kann der Gast in dem liebevoll restaurierten Saal gepflegt speisen. Noch immer wird dazu das gesunde Brunnenwasser ausgeschenkt, das aber mit seinen konstanten 46 °C wenig erfrischend schmeckt. Überhaupt hat die Stadt noch heute ganz den Charakter des 18. Jahrhunderts bewahrt und macht es mit ihren eleganten Straßenzügen, ihrem großartigen Royal Crescent, ihrer alten Kathedrale neben der mit kleinen Läden besetzten Pulteney-Brücke über den Avon nur schwer verständlich, warum sich Jane Austen hier so unwohl gefühlt hat. Man möchte vermuten, dass ihr nicht die Stadt selbst, sondern ihr Charakter als oberflächliches und snobistisches Gesellschaftszentrum zuwider war. Noch heute gilt Bath als Wohnort reicher Pensionäre. Es sind nur wenige Briefe Janes aus den Jahren in Bath überliefert, aber vor einer langen Pause bis 1804 glücklicherweise vier vom Mai 1801, also aus dem ersten Monat in der neuen Heimat. Sie geben einen guten Eindruck von den verschiedenen persönlichen Begegnungen und gesellschaftlichen Ereignissen. Jane machte schnell neue Bekanntschaften und besuchte einen Ball, auf dem sie, was sie stolz vermerkte, eine »Ehebrecherin« auf Anhieb in der Menge erkannte:

> Dann konnte ich mich mit Mr. Evelyn unterhalten und Miss Twistleton betrachten; und ich sage voller Stolz, dass ich einen guten Blick für Ehebrecherinnen habe, denn obwohl man mir wiederholt versichert hatte, dass eine andere in derselben Gruppe es sei, erriet ich von Anfang an die richtige. Eine Ähnlichkeit mit Mrs. Leigh half mir dabei. Sie ist nicht so hübsch, wie ich erwartete; ihr Gesicht leidet unter derselben Leere wie das ihrer

Schwester, und sie hat nicht so schöne Züge; sie war stark geschminkt und sah am ehesten auf ruhige und zufriedene Art einfältig aus. (12. Mai 1801)

Die Topaskreuze

Es ist bezeichnend, dass Jane Austens Großneffe Lord Brabourne, als er diesen Brief 1884 zuerst veröffentlichte, das Wort »Ehebrecherin« strich. Mit dem mutmaßlichen Liebhaber der Dame, einem Bekannten von Edward Austen, unternahm sie dann sogar eine Ausfahrt in seinem imponierenden Vierspänner. All diese Ereignisse werden amüsiert, ironisch und bissig, aber nicht bösartig an Cassandra berichtet. Man hat den Eindruck, dass sie der Leere dieser gesellschaftlichen Routine, auf die sie sich ja ohnehin nicht gefreut hatte, bald überdrüssig wurde.

Eine wirkliche Freude jedoch machte Charles seinen Schwestern gerade in diesem Monat, so dass es möglich ist, ein autobiographisches Detail in *Mansfield Park* zu entschlüsseln: Der Bruder wurde als Offizier nach der Kaperung eines französischen Schiffes an der Prise beteiligt und kaufte jeder Schwester eine goldene Kette mit einem Topaskreuz, wie Fanny Price es von ihrem Marinebruder William geschenkt bekommt. Nur die Kette fehlt ihr zum Tragen des Kreuzes beim Ball im Haus Sir Thomas Bertrams und bereitet ihr viel Kopfzerbrechen.

Aber wenigstens erfüllte sich die Erwartung, dass man nun Sommerreisen unternehmen würde. Schon 1801, noch bevor man in das Haus am Sydney Place Nr. 4 eingezogen war, gönnte man sich einen Urlaub in Sydmouth an der Südküste, östlich von Exeter, und hier geschah die recht geheimnisvolle Begegnung Janes mit einem jungen Mann, der offenbar ernste Absichten hatte, sie zu heiraten. Es gibt dafür nur eine Quelle, und zwar Cassandra Austen, die lange nach dem Tod ihrer Schwester ihrer Nichte Caroline Austen-Leigh folgendes erzählte:

> Alles, was ich [Caroline] weiß, ist dies. In Newtown hielt sich Tante Cassandra bei uns auf, als wir die Bekanntschaft eines gewissen Mr. H. E. vom Ingenieurcorps machten. Er war sehr angenehm im Umgang und sah sehr gut aus. Meine Tante war von ihm außerordentlich angetan, und ich wiederum war außerordentlich überrascht von ihrem Lob; sie bewunderte doch sonst kaum je Fremde. Später, ein andermal – ich erinnere mich nicht genau, wann – sprach sie von ihm in so hohen Tönen als einem mit persönlichen Vorzügen bemerkenswert gesegneten Mann und sagte, er erinnere sie stark an einen Gentleman, den sie eines Sommers getroffen hatten, als sie – ich glaube, sie sagte in Devonshire – an der See waren. Ich glaube nicht, dass sie den Namen des Ortes genannt hat, und bin sicher, dass es nicht Lyme war, denn daran würde ich mich erinnern. Er habe sich außeror-

dentlich zu meiner Tante Jane hingezogen gefühlt – ich nehme an, es handelte sich um einen Umgang von einigen Wochen –, und als sie sich dann getrennt hätten (ich vermute, er war auch nur Feriengast dort, aber vielleicht lebte seine Familie in der Nähe), habe er sie gedrängt, ihm zu sagen, wo sie den nächsten Sommer verbringen würden, und habe damit vermutlich gemeint oder es sogar gesagt, dass er auch dort sein werde, wo immer es auch sei. Ich kann nur sagen, dass Tante Cassandra den Eindruck hatte, er sei in ihre Schwester verliebt gewesen und habe es ganz ernst gemeint. Bald darauf hörten sie von seinem Tod. Mr. H. E. starb auch, kurz nachdem wir ihn in Newtown getroffen hatten, an einer plötzlichen Krankheit, und ich nehme an, der Zufall des frühen Todes beider veranlasste meine Tante, von ihm, dem Unbekannten, überhaupt zu sprechen. Ich bin nach der Art, wie sie die Erinnerungen an ihn heraufbeschwor, und auch deshalb, weil sie nicht daran zweifelte, dass seine Bewerbung erfolgreich gewesen wäre, sicher, sie hielt ihn ihrer Schwester für würdig.

Die Ergänzungen anderer Familienmitglieder kurz vor oder kurz nach der Veröffentlichung von James Edward Austen-Leighs *Memoir* schaffen eher Verwirrung als Klarheit. Nach einem dieser Berichte ist es möglich, dass die Ähnlichkeit zwischen dem Bewerber Janes und dem Fremden von Newtown auf Verwandtschaft beruhte. Trotz all dieser Bemühungen bleibt das Ereignis nebelhaft.

Jane war damals 26 Jahre alt. Gut ein Jahr später erhielt sie tatsächlich einen Heiratsantrag und – lehnte ihn ab. Wieder geht unser Wissen auf Caroline zurück, aber diesmal gab es mehrere Zeugen, die jedenfalls einen Teil der Ereignisse gekannt haben müssen, und offenbar waren Carolines Eltern ihre Informationsquelle. Im November 1802 besuchten Cassandra und Jane Steventon und wohnten bei ihrem Bruder im Pfarrhaus. Ein paar Tage wollten sie zwischendurch auch bei den Biggs in Manydown bleiben, aber zur Überraschung von Mrs. James Austen fuhr vorzeitig am 3. Dezember 1802 die Kutsche der Biggs vor der Pfarre von Steventon vor, aus der die Austen-Schwestern ausstiegen und unter Tränen Abschied von ihren Gastgebern nahmen, die sie herübergefahren hatten. Cassandra und Jane bestanden darauf, sofort am nächsten Tag nach Bath zurückzukehren, was unangenehm für James war, da es sich um einen Sonnabend handelte und er auf diese Weise seine Predigerpflichten vernachlässigen musste. Das seltsame Verhalten der Schwestern, die ihrem Bruder ganz gewiss nicht ohne triftige Gründe Ungelegenheiten gemacht hätten, erklärte sich folgendermaßen: Der einundzwanzigjährige Sohn des Hauses Bigg hatte Jane einen Heiratsantrag gemacht, den sie angenommen hatte. Aber über Nacht änderte sie ihre Meinung und teilte ihm diese Entscheidung am nächsten Morgen mit. Daraufhin wurden Cassandra und sie auf eigenen Wunsch zurück nach Steventon gebracht. James Edward Austen-Leigh berichtet in *Memoir*, der Bewerber sei ein nobler Charakter gewesen und habe eine denkbar wünschenswerte soziale Stellung gehabt, nur eines habe ihm gefehlt: die zartfühlende Fähigkeit, Janes Herz zu rühren. Der große, ungelenke Harrison Bigg-Whither war sechs Jahre jünger als Jane Austen und scheu, weil er stotterte. Was hatte ihn bewogen, ihr einen Heiratsantrag zu machen, nachdem die Austens schon über ein Jahr nicht mehr in der Nachbarschaft wohnten? Hatte er warten müssen, bis er die Zustimmung seiner Eltern erhielt oder nicht mehr brauchte? Oder hatte er sich spontan in Jane verliebt? Und was hat sie veranlasst, seinen Antrag erst anzunehmen und dann ihre Zusage zu widerrufen? Wir wissen es nicht. Briefe aus dieser Zeit sind nicht vorhanden; und wenn es sie gegeben hätte, hätte Cassandra sie zweifellos beseitigt. Diese Heirat wäre Janes einzige Möglichkeit gewesen, dem ungeliebten Bath zu entkommen und in die alte Heimat zurückzukehren. Blieb sie ihrer Überzeugung treu, dass es ein schreckliches Schicksal sei, an einen ungeliebten Mann gebunden zu sein? Welche Rolle spielte Cassandra, die vermutlich im selben Schlafzimmer die entscheidende Nacht verbrachte? Ihre Rolle im Leben der jüngeren Schwester ist überhaupt kaum angemessen einzuschätzen, da kein einziger Brief von ihr überliefert ist. Ist es berechtigt anzunehmen, dass diese Absage die endgültige Entscheidung Janes gegen die Ehe überhaupt war? Nach einem Brief von Francis Austens Tochter Catherine aus dem Jahr 1870 über die geheimnisvolle Liebesepisode in Sydmouth, hat Tante Jane »immer gesagt, ihre Bücher seien ihre Kinder, und in dem Interesse an ihnen bestehe ihr Glück; und einige Briefe, in denen sie sich triumphierend über die verheirateten Frauen ihrer Bekanntschaft erhaben fühlt und sich über ihre eigene Freiheit freut, sind höchst amüsant«. Aber in den erhaltenen Briefen sind solche Bemerkungen nicht zu finden. Ist dies ein Hinweis darauf, *was* Cassandra unter anderem vernichtet hat? Kann man diese Aussage überhaupt unbefragt hinnehmen? Und galt dieses Glück des Schreibens, das das Liebesglück zu ersetzen vermochte, auch schon für die hier in Frage kommende Zeit *vor* der Veröffentlichung ihres ersten Romans, als eine literarische Karriere noch gar nicht in Aussicht stand? Wie immer stößt der Jane-Austen-Interessent auf ungelöste und wohl auch unlösbare Fragen, sobald er die fragmentarisch überlieferten Tatsachen genauer untersuchen möchte.

Bigg-Whither heiratete knapp zwei Jahre nach dem missglückten Antrag und hatte zehn Kinder; er starb 1833 mit 52 Jahren. Janes Schicksal und literarische Zukunft hätte zweifellos sehr anders ausgesehen, hätte sie den Heiratsantrag angenommen.

Jane Austens Rückenansicht, Cassandras Aquarell

II

Die Austens scheinen eine Vorliebe für den Urlaub an der See gehabt zu haben, die vielleicht besonders auf Jane zutraf und die Wahl des Handlungsortes in ihrem letzten Roman *Sanditon* erklären würde. Jedenfalls will Sir Egerton Brydges Jane Austen 1803 in Ramsgate, östlich von London, begegnet sein. 1802 und 1804 war wieder die Küste von Devonshire das Reiseziel. In einem Brief vom August 1814 schreibt Jane an ihre Nichte Anna, die Leihbücherei in Dawlish sei »vor zwölf Jahren« in einem beklagenswerten Zustand gewesen. 1802 war man also südlich von Exeter. Dass sich Jane mit ihren Eltern im September 1804 in Lyme Regis aufhielt, geht aus einem erhaltenen Brief an Cassandra hervor, die während dieser Zeit bei den Lloyds zu Besuch war, nachdem sie mit Henry und seiner Frau vor ihren Eltern und ihrer Schwester den Ferienort verlassen hatte. Der Brief, in dem ein Bekannter namens Mr. Crawford (!) erwähnt wird, klingt heiter. Jane badete mit großem Vergnügen, wobei sie sicher aus einem der Badekarren, die man direkt ins flache Wasser schob, in die Fluten stieg. Ein abendlicher Ball, an dem sie teilnahm, war gut besucht:

> [...] und wäre ich länger geblieben, hätte ich vielleicht mit Mr. Granville, Mr. Granvilles Sohn, den meine gute Freundin Miss Armstrong sich bereit erklärt hatte mir vorzustellen, oder mit einem neuen, merkwürdig aussehenden Mann getanzt, der mich schon einige Zeit beäugt hatte und mich schließlich ohne jede Einführung fragte, ob ich noch einmal tanzen wolle.

Jane Austen hat, wie *Überredung* beweist, die Eindrücke in Lyme Regis mit wachen Sinnen und einem vielleicht schon literarisch tätigen Geist in sich aufgenommen. Die angeblichen Schauplätze aus *Überredung* sind heute noch vorhanden. Im Hotel »Royal Lion«, wo die Gesellschaft der jungen Leute wohnte, kann der Gast noch immer übernachten, und in dem engen Haus der Harvilles kann man heute Kaffee trinken. Es steht direkt am Wasser und gegenüber dem Jane-Austen-Park, wo 1917 zum 100. Todestag der Autorin eine unterdessen verwitterte Büste aufgestellt wurde. Auch den ›Cobb‹, die Mole, wo Louisa Musgrove von den schmalen Steinstufen, ›Granny's Teeth‹, hinunterfällt, kann man heute noch entlanggehen.

Lyme Regis, The Cobb, von dem Louisa in »Überredung« herunterstürzt

Als die Austens aus Lyme Regis nach Bath zurückkehrten, erfuhr Janes Leben bald durch unerwartete und zum Teil traurige Ereignisse schwerwiegende Veränderungen. Zunächst zog man in den westlichen Teil der Stadt um. Warum, wissen wir nicht, aber es ist vermutet worden, dass Mr. Austen wegen seiner schwächer werdenden körperlichen Konstitution näher am Stadtzentrum und vor allem am Brunnenhaus wohnen wollte. Im Dezember 1804 geschah dann der schon erwähnte Unfall, bei dem Janes Freundin Mrs. Lefroy durch einen Sturz vom Pferd getötet wurde, was sie vier Jahre später zu dem einzigen ernsten Gedicht anregte, das sie je geschrieben hat. Der erste Brief, den wir nach dem Urlaub besitzen, übermittelt eine Nachricht, die sie noch unmittelbarer berührte. Sie teilte am 21. Januar 1805 ihrem Bruder Francis, an Bord seiner Majestät Schiff »Leopard«, mit, dass ihr Vater nach kurzer Krankheit gestorben sei:

> Unser Vater [dies ist das einzige Mal, dass sie nicht »mein Vater« sagt] hat sein tugendhaftes und glückliches Leben durch einen Tod beendet, der fast so schmerzlos war, wie seine Kinder es sich nur hätten wünschen können.

Dass Jane Austen an ihrem Vater mehr hing als an ihrer Mutter, ist aus ihren Briefen deutlich zu entnehmen. Da sie unmittelbar nach Absenden des Briefes erfuhr, dass Francis' Schiff nicht unter der angegebenen Adresse zu erreichen war, schrieb sie gleich am nächsten Tag noch einmal einen ähnlichen Brief. Beide Briefe sind erhalten, doch die Hoffnung, etwas über Jane Austens religiöse Gefühle zu erfahren, erfüllt sich nicht, obwohl der Tod des Vaters, der nach allem, was wir von ihm wissen und was seine Tochter von ihm schreibt, in seinem familiären und beruflichen Leben ein verantwortungsbewusster, geliebter und verehrter Mann war, allen Familienmitgliedern äußerst nahegegangen sein dürfte. Jane Austen war wie in so vielem, so auch im Religiösen ein sehr diskreter Mensch. Sie spricht in ihrem ersten Brief nur davon, dass George Austen sich schon seit langem auf »eine andere Welt« vorbereitet habe, und im zweiten nur von den »inbrünstigen Gebeten«, die die Familie in den letzten Stunden vor seinem Tod gesprochen habe. Im Vergleich mit den viel gefühlvolleren, fast überschwenglichen religiösen Bemerkungen, die Cassandra später über Janes Tod zu ihrer Nichte Fanny macht, erscheint dieses bloße Streifen des Überweltlichen beim Tod des Vaters zurückhaltend. Dabei muss man aber berücksichtigen, dass Cassandra an eine 24jährige Frau, Jane an einen 31jährigen Mann und Soldaten schrieb und ihre offizielle Mitteilung – Fanny wusste ja schon von dem Tod ihrer Tante, als Cassandra ihr schrieb – eher der Konvention der Zeit gehorchte, die auch bei solchen sehr persönlichen Anlässen bestimmte Formen vorschrieb. Und doch scheint hier ein Bedürfnis zu bestehen, jeden religiösen Enthusiasmus zu vermeiden, was den mit Sympathie dargestellten Figuren in ihren Romanen sehr gut entsprechen würde. Wir haben nach allem, was wir von Jane Austen wissen, keinerlei Anlass, daran zu zweifeln, dass sie als überzeugte anglikanische Christin gelebt hat und gestorben ist. Aber ging diese Einstellung über ein von Kindheit an praktiziertes konventionelles Christentum hinaus? Ihre Bücher, die man um Antwort fragen möchte, geben ebenso wenig eine Antwort wie ihre Briefe. In ihren Romanen sind zwar religiöse Zeremonien Teil der Handlung, aber weder äußern die Geistlichen je theologische Ansichten, noch beruhen die lebensbestimmenden Entscheidungen der Heldinnen und Helden je auf religiösen Überlegungen. Wie Jane im allgemeinen keine Autorin war, die Menschen nach ihren vorgetragenen Überzeugungen oder Behauptungen beurteilt sehen wollte, so machte sie offenbar auch im Religiösen das *Handeln* zum Maßstab der Ernsthaftigkeit menschlicher Haltungen. Im Falle des bigotten Pastors Collins in *Stolz und Vorurteil* ist der Widerspruch zwischen Theorie und Praxis der Lächerlichkeit preisgegeben. Ihr Urteil über den »traurigen Fall« einer Bekannten, die ihrem Mann mit einem Lord davongelaufen war, ist typisch für ihre Sensitivität bei jeder Diskrepanz zwischen Haltung und Handlung, denn sie schreibt:

> Ich hätte ihr so etwas nicht zugetraut. Ich erinnere mich, dass sie zum Abendmahl blieb, als Du und ich es das letzte Mal auch taten. (20. Juni 1808)

So kann man wohl sagen, dass es für Jane Austen kein Christentum ohne christliches Handeln gab; aber man kann nicht umgekehrt schließen, dass christliches Handeln auf einem theoretischen Verständnis des Christentums beruhte. Die innersten religiösen Gefühle und Gedanken ihrer selbst und ihrer Romangestalten sind verborgen.

Mrs. Austen trug den Verlust ihres Mannes nach Janes Meinung bemerkenswert gelassen, weil sie innerlich darauf vorbereitet war. Als George Austen in der Walcot-Kirche in Bath begraben war, mussten die drei Austen-Damen sich über ihre neue Lage klarwerden, die unter anderem finanzielle Konsequenzen hatte. Mit Mr. Austens Tod reduzierte sich das Einkommen seiner Witwe erheblich, aber der Familiensinn der Kinder bewährte sich in dieser Krise glänzend – anders als John Dashwood gegenüber seiner Mutter und seinen beiden Schwestern in *Verstand und Gefühl*. Ihre

Söhne einigten sich, die Finanzlage der Mutter aufzubessern. James und Henry gaben jährlich 50, Edward als der reichste 100 Pfund. Der gewissenhafte Francis bot ebenfalls 100 Pfund an, aber seine Mutter akzeptierte von ihm nur 50. Cassandra besaß immerhin die 1000 Pfund von ihrem verstorbenen Verlobten, Jane aber verfügte über keinerlei eigenes Geld. Deshalb war für sie der Verdienst von ihren Romanen so wichtig. Die Damen scheinen gute Wirtschafterinnen gewesen zu sein. Jane informiert Cassandra im Januar 1807, dass »meine Mutter [...] 1806 mit einem Überschuss von 68 Pfund begonnen hat und 1807 mit einem von 99 Pfund beginnt, und das nach Anschaffungen im Wert von 32 Pfund«. Auch die wohlhabenden Leigh-Perrots steuerten, wie erst 1983 bekannt geworden ist, 50 Pfund pro Jahr bei. Der Umgang mit ihnen war nicht ganz reibungslos; sie waren offenbar empfindlich und nicht sehr großzügig und ließen die Austens, wie auch Bemerkungen Janes zu entnehmen ist, wohl gelegentlich den Unterschied zwischen ihrem Lebensstil spüren. Aber Jane weiß wie immer, dass es zu den Tugenden des kultivierten Menschen gehört, auch bei persönlichen Empfindlichkeiten das angemessene Verhalten zu wahren:

> Mein Onkel und meine Tante haben gestern abend Tee bei uns getrunken, und trotz meines gegenteiligen Entschlusses konnte ich nicht umhin, sie für heute abend wieder einzuladen. Ich hielt es für äußerst wichtig, alles zu vermeiden, was wie Vernachlässigung ausgesehen hätte.

Aber Jane Austen wäre nicht Jane Austen, wenn sie nicht an ihre Schwester den Satz hinzufügte:

> Ich bin froh, wenn es vorbei ist, und hoffe, nie wieder in die Verlegenheit zu kommen, so viele liebe Freunde zugleich empfangen zu müssen.

Bald nach Mr. Austens Tod, wahrscheinlich Anfang April, zogen die drei Damen, sicher aus finanziellen Gründen, in ein kleineres Haus um. Ob es auch mit den Leigh-Perrots zusammenhing, dass sie dabei Gay Street wählten, eine steile Straße zwischen der Stadtmitte und dem Circus, einem stattlichen, rundangelegten Platz im höher gelegenen Norden, wo man Paragon Buildings wesentlich näher war? Cassandra reiste kurz nach dem Umzug zu den Lloyds. Jane blieb bei ihrer Mutter, und sie führten, nach den beiden Briefen von Bath nach Ibthorpe vom 8. und 21. April 1805 zu urteilen – das Zitat über die Tante stammt aus dem zweiten –, ein recht lebhaftes gesellschaftliches Leben. Aber in der Zeit zwischen diesen beiden Briefen starb während Cassandras Besuch Mrs. Lloyd, was das häusliche Arrangement zum Vorteil aller veränderte. Die einzige unverheiratete Tochter von Mrs. Lloyd nahm das Angebot der Austens an, künftig mit ihnen zusammenzuleben, und zog im August nach Bath um. Diese Lösung, die alle Beteiligten sicher nie bereut haben, ersparte es Martha, sich ein Zuhause zu suchen, wo sie womöglich weniger willkommen gewesen wäre, und erlaubte es Cassandra und Jane, nun gelegentlich gemeinsam auf Reisen zu gehen, weil Martha solange bei ihrer Mutter bleiben konnte. Sie machten auch gleich von dieser Möglichkeit Gebrauch, denn schon im August befinden sie sich zusammen in Kent. Dass trotzdem Briefe von Jane an ihre Schwester von dieser Reise vorliegen, ist der Tatsache zu verdanken, dass sie sich am Ziel trennten. Während die eine bei Edwards Familie auf Godmersham blieb, besuchte die andere Edwards

Schwiegermutter, Lady Bridges, auf Goodnestone; dann tauschten sie die Plätze. Die Wohnung in der Gay Street muss die Familie nach spätestens einem Jahr wieder aufgegeben haben, denn es existiert ein Brief von Mrs. Austen vom April 1806, den sie überschrieb: »Trim Street – noch immer.«

Godmersham, Kent, wo Janes Bruder Edward lebte

III

Wieder, wie so häufig, sind bei dem nächsten wichtigen Ereignis die Gründe und Hintergründe verborgen: Die Austens verließen Bath Anfang Juli 1806 für immer. Wann wurde dieser Entschluss gefasst, und auf wen ging er zurück? Dass sich Jane und vermutlich auch ihre Schwester in der Stadt nie zu Hause fühlten, geht aus einer Bemerkung hervor, die Jane 1808 in einem Brief an Cassandra machte, die sie daran erinnerte, mit welch »glücklichen Gefühlen des Entkommens« sie vor zwei Jahren Bath verlassen hätten. Die drei Damen fuhren zunächst nach Clifton, aber ob sie vorhatten, sich dort niederzulassen, ist nicht bekannt. Ohnehin statteten sie schon Ende Juli einem Vetter von Mrs. Austen einen Besuch ab. Es handelte sich um Pastor Thomas Leigh in Adlestrop, dessen Leben gerade in dieser Zeit eine dramatische Wende nahm, die die Austens mitberührte. Die Familie war in zwei Zweige gespalten, und der letzte Nachkomme des einen Zweiges, Lord Leigh, hatte ein Testament hinterlassen, das »den ältesten und nächsten männlichen Verwandten seines Bluts und Namens« zum Erben seines riesigen Besitztums in Warwickshire einsetzte. Obwohl das Erbe normalerweise dem Neffen des Pastors zugefallen wäre, weil er ein Nachkomme von dessen älterem Bruder war, kam nun Thomas Leigh selbst als die Person, auf die die Testamentsbestimmung zutraf, in den Besitz. Um jedem Anspruch der Verwandtschaft durch vollendete Tatsachen zuvorzukommen, empfahl Mr. Leighs Rechtsanwalt seinem Klienten, das Erbe unverzüglich in Besitz zu nehmen. Am 5. August zogen deshalb Mr. Leigh mit seiner Schwester, seiner Cousine und ihren beiden Töchtern nach Stoneleigh Abbey um. Das Schloss, das an ein altes Kloster am Ufer des Avon angebaut war, war ein majestätisches Besitztum von riesigen Ausmaßen; und obwohl die Austens in vornehmen und auch geräumigen Landhäusern ein und aus zu gehen gewohnt waren, überstieg der hier gepflegte Lebensstil denn doch ihre bisherigen Erfahrungen.

Stoneleigh Abbey

Glücklicherweise ist ein Brief von Mrs. Austen erhalten, in dem sie ihrer neuen Schwiegertochter Mary, mit der Francis im Juni 1806 getraut worden war, den Aufenthalt im Schloss beschreibt. Der lebendige Brief gibt nicht nur einen Eindruck von dem aristokratischen Leben, das Jane Austen hier vorübergehend führte, sondern wirft auch ein Schlaglicht auf ihr Verhältnis zu ihrer Mutter:

> […] und so fanden wir uns denn Dienstag […] in einem großen und vornehmen, rundherum mit Familienporträts behängten Salon und aßen Fisch, Wild und alle möglichen guten Sachen. Das Haus ist größer, als ich angenommen hatte. Wir können uns darin gar nicht zurechtfinden – ich meine, in dem neuen bewohnten Teil. Was die Verwaltungsräume angeht, die das frühere Kloster

einnehmen, so verzweifelt Mr. Leigh fast daran, sich in ihnen zurechtzufinden. Ich habe ihm vorgeschlagen, Wegweiser an den Ecken anzubringen. Ich hatte zwar erwartet, alles hier hochvornehm usw. zu finden, aber ich hatte keine Ahnung, wie großartig es wirklich ist. Ich hatte mir lange Gänge, dunkle Krähenkolonien und düstere Eiben vorgestellt, aber solche düsteren Dinge gibt es hier gar nicht. Der Avon fließt dicht am Schloss vorbei mitten durch grüne Wiesen, umgeben von ausgedehnten und schönen Wäldern voller entzückender Wege zum Spazierengehen.

Morgens um neun sprechen wir unser Gebet in der prachtvollen Kapelle, deren Kanzel usw. augenblicklich schwarz verhängt ist. Dann folgt das Frühstück, das aus Schokolade, Kaffee und Tee, Pflaumen- und Sandkuchen, warmen Brötchen, kalten Brötchen, Brot und Butter und trockenem Toast für mich besteht. […]

Wir gehen viel spazieren, denn die Wälder sind an einem Augusttag sogar mittags undurchdringlich für die Sonne. Ich versäume nie, jeden Tag eine Weile im Küchengarten zu verbringen, wo die Fülle von Beeren alles übersteigt, was Du Dir vorstellen kannst. Auch mithilfe der vielen Amseln und Drosseln kann die große Familie nicht verhindern, dass sie an den Büschen verrotten. Der Garten umfasst 4½ Morgen. Die Teiche versorgen uns mit ausgezeichnetem Fisch, der Park mit ausgezeichnetem Wild; es gibt große Mengen Kaninchen, Tauben und alle Arten Geflügel. Dann ist da eine entzückende Molkerei, wo Butter, guter Warwickshire Käse und dito Weichkäse hergestellt werden. Ein Diener wird Bäcker genannt, und er tut auch nichts anderes als Brauen und Backen. Die Zahl der Fässer im Starkbierkeller ist unvorstellbar, die im Leichtbierkeller halten keinen Vergleich aus, obwohl man das Bier, nebenbei bemerkt, völlig zu Recht Ale nennen könnte. […]

Nun möchte ich Dir einen Eindruck von dem Inneren dieses riesigen Hauses geben und schicke voraus, dass es an der Vorderseite, die ganz gerade ist und ein flaches Dach hat, 45 Fenster gibt, 15 in jeder Reihe. Man geht zum Eingang eine erhebliche Anzahl von Stufen hinauf, denn einige Verwaltungsräume sind im Keller, und tritt in eine große Halle. Rechts ist das Esszimmer und dahinter das Frühstückszimmer, wo wir im allgemeinen sitzen; und das aus gutem Grund, denn es ist außer der Kapelle das einzige Zimmer, das eine Aussicht hat. Links ist der beste Salon und dahinter ein kleinerer. Diese Räume sind mit ihrer braunen Täfelung und ihrem dunkelroten Mobiliar ziemlich düster, so dass wir sie nur benutzen, wenn wir sie zur alten Bildergalerie durchqueren. Hinter dem kleineren Salon ist das Galaschlafzimmer, mit seinem hohen, dunkelroten Samtbett ein furchterregendes Gemach, gerade richtig für eine Romanheldin. Die alte Galerie führt darauf zu. Am Ende der Halle sind eine Passage in ganzer Breite des Hauses, drei Treppenhäuser und zwei kleine Wohnzimmer. Im neuen Teil des Hauses gibt es 22 Schlafzimmer und außerdem viele, und zwar einige sehr gute, in dem alten. Dann gibt es noch eine zweite Galerie, ausgestattet mit modernen Drucken auf Ledertapeten, und ein großes Billardzimmer. Alle Teile des Hauses und die Verwaltungsräume werden so sauber gehalten, dass man kein Spinngewebe fände, um es als Verband zu benutzen, wenn man sich in den Finger schnitte. […]

Unser Besuch war höchst angenehm. Wir sind alle in bester Laune, bereit, uns unterhalten zu lassen, und bemüht, zur Unterhaltung beizutragen – und ich hoffe, es

> ist uns gelungen. Die arme Lady Saye und Sele ist natürlich eine rechte Qual, obwohl manchmal ganz amüsant, sie gibt Jane viel Anlass zum Lachen, aber mir geht sie alles in allem ziemlich auf die Nerven. Morgen reisen wir ab. [...]

Der ältere Teil des Schlosses und das Galaschlafzimmer mochten Jane denkbar gutes Anschauungsmaterial für die »gotische« Welt im zweiten Teil von *Kloster Northanger* bieten; aber zu dieser Zeit lag das Manuskript schon beim Verleger zur erhofften Publikation. Doch nicht nur das Gebäude, sondern offenbar auch seine Bewohner waren für literarische Studien bestens geeignet. Lady Saye und Sele, eine Verwandte von Mrs. Austen, hat vielleicht Modell gestanden für eine Romangestalt oder mindestens für bestimmte Züge einer Figur. Die Art, wie Mrs. Austen über sie und Janes Reaktion spricht, deutet darauf hin, dass sie mit ihrer Tochter im Bunde war und deren Talent, das Komische an Menschen und an gesellschaftlichen Situationen wahrzunehmen, in der Familie allgemein geschätzt wurde. »Morgen reisen wir ab.« Aber wohin? Zunächst ging es nach Hamstall-Ridware, einem winzigen Ort in Staffordshire, wo Mrs. Austens Neffe Edward Cooper Pastor war. Blieb man hier bis zum Jahresende oder gab es noch andere Stationen? Als Jane sich in ihren Briefen nach einer Pause von anderthalb Jahren im Januar 1807 wieder meldet, wohnen die Austens schon in Southampton. Warum man die Hafenstadt als neuen Wohnort wählte, ist klar. Der jungverheiratete Francis Austen, der zu dieser Zeit kein Schiffskommando hatte und daher auf halben Sold gesetzt war, zog mit seiner Frau dorthin. Es lag im Interesse beider Parteien, gemeinsam ein Haus zu mieten.

Jane scheint gegen Southampton nichts eingewendet

zu haben; jedenfalls schreibt sie am 7. Januar 1807, dass sie nicht so gern nach Canterbury gezogen wäre, das man anscheinend wegen der Nähe zu Edwards Familie und als Wohnort seiner Adoptivmutter auch in Betracht gezogen hatte. Erinnerte sie sich daran, dass Isabella in dem Briefroman *Liebe und Freundschaft* der fünfzehnjährigen Jane Austen ihre Freundin Laura warnt: ›Hüte dich [...] vor dem stinkenden Fisch von Southampton‹? In Southampton war man mit Francis' Familie – schon im April 1807 wurde seine älteste Tochter geboren – zusammen, und die Stadt war nicht wie Bath Treffpunkt einer modischen Welt von eitlen Damen, Müßiggängern, Salonlöwen, Kranken und Scheinkranken, wo gesellschaftlicher Snobismus spürbar war und man die relative Armut und das Unverheiratetsein als Endzwanzigerin deutlicher empfand, sondern eine lebendige Hafen- und Marinestadt, wo Arbeitsleben herrschte, das soziale Spektrum breit gefächert war und größere Freiheit von den gesellschaftlichen Ritualen erlaubte. Hier muss sie sich wohler gefühlt haben. Zudem war Southampton so nahe bei Steventon, dass sich die Verbindung zur alten Heimat leichter aufrechterhalten ließ.

Im Januar und Februar wohnten Jane und ihre Mutter – Cassandra war wieder für längere Zeit in Godmersham – noch möbliert, bereiteten sich aber auf den Umzug vor. Der Garten des neuen Hauses wurde in Ordnung gebracht. Auf Janes besonderen Wunsch musste der Gärtner auch Fliederbüsche pflanzen:

> Ohne Flieder könnte ich um Cowpers Zeile willen nicht auskommen. Auch Laburnum [Goldregen] ist im Gespräch.

Diese Vignette zeigt, wie sich für Jane Austen Poesie und Wirklichkeit verbinden. William Cowper (1731–1800), der vorromantische Dichter, nach der biographischen Notiz von Henry Austen Janes Lieblingsdichter, hatte in seinem Versepos *Die Aufgabe* (*The Task*, 1784), das das Landleben in seiner idyllischen Natürlichkeit besingt, geschrieben:

> Laburnum reich,
> In gold'nem Strom, wie Elfenbein der Flieder.

Anfang März zogen die Austens in das geräumige altmodische Haus am Castle Square um, das nach den Kindheitserinnerungen von James Edward Austen-Leigh »einen hübschen Garten hatte, der an einer Seite an die alte Stadtmauer grenzte; die Oberseite dieser Mauer war breit genug für einen angenehmen Spazierweg mit einer weiten Aussicht und durch Stufen auch für Damen leicht zu erreichen«. Die knapp drei Jahre in Southampton waren eine ruhige Zeit. Francis erhielt schon im April 1807 das Kommando der »St. Albans« und war daher nur noch gelegentlich zu Hause, zum erstenmal wieder nach einem ganzen Jahr. Durch ihn hatte man einige Bekanntschaften gemacht, aber die Familien der höheren Offiziere lebten in einem Stil, den die Austens sich nicht leisten konnten, und so hielt man sich zurück. Die familiären Bindungen blieben so eng wie immer. James und seine Frau vom nahen Steventon kamen zu Besuch, aber in ungewohnt offener Weise klagte Jane darüber, wie wenig Mühe sich die Gäste gaben, zu einer angenehmen Atmosphäre und zur geistigen Bereicherung beizutragen. In der ersten Jahreshälfte 1807 war Cassandra lange Monate in Godmersham und wurde von Jane vermisst; im Herbst besuchten alle drei Damen Edwards Besitz in Chawton; im nächsten Frühjahr wurde der Besuch von James erwidert.

Im Juni 1808 schreibt Jane aus Godmersham. Im Oktober fuhr Cassandra wieder dorthin und schickte bald darauf die trostlose Nachricht, dass die liebenswerte Schwägerin Elizabeth im Kindbett gestorben sei. Janes einfühlende Antwort an die Schwester ist voller Verständnis und echtem Schmerz. Es war ein harter Schlag für Edward und seine nun elf Kinder im Alter von 15 Jahren bis 14 Tagen.

> Wir waren in Gedanken bei Euch, wir sind in Gedanken bei Euch – bei Euch allen, das brauche ich Dir nicht zu versichern, bei Dir, bei Fanny, bei Henry, bei Lady Bridges und bei dem lieben Edward, dessen Verlust und Schmerz den aller anderen unwichtig erscheinen lässt. Dem Himmel sei Dank, dass Du von ihm sagen kannst, was Du gesagt hast: dass sein religiöses Gemüt ihn aufrecht erhält und sein Naturell ihn langsam versöhnen wird. Meine liebe, liebe Fanny! Ich bin so froh, dass sie Dich bei sich hat. Du wirst ihr alles sein, Du wirst ihr allen Trost geben, den menschlicher Beistand geben kann. Möge der Allmächtige Euch alle stärken und Dich, meine liebe Cassandra, gesund erhalten […]. (13. Oktober 1808)

Fanny, Edwards älteste Tochter, stand nun vor der schweren Aufgabe, die Mutterstelle bei ihren Geschwistern zu übernehmen und in die Rolle der Herrin eines großen Hauses und Haushalts hineinzuwachsen. Ihren Tanten wuchs sie dabei immer mehr ans Herz. Janes Lieblingsnichte, die einen zwanzig Jahre älteren Witwer mit sechs Kindern heiratete und so Lady Knatchbull wurde, konnte offenbar als alte Frau nur mit Schaudern an die lockeren Sitten und den relativ großen Spielraum der Frauen während des *Regency* zurückdenken. Mit den bigotten Maßstäben der Viktorianischen Zeit sagte sie von ihren Tanten, sie seien bedauerlicherweise nicht so kultiviert gewesen, wie man es heute sei.

Aber möglicherweise waren bei Lady Knatchbull auch Verdrängungen im Spiel. Sie mag sich erinnert haben, dass ihr eigener Bruder Edward 1826 mit einer Tochter ihres Mannes aus erster Ehe nach Gretna Green hinter der schottischen Grenze durchbrannte, wo man sich problemlos trauen lassen konnte. Wieder in England, besuchte das nun verheiratete Paar Cassandra Austen in Chawton, die es freundlich empfing.

Es ist eine hübsche ironische Pointe, dass sich gut zehn Jahre später in der Familie abspielte, was in vier Romanen von Fannys Tante Jane geschieht: Lucy Steel und Robert Ferrars in *Verstand und Gefühl*, Lydia Bennet und Mr. Wickham in *Stolz und Vorurteil*, Julia Bertram und Mr. Yates und Maria Bertram und Henry Crawford in *Mansfield Park*, Mrs. Clay und William Elliot in *Überredung* fliehen auf skandalöse Weise – nur zieht es nicht alle diese Ausreißer nach Gretna Green. – Übrigens wurde John Knatchbull, ein Halbbruder von Fannys Mann, 1844 in Sydney in Australien nach einer langjährigen kriminellen ›Karriere‹ gehenkt.

Überhaupt begann in den Jahren in Southampton Cassandras und Janes Umgang mit den älteren Neffen und Nichten, die langsam heranwuchsen, persönlicher und lebhafter zu werden. James' Kinder Anna und Edward und auch die fünf ältesten Kinder Edwards waren 1808 zwischen 15 und zehn Jahren alt. Alle Kinder, die später Aufzeichnungen zur Geschichte ihrer berühmten Tante beigetragen haben, waren sich darüber einig, dass sie eine höchst unterhaltsame und liebevolle Tante war, die Spiele mit ihnen spielte, vorlas, Geschichten erzählte und überhaupt immer für sie Zeit hatte. Edward Austen-Leigh sagt von ihr, sie zu kennen, hieß, sie zu lieben, und seine Schwester Caroline erinnerte sich, ihr Charme für sie als Kinder habe in ihrer herzlich-liebevollen Art bestanden. Jane habe für ein Kind alles amüsant zu machen verstanden. Sie sei ihrer Tante gern auf den Schoß gekrochen und ihr überallhin gefolgt.

Was aber war in den Jahren in Bath und Southampton aus der *Schriftstellerin* Jane Austen geworden, die doch kurz vor der Jahrhundertwende schon drei fertige Romanmanuskripte in der Schublade liegen hatte?

Fünftes Kapitel

Literarische Krisenjahre

I

Jane Austens literarische Tätigkeit in den acht Jahren in Bath und Southampton muss sorgfältig betrachtet werden. Es war die Zeit von ihrem 26. bis zum 34. Lebensjahr. Sie war also auf der Höhe ihrer geistigen und körperlichen Kraft. Man sollte vermuten, dass auf die vielversprechenden Anfänge in ihrer Jugend nun die literarische Erfüllung gefolgt wäre. Aber stattdessen produzierte die Autorin in der ganzen fraglichen Zeit kein einziges abgeschlossenes Werk. Die frühere Forschung teilte daher ihre literarische Produktion in zwei Phasen, in die Juvenilia und die reifen Werke ab 1811, zwischen denen eine Durststrecke von zehn Jahren zu liegen schien. Aber dieses Stereotyp ist inzwischen infrage gestellt worden. Es bleibt die Tatsache bestehen, dass die unerwünschten und ungeliebten Veränderungen in ihrem Leben, die stärkere Beanspruchung in der Familie und das viele Reisen ihren ruhigen Arbeitsrhythmus beeinträchtigten und vielleicht auch das Abbrechen des ursprünglichen häuslichen Vorlesekreises das Bedürfnis herabstimmten, schöpferisch tätig zu sein. Aber trotzdem kann von der früher behaupteten langen Schaffenspause, die durch das Fehlen vorzeigbarer Werke suggeriert wird, nicht die Rede sein.

Zunächst ist wichtig, dass Jane Austen ihre literarische Karriere auch in Bath weiterverfolgte, wobei wohl der Einfluss der Geschwister nicht zu unterschätzen ist. Trotz des 1797 gescheiterten ersten Versuchs, einen Verleger für einen ihrer Romane zu finden, unternahm Jane Austen im Frühjahr 1803 einen zweiten Versuch, der diesmal von Henry direkt gemacht wurde und ermutigender verlief. Jane besuchte zu dieser Zeit ihren Bruder in London, und ein Mr. Seymour, Geschäftsfreund oder Angestellter Henrys, verkaufte in ihrem Auftrag ihr zweibändiges, *Susan* betiteltes Werk an den Verlag Crosby & Sons und erhielt dafür ein Honorar von zehn Pfund. Bedenkt man, dass Jane Austen normalerweise etwa 20 Pfund jährlich zu ihrer persönlichen Verfügung hatte, dann war das für sie eine erhebliche Summe. Es handelte sich bei diesem Manuskript, wie die spätere Geschichte des Verkaufs ergibt, um *Kloster Northanger*. In diesem Stadium hieß also die Heldin dieses Buches noch nicht Catherine; die Umbenennung wurde nötig, weil inzwischen 1809 ein anderer Roman mit demselben Titel erschienen war. Setzt man voraus, dass die spätere Fassung weitgehend schon dem 1803 verkauften Text entsprach und vor allem der Schluss des fünften Kapitels mit seinem Plädoyer fürs Romanelesen und für die notwendige wechselseitige Unterstützung der Autoren bei einer mit Vorurteilen belasteten Öffentlichkeit nicht mehr geändert wurde, dann wäre dies ein Beleg dafür, dass Jane Austen das ursprüngliche, von 1798/99 stammende Manuskript von *Kloster Northanger* während der ersten Zeit in Bath noch einmal bearbeitet hat.

Diese Annahme stützt sich auf folgende Überlegung. In dem erwähnten Kapitel werden drei zeitgenössische Frauenromane genannt: Fanny Burneys *Cecilia* und *Camilla* und Maria Edgeworths *Belinda*. Die ersten beiden erschienen

1782 und 1796, der letzte aber erst 1801. Er kann also nicht schon in der ursprünglichen Fassung erwähnt worden sein. Da kaum anzunehmen ist, dass Jane Austen in das Buch kurz vor seiner abschließenden Überarbeitung in ihrem letzten Lebensjahr ausgerechnet diese drei 15 bis 35 Jahre alten Romane als Beispiele eingefügt hat, wo doch unterdessen so viel modernere und dem Lesepublikum vertrautere Bücher erschienen waren, muss sie den Titel *Belinda* in Bath eingefügt haben. Die ersten beiden Jahre in Bath scheinen also der endgültigen Fertigstellung von *Kloster Northanger* für die Veröffentlichung gedient zu haben, die dann 1803 erreicht schien. Jane Austen gab dem Buch später ein »Avertissement« bei, das ebenfalls dieses Datum nennt: »Dieses kleine Werk wurde 1803 beendet und war zur unmittelbaren Publikation bestimmt.« Dass diese Hoffnung sich in eine Enttäuschung verwandeln sollte, war damals nicht vorauszusehen. Es ist aber interessant, sich zu fragen, wie die Karriere der Autorin verlaufen wäre, wenn der Roman tatsächlich ein Jahr später erschienen wäre. Hätte sie dann die Fragmente, von denen gleich die Rede sein wird, vollendet? Wie auch immer, die in Aussicht gestellte Veröffentlichung erfolgte aus nie geklärten Gründen nicht. Das Manuskript blieb trotz seiner Ankündigung unveröffentlicht im Verlag liegen, bis Jane Austen unter dem Decknamen »Mrs. Ashton Dennis« von Southampton aus am 5. April 1809 einen Brief an »Messrs. Crosby & Co« richtete, in dem sie unter anderem schrieb:

> Sechs Jahre sind [seit dem Verkauf des Manuskripts] vergangen, und das Werk, dessen Verfasserin ich bin, ist seitdem meines Wissens nicht im Druck erschienen, obwohl eine baldige Publikation vereinbart war.

Jane Austen erklärte sich bereit, ein zweites Exemplar des Manuskripts zu liefern, falls das erste verlorengegangen sei, und wies darauf hin, dass sie den Roman anderweitig veröffentlichen werde, sofern sie keine Antwort erhalte. Der Verlag antwortete umgehend, dass sich das Manuskript noch immer in seinem Besitz befinde und er sich jede anderweitige Publikation verbitte, solange es nicht zum selben Preis zurückgekauft sei, was der Autorin freistehe. Ein Angebot, das Buch nun herauszubringen, enthielt der Brief nicht. Wieder vergingen Jahre; erst 1816 machte Jane Austen von dem Rückkaufangebot Gebrauch.

Für die restlichen Jahre in Bath und Southampton gibt es keine Belege, dass Jane Austen an ihren alten Manuskripten arbeitete. Stattdessen wandte sie sich zwei neuen Projekten zu, die Fragmente blieben: *Die Watsons* und *Lady Susan*.

II

Die Watsons ist ein etwa fünfzigseitiges, nicht in Kapitel eingeteiltes Manuskriptfragment, dem James Edward Austen-Leigh diesen Titel gegeben hat, als er es 1871 zum erstenmal veröffentlichte. Es handelt sich dabei um einen ersten Entwurf, denn die Handschrift ist voller Korrekturen und Revisionen. Das Papier stammt dem Wasserzeichen nach aus dem Jahr 1803; und da Papier in damaliger Zeit zu teuer war, als dass man es jahrelang aufbewahrt hätte, neigt die Forschung dazu, dieses oder das folgende Jahr auch für das Entstehungsdatum des Textes zu halten. Jane Austens Großnichte Fanny Lefroy hat zudem 1883 berichtet, dass der Roman irgendwann 1804 begonnen, aber durch Mr. Austens Tod Anfang 1805 unterbrochen und dann nicht mehr beendet worden sei. Der geringe Zeitunterschied ist nicht wesentlich. Es scheint jedenfalls sicher, dass *Die Watsons* Jane Austens nächstes literarisches Projekt waren, nachdem sie *Kloster Northanger* an den Verlag Crosby verkauft hatte.

Der Romanentwurf, der nun nicht mehr von parodistischen Elementen ausgeht, ist die Geschichte Emma Watsons, die bei einer reichen verwitweten Tante aufgewachsen ist und nach vierzehnjähriger Abwesenheit in ihre mutterlose Familie zurückkehren muss, weil die Tante unerwartet noch einmal heiratet. In der bisherigen Erwartung getäuscht, eines Tages ihr Erbe antreten zu können, findet sie sich plötzlich ohne Aussicht auf eine eigene Versorgung wieder von ihrem alten, kranken Vater abhängig. Die häusliche Situation mit dem so viel niedrigeren Lebensstil und der geringeren Kultiviertheit, unter der sie leidet, ist für Emma nicht erfreulich. Sie hat drei unverheiratete Schwestern, die alle auf Männerjagd sind und den Charmeur und Herzensbrecher Tom Musgrave anhimmeln. Elizabeth, die älteste, ist die vernünftigste, die dem Haushalt mit unermüdlichem Einsatz vorsteht; enttäuscht von einem Verehrer, den ihre Schwester Penelope ihr entfremdet hat, wäre sie damit zufrieden, unverheiratet zu bleiben, wenn sie nicht finanziell völlig unversorgt dastände. Penelope, die der Leser in dem Fragment noch nicht kennenlernt, hält sich in der Hoffnung, einen älteren, wohlhabenden Geistlichen zu heiraten, bei Freunden auf. Margaret glaubt, ernste Aussichten zu haben, Musgrave zu binden. Von den beiden Brüdern ist der ältere Rechtsanwalt in dem nicht zu weit entfernten Croydon und mit einer reichen und hochmütigen Frau verheiratet. Das Ehepaar kommt gerade zu den Watsons zu Besuch, weil es Marianne von einem längeren Aufenthalt bei ihnen zurückbringt. Es macht Emma das Angebot, nun sie mitzunehmen, aber sie lehnt dankend ab. Der jüngere Bruder ist in die Tochter der befreundeten Edwards verliebt, die aber mit einem Offizier flirtet. Die Handlung beginnt mit Emmas erster Gesellschaft in der neuen Nachbarschaft. Sie fährt die drei Meilen nach D…, hält sich bei den Edwards auf und erlebt den Ball. Auf ihm erscheint auch die herrschaftliche Familie der Osbornes, die aus Lady Osborne, ihrem Sohn Lord Osborne und ihrer Tochter besteht. Emma wird durch die liebenswürdige Geste, mit dem zehnjährigen Sohn der verwitweten Schwester des Pastors der Osborneschen Gemeinde zu tanzen, mit dem Pastor selbst bekannt, dem gut dreißigjährigen Junggesellen Mr. Howard, und ist tief von ihm beeindruckt. Emmas Desinteresse an Lord Osborne und seinem liebedienerischen Kumpan Musgrave reizt beide, sich um sie zu bemühen. Sie statten dem Haus der Watsons nach dem Ball einen Besuch ab, der die soziale Unterlegenheit der Gastgeber auf peinliche Weise offenbar werden lässt. Bei einem späteren Besuch von Musgrave allein macht sich dieser durch seine gekünstelte Liebenswürdigkeit, auf die nur Emma nicht hereinfällt, beliebt. Hier endet das Fragment, das gerade an dem Punkt angekommen ist, an dem die Liebesverwirrungen und -frustrationen beginnen konnten. Cassandras Bericht, lange nach Janes Tod, wie der Roman sich entwickeln sollte, klingt außerordentlich glaubhaft. Der baldige Tod des alten Mr. Watson sollte Emma zwingen, bei ihrem älteren Bruder und seiner unsympathischen Frau zu wohnen. Lord Osborne sollte ihr einen Heiratsantrag machen, den sie ablehnen würde. Dass Lady Osborne versuchen würde, Mr. Howard zu heiraten, sollte das endgültige Zusammenfinden des Pastors und Emmas hinauszögern. Man ist geneigt, darüber hinaus zu spekulieren, dass Tom Musgrave Margaret im weiteren Verlauf der Handlung entführen würde und der jüngere Watson-Bruder von einer Enttäuschung geheilt worden wäre, die vermutlich an die bitteren Erfahrungen von Catherine Morlands Bruder mit Isabella Thorpe in *Kloster Northanger* erinnert hätte.

Warum hat Jane Austen das Fragment nie beendet? Wenn sie daran tatsächlich bis zum Tod ihres Vaters geschrieben hat, ist dieses Ereignis vermutlich die Antwort auf die Frage, zumal sie ja in der Fortsetzung der Geschichte den Vater der Watsons sehr bald hätte sterben lassen müssen, was ihr sicher unbehaglich gewesen wäre und was sie wohl auch als Geschmacklosigkeit empfunden hätte. Wenn der Tod des Vaters nicht der Grund ist, muss man sich mit Edward Austen-Leighs Behauptung von 1871, die auf Zustimmung und Ablehnung gestoßen ist, auseinandersetzen, dass Jane Austen »sich bewusst geworden war, ihre Heldin sozial zu tief, in einer Position von Armut und Niedrigkeit angesiedelt zu haben, die zwar nicht notwendig mit Vulgarität verbunden ist, aber eine traurige Neigung hat, zu ihr hinabzusinken; und deshalb hat sie wie eine Sängerin, die auf einem zu tiefen Ton angefangen hat, die Melodie nicht weitergesungen«. Das klingt, wie manches bei den viktorianischen Nachkommen der Austens nach dem leichten Gruseln, das man in dieser Zeit der größten industriellen Ausbeutung vor der Armut empfand, die für die etablierte Gesellschaft immer bedrohlichere Züge annahm. Und trotzdem klingt Austen-Leighs Vermutung durchaus überzeugend – aber nicht, weil die (relative) Armut das Problem war, sondern weil die Atmosphäre im Haus Watson und die Anlage der Charaktere im Roman eine Stimmung von Missgunst, Gereiztheit, Kleinlichkeit und Zänkerei erzeugt hätte, die Jane Austen als Grundton des Buches nicht behagen konnte. Die Heldin Emma hätte sich in einer Umgebung befunden, in der dem Leser keine Entspannung gegönnt worden wäre. Anders als etwa in *Emma,* wo die Heldin sich ebenfalls in einer Familie von vorwiegend satirisch gesehenen Gestalten bewegt, die aber auf den Leser befreiend wirken, weil sie harmlos sind, hätte das Lachen hier bedrückend gewirkt – wenn es dem Leser denn gelungen wäre zu lachen. Denn dies genau ist das Problem des Fragments: Es ist Jane Austen offensichtlich in ihm nicht gelungen, den komischen Überschwang ihrer Jugendwerke so behutsam herabzustimmen, dass sie ihre Thematik ernsthaft ausgestalten konnte, ohne darüber die heitere Grundstimmung des Buches zu verlieren. *Die Watsons* zeigen daher Jane Austens Schwierigkeit, den richtigen Ton kritischer Heiterkeit zu finden, den sie dann später in ihren Romanen so vollkommen beherrscht. Sie droht in dem Fragment in eine zu trübe Atmosphäre zu geraten, die ihrer elementaren Begabung zur schwerelosen Darstellung der Gesellschaft bei gleichzeitiger präziser Porträtierung ihrer Probleme nicht gerecht wird. Darunter leidet auch die Heldin selbst, die noch nicht so unfehlbar sie selbst ist wie die späteren Protagonistinnen. Einen koketten Satz wie Emma Watsons »Na, wir werden ja sehen, wie unwiderstehlich Mr. Tom Musgrave und ich einander finden« konnte in *Emma* wohl nur noch Mrs. Elton sagen.

Im Hinblick auf die Probleme selbst aber unterscheiden sich *Die Watsons* nicht von den späteren Romanen. Im Zentrum steht auch hier schon die »richtige« Ehe, die die Heldin – wie immer bei Jane Austen – am Schluss des Romans gefunden hätte und die kontrastiert wird mit anderen, weniger überzeugenden Beispielen ehelicher Partnerschaft. Im Gegensatz vor allem zu ihren beiden jüngeren Schwestern zeigt Emma die richtige Einstellung dazu schon im ersten Gespräch des Buches, wenn sie zu ihrer Schwester Elizabeth sagt, dass sie nicht verstehe, wie man bloß um der Ehe willen heiraten könne, wenn die Wahl des Mannes nicht gleichzeitig ein Lebensglück in Aussicht stelle; und da Emma auf diese Weise ihre seelische Reife schon zu Anfang des Buches beweist, könnte es sein, dass auch ihre geringe Entwicklungsmöglichkeit Jane Austen nicht zur Weiterführung der Handlung gereizt hat.

Der scharfe Ton, der in dem Buch herrscht, ist ihr aber womöglich auch zu wenig ein *eigener* Ton gewesen, denn ungleich allen ihren späteren Romanen ähneln *Die Watsons* darin dem Frauenroman der Zeit, der insgesamt viel weniger diskret, viel krasser und daher auch stereotyper in seiner Gesellschaftskritik ist als die Meisterwerke Jane Austens. Maria Edgeworths schon erwähnter, unmittelbar vor der Entstehung von *Die Watsons* erschienener Roman *Belinda* etwa, den Jane Austen ja in *Kloster Northanger* nennt, führt schon im ersten Kapitel Lord Delacourt, bei dessen Frau die auf dem Land aufgewachsene Heldin Belinda Portman in London wohnt, als völlig betrunkenes Wrack ein, das von seinen Dienern ins Haus geschleppt wird und sich am nächsten Vormittag beim Frühstück zu Belindas Entsetzen mit Lady Delacourt in einen gehässigen und jeder Etikette spottenden Zank einlässt. Man kann sich, wenn man *Die Watsons* und einen solchen fast gleichzeitigen Roman liest, des Verdachts nicht erwehren, dass Jane Austen die bedenkliche Nähe ihres Fragments zu ihm auch selbst wahrgenommen und mit großem Unbehagen beobachtet hat. Noch fehlte ihr der souveräne, diskrete und zugleich treffende Ton, der jeden Vergleich mit Romanen wie *Belinda* ausschließt.

Aber man darf über dieser Kritik nicht übersehen, dass der unvollendete Roman trotz seiner Unabgeschlossenheit schon die typische austensche Präzision der Handlungsführung, die szenische Lebendigkeit und die Plastizität der Figuren hat. Robert Watsons arrogante Frau Jane etwa tritt in dem Fragment nur in zwei Szenen auf, ist aber durch ihre Redeweise so überzeugend charakterisiert, dass der Leser darin schon ein vollkommenes Bild von ihrer auf gesellschaftliche Anpassung ausgerichteten Lebenseinstellung und ihrem Snobismus bekommt. Mrs. Elton in *Emma* wird diesen Typ dann später in vollkommener Ausprägung verkörpern.

III

Lady Susan wirft für die Forschung ungleich schwierigere Probleme auf und ist das umstrittenste Werk Jane Austens. Wieder stammt der Titel von dem Verfasser des *Memoir*, nicht von der Autorin selbst. Erhalten ist eine etwa achtzigseitige Reinschrift fast ohne Korrekturen, von der zwei Blätter das Wasserzeichen von 1805 aufweisen. Da es sich um eine Reinschrift, nicht um einen Entwurf handelt, sagt in diesem Fall die Datierung des Papiers nicht notwendig etwas über die eigentliche Entstehungszeit des Textes aus; sie kann auch nur bedeuten, dass Jane Austen ihn in diesem Jahr oder kurz danach abgeschrieben hat. Andererseits hat man sich gefragt, warum sie das Werk sauber abgeschrieben haben sollte, wenn sie es vor langer Zeit geschaffen hatte. Die austenschen Nachkommen hielten es für ein »frühes Werk« (James Edward Austen-Leigh) und verlegten es in die Zeit von 1794–96 (*Jane Austen. Her Life and Letters*). Die spätere Forschung schwankt in der Zuweisung zwischen 1793/94 und 1805. Wir halten gegen den gegenwärtigen Trend das spätere Datum für wahrscheinlicher – wenn auch mit erheblichen Zweifeln, die ohne neues Quellenmaterial kaum zu beseitigen sind. Ist es vorstellbar, dass diese Autorin, die seit ihrem zwölften Lebensjahr schrieb und ihre Romane ihre »Kinder« nannte, einfach an die zehn Jahre verstummte?

Das kurze Werk ist ein Briefroman, der aus 41 Briefen von sechs Korrespondenten besteht. Die Handlung ist am Schluss an einem Punkt angelangt, an dem sie zu Ende sein könnte, aber es folgt ein dreiseitiger »Abschluss« durch Autorenstimme, die die weitere Entwicklung berichtet. Die Nachschrift beginnt folgendermaßen:

> Dieser Briefwechsel konnte dadurch, dass ein Teil der Partner sich traf und ein anderer die Verbindung abbrach, zum erheblichen Schaden der Gebühren kassierenden Post nicht fortgesetzt werden.

Dieser Anfang der Nachschrift steht in auffälligem Widerspruch zu den Briefen selbst, denn dies ist das einzige Werk Jane Austens, das auf jede humoristische Weltsicht und Personengestaltung verzichtet. Es ist zugleich ihr einziges Werk mit einer verworfenen Heldin.

Die seit vier Monaten verwitwete Lady Susan Vernon schreibt an den Bruder ihres Mannes, dass sie sein Angebot, eine Zeitlang in seiner Familie zu leben, annehmen möchte. Schon der nächste Brief, der an ihre vertraute Freundin Mrs. Johnson in London gerichtet ist, enthüllt die Hintergründe dieser Bitte und die Amoralität der Schreiberin. Sie muss den Landsitz der Manwarings verlassen, weil sie der Tochter des Hauses den Bewerber abspenstig gemacht hat, damit er ihre eigene Tochter Frederica, »die mir zur Qual geboren wurde«, heiraten kann, und weil sie durch ihre intime Beziehung zum Hausherrn die Eifersucht seiner Frau entfacht hat. Ihre Tochter weigert sich, den dümmlichen Bewerber zu nehmen, und wird zur Strafe in ein Londoner Pensionat gesteckt. Die Handlung spielt nun im wesentlichen bei den Vernons, wo Lady Susan eingetroffen ist und den Bruder ihrer Schwägerin umgarnt, damit er sie heiratet. Unglücklicherweise durchschaut Mr. de Courcy diesen Anschlag im Gegensatz zu seiner Schwester nicht und verliebt sich hoffnungslos in die »lustige Witwe«. Selbst als Lady Susans Tochter, die versucht hat wegzulaufen, aus dem Pensionat verwiesen und zu den Vernons geholt worden ist, sich ihm anvertraut, weil ihr ungeliebter Bewerber unerwartet auch aufgetaucht ist, gelingt es ihrer Mutter, de Courcys beginnendes Misstrauen zu zerstreuen. Warnungen seiner Eltern schlägt er in den Wind; seine Schwester fürchtet das Schlimmste. Lady Susan reist nach London, wo Mrs. Johnson ihr eine Wohnung gemietet hat; empfangen kann sie die Freundin nur in Abwesenheit ihres Mannes, der Lady Susan das Haus verboten hat. Dass Mr. Manwaring und Mr. de Courcy gleichzeitig in London auftauchen und Mrs. Manwaring den letzteren über Lady Susan aufklärt, befreit ihn von ihrem Zauber. Die Familien de Courcy und Vernon freuen sich darüber. Frederica wird den Vernons, wo sie aufzublühen begann, allerdings wieder von ihrer Mutter entzogen. Die durchweg komisch gehaltene Nachschrift bringt die Handlung zum endgültigen Abschluss. Lady Susan heiratet den Bewerber ihrer Tochter selbst; zum Glücklichwerden stehen ihr nur noch »ihr Mann und ihr Gewissen« im Weg. Frederica kehrt zu den Vernons zurück und heiratet nach einem Jahr Mr. de Courcy.

Die Thematik des Buches ist in Jane Austens Werk einmalig, denn seine zentrale Gestalt ist nicht die junge Frau, deren Enttäuschung und Ungewissheit, deren Standhaftigkeit oder Nachgiebigkeit gegenüber ihrer Umwelt oder deren Illusionen über sich oder die Welt als intensiver, manchmal qualvoller seelischer und sozialer Prozess geschildert werden, sondern die abgefeimte *grande dame*, die alles das vertritt, was Jane Austen sonst verabscheut; und sie zeigt bei der Anlage dieser Figur eine gestalterische Beherrschung, die entweder auf eine sonst unterdrückte Faszination vom Bösen hindeutet oder auf eine kühle literarische Studie schließen lässt, deren technische und psychologische Bewältigung die Autorin gereizt hat. Wenn die Geschichte eine Fortsetzung gefunden hätte, wäre mit Lady Susans Tochter das junge Mädchen vielleicht doch noch in den Mittelpunkt gerückt, aber das hätte einen erzählerischen Perspektivenwechsel erfordert, der schwer vorstellbar ist.

Was die zeitliche Einordnung des Werkes so schwierig macht, sind zwei in sich widersprüchliche Elemente seiner Konstruktion.

Zum einen ist das soziale Milieu höher angesetzt als in *Die Watsons* und überzeugend gestaltet. Die Beherrschung der Briefform ist bemerkenswert. Man merkt ihr an, dass die Autorin die Romane vor allem Richardsons mit viel Verständnis für die literarische Technik des Genres gelesen hat. *Sir Charles Grandison* hat sie besonders geschätzt und sogar als Jugendliche als Drama bearbeitet. Ihr Neffe behauptet im *Memoir*, ihre Kenntnis Richardsons werde auch zu seiner Zeit von niemandem übertroffen. Aber – und das ist bezeichnend für ihren dramatischen Sinn – sie macht die Form des Briefromans schlanker, indem sie ihr das Weitschweifige nimmt und den Briefen eine Nervosität und seelische Intensität einhaucht, die die Romane Richardsons nicht haben. Der Höhepunkt und Zusammenbruch von Lady Susans doppeltem Spiel hat trotz der Distanzierung durch die bei der brieflichen Form unvermeidliche Erzählung *nach* dem Ereignis eine hohe Handlungsspannung. Während diese große Beherrschung der Gattung, die Stimmigkeit aller Figuren und die Zielsicherheit des Ablaufs es undenkbar erscheinen lassen, das Werk in die Zeit der Juvenilia zu verlegen, spricht die Briefform selbst gegen die späte Zuweisung. Ist es möglich, dass Jane Austen zu der in den Jugendwerken so geschickt zu komischer Wirkung gehandhabten epistolaren Form über zehn Jahre später in vollem Ernst zurückgekehrt ist? Und das, nachdem sie inzwischen den ursprünglich in Briefform konzipierten Roman *Verstand und Gefühl* umgearbeitet und zwei weitere Romane und das Fragment *Die Watsons* in der dritten Person erzählt hatte? Und musste sie nicht zu dieser Zeit schon wissen, dass sie einer sterbenden Gattung Leben einzuhauchen versuchte?

Zum anderen stehen auch Roman und Schluss in einem Widerspruch zueinander. Die eigentliche, in Briefen wiedergegebene Handlung erweckt den Eindruck einer ambitiösen literarischen Bemühung, den Wunsch, etwas Ernstzunehmendes zu schaffen. Man kann sich kaum vorstellen, dass der an scherzhafte bis überkandidelte Geschichten gewöhnte häusliche Zuhörerkreis *Lady Susan* kommentarlos hingenommen hätte. Ohnehin wirkt der Text wie zum Lesen, nicht wie zum Vorlesen geschaffen. Aber dieser Eindruck, der die späte Zuordnung nahelegt, wird durch den »angeklebten«, mit Autorenstimme erzählten und ins Komische gezogenen Schluss ins Wanken gebracht, denn er klingt, als sei er für ein zuhörendes Publikum geschrieben, und nimmt zwanglos den Ton der Jugendwerke auf.

Man hat vermutet, dass zwei Personen zu Jane Austens Konzeption der Gestalt von Lady Susan Züge beigesteuert haben: (1) Mrs. (manchmal Lady) Elizabeth Craven, die Großmutter von Janes Freundinnen Martha, Mary und Eliza Lloyd, war durch die grausame Vernachlässigung ihrer Töchter in London ins Gerede gekommen. Die Geschichte dieser rücksichtslos behandelten Töchter, von denen die Mutter von Janes Freundinnen ja eine war, war den Austens vertraut, wie aus den Aufzeichnungen von Janes Nichte Caroline hervorgeht. Da Mrs. Lloyd 1805 starb, war dies möglicherweise eine Anregung, sich mit ihrem Manuskript wieder zu beschäftigen oder aber es zu entwerfen. (2) Mit Janes Cousine Eliza Hancock kam in die Austen-Familie eine exotische, gesellschaftlich gewandte junge Frau (vgl. S. 38 f.). Reflektiert das Verhältnis zwischen Lady Susan und Mr. de Courcy die Tatsache, dass Eliza 1797 Janes zehn Jahre jüngeren Bruder Henry heiratete und in London das elegante Leben einer Gesellschaftsdame führte? Bei einer Party mit 70 Gästen im April 1811 war Jane anwesend. Eliza hatte einen geistig zurückgebliebenen Sohn, der auch häufig »Anfälle« hatte und 1801 als Fünfzehnjähriger starb.

Leider helfen diese möglichen Anregungen zu *Lady Susan* nicht bei der Datierung des Fragments, denn Jane Austen kannte Eliza seit 1786 persönlich und wusste früh von Mrs. Lloyds schrecklicher Kindheit.

Einerseits war nach der austenschen Familientradition *Lady Susan* ein frühes Werk, und der größere Teil der Austen-Forschung folgt ihr. Zudem ist die Briefform ein frühes Erzählmedium Jane Austens. Andererseits könnte Jane Austens Leben in der modischen Gesellschaft von Bath von 1801–1805 sie zum Entwurf des Romans angeregt haben. Zudem verraten der souveräne Fluss der Briefe, die Sicherheit und subtile Graduierung des Stils und die bei den Jugendwerken ungewohnte Ernsthaftigkeit der Thematik eine erstaunliche Reife.

Sowohl *Die Watsons* als auch *Lady Susan* kommen uns wie Werke einer Neuorientierung vor, die auf das Bemühen hindeuten, eine breitere literarische Basis zu finden. Dieses Bedürfnis in die Zeit nach dem Verkauf von *Kloster Northanger* zu verlegen, scheint am sinnvollsten. Die Aussicht auf eine Karriere als publizierende Schriftstellerin könnte in Jane Austen den Wunsch geweckt haben, bald nach dem in Aussicht gestellten Erscheinen des verkauften Romans wieder, und zwar betont anders, an die Öffentlichkeit zu treten. Da *Die Watsons* sich eindeutig in diese Zeit einordnen lassen, ist die Versuchung groß, auch *Lady Susan* dort anzusiedeln. Beide Werke aber blieben bis über fünfzig Jahre nach dem Tod der Autorin unveröffentlicht, ja unabgeschlossen – offenbar, weil mit dem Tod ihres Vaters Jane Austens äußere Lebensumstände sich änderten, die Veröffentlichung von *Kloster Northanger* nicht erfolgte und sie merkte, dass die beiden Projekte sie auf falsche Bahnen gelenkt hatten. Die Neuorientierung war nicht geglückt. Stimmen diese Vermutungen, dann ist die Lücke von zehn Jahren auf die drei Jahre in Southampton zusammengeschrumpft. Aber zumindest gegen Schluss dieser Lebensphase muss Jane Austens Interesse an der Schriftstellerei wieder erwacht sein, denn der Brief an den Verlag Crosby stammt noch aus der Hafenstadt. Erst der Umzug und damit die Rückkehr zum ruhigen Landleben sowie die Aussicht auf langfristige Ungestörtheit aber brachten dann die verzögerte literarische Blüte hervor.

Sechstes Kapitel

Chawton – London 1809–1816

I

Der Tod seiner Frau weckte offenbar in Edward, der nun seine elf Kinder allein – wenn auch mit dem seinem Lebensstil angemessenen Stab von Bediensteten – aufziehen musste, das Bedürfnis, seine Mutter und seine Schwestern näher bei sich zu haben. Er tat etwas, was er schon beim Tod seines Vaters hätte tun können oder vielleicht auch tat und was dann nicht auf Zustimmung gestoßen war: Er bot Mrs. Austen eines der Häuser an, die er besaß, und ließ sie dabei zwischen einem dicht bei Godmersham in Kent und einem anderen in Chawton, dem Ort seines zweiten Herrensitzes in Hampshire, wählen. Wenn dies nur die diskrete Verbrämung seines Wunsches war, Mutter und Schwestern bei sich in Kent zu sehen, wurde er enttäuscht. Mrs. Austen entschied sich für Chawton, weil sie Hampshire nicht verlassen wollte, und stieß dabei ganz sicher auf die Zustimmung ihrer Töchter und Martha Lloyds. Noch bevor sie nach Chawton umgezogen waren, berichtete Edwards Adoptivmutter der in Godmersham weilenden Cassandra, die es sogleich an ihre Schwester weitergab, dass es dort einen unverheirateten Pfarrer gebe, den Jane heiraten könne. Jane erwiderte darauf ironisch:

Edward Austen

> […] sie kann sich darauf verlassen, ich werde Mr. Papillon heiraten, wie gering auch seine – oder meine – Neigung dazu sein mag. (9. Dezember 1808)

Sie amüsierte sich auch über die Reaktion der Leute auf ihren Umzug:

> […] alle kennen Chawton und finden es ein bemerkenswert hübsches Dorf, und alle kennen das Haus, das wir beschreiben, und keiner trifft das richtige. (Ebd.)

Die Austens verließen Southampton im April 1809, gingen aber zunächst auf eine längere Reise, deren letztes Ziel Edwards Godmersham war. Anfang Juli zogen sie dann in ihr neues Zuhause ein. Der erste Brief Janes – eine gereimte Gratulation zur Geburt von Francis' Sohn Francis William

Chawton Cottage

und für fast zwei Jahre ihr einziges überliefertes Lebenszeichen – stammt von Ende Juni 1809.

Chawton, dicht bei Alton, lag nur 30 Kilometer südöstlich von Steventon und hatte mit seinem alten »Great House« auf einer kleinen Anhöhe und seinem schönen Park einen eindrucksvollen Mittelpunkt. Das nur 500 Meter davon entfernte Haus der Austens, in dem Jane nun bis kurz vor ihrem Tod acht Jahre lang leben sollte – war ursprünglich als Gasthaus gebaut worden – ›alles in allem trotz der keineswegs üppigen Unterhaltsmittel ein bequemes und damenhaftes Etablissement‹, wie Edward Austen-Leigh es im *Memoir* nennt. Es stand daher in der Mitte des eigentlichen Dorfes an der Kreuzung der Landstraßen und so dicht am eigentlichen Fahrweg, dass im Oktober 1809 ein Bekannter Mrs. Knights ihr berichtete, er sei in einer Postkutsche an dem Haus vorübergefahren und habe die Damen gemütlich beim Frühstück sitzen sehen – ein beneidenswerter Anblick! Obwohl Cassandra als ältere Tochter eigentlich den Haushalt unter sich hatte, dem die siebzigjährige Mrs. Austen nur noch offiziell vorstand, gehörte es zu Janes Pflichten, für das Frühstück zu sorgen. Edward hatte die »Cottage«, in der eine Zeitlang sein Verwalter gewohnt hatte, vor dem Einzug von Mutter und Schwestern herrichten lassen. Wie immer lag den Austens besonders an einem schönen Garten, nach dem sich Jane schon im Oktober 1808 erkundigt hatte. Vor allem Mrs. Austen verschaffte sich dann dadurch Betätigung, dass sie ihn pflegte. Die Eiche aus der Baumschule des »Great House«, die Jane der Überlieferung nach 1812 darin gepflanzt hat, ist 1986 (!) von der Dorfverwaltung zum Entsetzen der Jane-Austen-Gesellschaft gefällt worden – das letzte Stück Leben, das die Gegenwart noch direkt mit der Autorin verband. Das Haus war nicht groß, hatte aber recht viele Räume. Oben befanden sich sechs Schlafzimmer, so dass Besuch jederzeit willkommen war, ohne Ungelegenheiten zu schaffen. Unten gab es außer der Eingangshalle zwei Wohnzimmer. In einem davon überarbeitete und schrieb Jane Austen an einem kleinen Schreibtisch die sechs Werke, die ihr den Ruf der größten englischen Romanschriftstellerin ihrer Zeit eintragen sollten. Das liebevoll erhaltene Haus ist heute ein Jane-Austen-Museum und enthält den größten Teil der Memorabilia. Die Arbeitsbedingungen der fast Vierunddreißigjährigen waren keineswegs ideal. Da außer ihren engsten Verwandten vorläufig niemand von ihrer literarischen Arbeit wusste, musste sie ihre Manuskriptseiten verbergen, sobald jemand das Zimmer betrat. Die quietschende Tür warnte sie rechtzeitig. Ihre Nichte Anna hat eine Beschreibung ihrer Tante in diesen Jahren hinterlassen:

> Von Gestalt groß und schlank, aber nicht gebeugt, und gut balanciert, wie ihr schneller Schritt bewies. Ihr Teint war von der seltenen Art, die nur helle brünette Frauen auszeichnet: eine ungleichmäßige Haut, aber klar und gesund. Das feine, natürlich gelockte Haar weder blond noch dunkel, das wache, haselbraune Auge dazu passend, und eine ziemlich kleine, aber wohlgeformte Nase.

Charlotte-Maria Middleton war die Tochter der Mieter von Edward Austens ›Great House‹ in Chawton und kannte die Austen-Damen gut. Auch sie hat einen Eindruck von Jane in diesen Jahren hinterlassen:

> Ich erinnere mich an sie als eine große, magere Frau mit sehr hohen Wangenknochen und kräftiger Gesichtsfarbe, funkelnden, nicht großen, aber fröhlichen und intel-

ligenten Augen … ich erinnere mich deutlich an ihren Humor, der sich genau so zwanglos äußerte wie Mr. Bennets [in *Stolz und Vorurteil*] … wir sahen sie oft. Kindern gegenüber war sie der verständnisvollste und gutmütigste Mensch, Fremden gegenüber aber ein bisschen steif und kühl. Bei Dinnerparties saß sie immer am Tisch ohne viel zu sagen, wobei sie wahrscheinlich Material für ihre reizenden Romane sammelte, von denen wir damals nichts wussten. Ihre Schwester war sehr damenhaft, aber auch sehr förmlich. Aber meine Erinnerung an Jane ist, dass sie alle Spiele der Kinder mitmachte und diese sie besonders gern mochten.

Auch wenn die Zahl ihrer Briefe aus diesen Jahren nicht größer ist als bisher – bis April 1811 gibt es vorläufig gar keine –, so gibt es, wie diese Personenbeschreibung zeigt, von nun an doch anschauliche Berichte von Augenzeugen, weil die zu Besuch kommenden Neffen und Nichten alt genug waren, um ihre eigenen Beobachtungen zu machen und ihre Erinnerungen zu bewahren, bis der Ruhm ihrer Tante sie veranlasste, sie niederzuschreiben oder zu erzählen. Die tägliche Routine war die gleiche wie in Bath oder Southampton, nur empfand Jane die ländliche Umgebung zweifellos als entschieden wohltuender. Sie versöhnte sie sicher mit den mangelnden menschlichen Kontakten, die hier über die eigene Familie kaum hinausgingen. Endlich hatte sie auch wieder ein Klavier, »ein so gutes, wie für 30 Guineen zu haben ist, und ich werde Kontertänze üben, damit wir für die Unterhaltung unserer Neffen und Nichten sorgen können, wenn wir das Vergnügen ihrer Gesellschaft haben« (27. Dezember 1808). Über ihren musikalischen Geschmack selbst ist wenig bekannt. Sie spricht in ihren Briefen und Büchern fast nie über Musik. In *Emma* schenkt Frank Churchill seiner Verlobten Noten, wobei der Komponist Johann Baptist Cramer genannt wird. Den Mangel an solchen Informationen in ihren Briefen zu beklagen, heißt den Sinn dieses familiären Austauschs zu verkennen. Die Schwestern kannten sich ja so gut, dass sie es nicht nötig hatten, in ihren Briefen ihre Weltanschauung oder ihre ästhetischen Vorlieben darzulegen.

Schattenriss von Cassandra Austen

Die jungen Verwandten bewahrten an Tante Jane die schönsten Erinnerungen, die ein liebenswertes Bild ihres Verständnisses für Kinder geben. Ob dieses Bild aber stimmt, ist bezweifelt worden. James Edward Austen-Leigh hat die Berichte zweier ihrer Nichten in seiner Biographie überliefert:

> Wenn ich mich mit zwei anderen Nichten in Chawton aufhielt, trug vor allem meine Tante [Jane] oft zu unserer Unterhaltung bei. An sie wandten wir uns immer um Hilfe. Sie versorgte uns mit allem, was wir von ihrer Garderobe brauchten, und dann spielte sie in unserem Phantasiehaus den unterhaltsamen Gast. Sie amüsierte uns auf die verschiedenste Weise; einmal, erinnere ich mich, erfand sie eine Unterhaltung zwischen mir und meiner Cousine am Tag nach einem Ball, in der sie so tat, als wären wir erwachsen.

Wie gut kann man sich aus der Kenntnis ihrer Romane die Lebendigkeit dieses erfundenen Dialogs vorstellen!

> Tante Jane war bei allen Kindern am beliebtesten; ihre Art, mit ihnen umzugehen, war so phantasievoll, ihre langen, detaillierten Geschichten waren so reizend. Von Zeit zu Zeit wurden sie fortgesetzt und bei jeder möglichen und unmöglichen Gelegenheit von uns erbeten. Sie wurden bei ihrem beglückenden Talent fürs Erfinden weitergesponnen, während sie sie erzählte. Ach, wenn doch nur eine von ihnen überlebt hätte! Und wieder empfinde ich, wie sehr sie mir fehlte, als ich älter wurde und der eigentliche Altersunterschied von 17 Jahren zu sieben oder zu nichts zusammenschrumpfte. Es war für mich eine solche Gewohnheit geworden, im Geiste etwas für sie beiseite zu legen und zu sagen, das bewahre ich für Tante Jane auf.

»Ich halte entschieden an der Wichtigkeit von Tanten fest und bin sicher, dass Du es auch gerade tust«, schrieb Jane Austen 1815 an ihre Schwester, die sich einmal wieder um Edwards Kinder in Godmersham kümmerte. Edward Austen-Leigh erinnerte sich, dass mit Tante Janes Tod »der besondere Charme des Hauses in Chawton verschwunden war. Nicht nur war das eigentliche Licht des Hauses erloschen, sondern es war, als ob der Verlust einen Schatten über die Stimmung der Lebenden geworfen hätte«. Dieser Neffe hatte seinen besonderen Spaß an ihrem »ungewöhnlich spontanen Sinn fürs Lächerliche«, betont aber gleichzeitig, wenig glaubwürdig, dass sie sich niemals über jemanden lustig machte. Edwards noble Behauptung belegt wohl eher, wie sehr Jane Austen darum bemüht war, den

Heranwachsenden kein schlechtes Beispiel zu geben und sie womöglich in das »Lästern« hineinzuziehen, dem sie nach Herzenslust frönte. Sie trennte die Rolle der Tante von der der nüchternen Gesellschaftskritikerin. Dass sie sich weidlich über ihre Mitmenschen lustig machte, zeigt die Fülle der unübertrefflichen komischen Romanfiguren; und dass sie eine spitze Zunge hatte, lässt sich aus den vielen aphoristisch zugespitzten satirischen und kritischen Bemerkungen über Bekannte ersehen, die ihre Briefe durchziehen. Diese Seite ihrer Persönlichkeit empfanden ihre viktorianischen Verwandten als eine Art Familienmakel. Vielleicht betonte Edward die Gutmütigkeit und Menschenfreundlichkeit seiner Tante auch deshalb so ausdrücklich. Wir können die Perlen aus Jane Austens spitzer Feder heute unbeschwerter genießen, weil uns die Psychologie gelehrt hat, nicht naiv aus stilistisch geformten Aperçus auf eine durch und durch zynische Lebenshaltung zu schließen. Wir wissen gerade die Scharfzüngigkeit Janes zu schätzen:

> Mrs. Hall aus Sherbourne kam gestern sechs Wochen vor der Zeit mit einer Todgeburt nieder, verursacht durch einen Schock. Ich vermute, sie hat aus Versehen ihren Mann angeguckt. (27. Oktober 1798)

> [...] Miss Blachford hat geheiratet, aber ich habe nichts davon in der Zeitung gelesen. Wenn die Hochzeit nicht gedruckt erscheint, kann man ja ebenso gut ledig bleiben. (Undatiert)

> Mr. Walles ist also tot. Ich kann darüber nicht trauern, und seine Frau vermutlich auch nicht. (20. Juni 1808)

Mrs. Bertie wohnt im Polygon und war außer Haus, als wir ihren Besuch erwiderten, und darin bestehen auch schon ihre beiden Tugenden. (9. Dezember 1808)

Er lebt seit über zwanzig Jahren in dem Haus und ist, der arme Mann, so völlig taub, dass er angeblich nicht einmal eine Kanone hört, die neben ihm abgefeuert wird. Da ich keine Kanone zur Hand hatte, um das Experiment zu machen, zweifelte ich nicht daran und sprach ein bisschen mit den Fingern mit ihm, was komisch genug war. (27. Dezember 1808)

Ich gratuliere Dir zu unserem neuen Neffen, und wenn er eines Tages gehenkt wird, geschieht das hoffentlich erst, wenn wir zu alt sind, um uns noch etwas daraus zu machen. (25. April 1811)

Stell Dir vor, Mrs. Holder ist tot. Die arme Frau, sie hat das einzige auf der Welt getan, was sie überhaupt tun konnte, um einen daran zu hindern, über sie zu lästern. (14. Oktober 1813)

[…] ich werde Mrs. Harrison treffen, und wir werden über Benn und Anna [Lefroy, Janes Nichte und ihren Mann, zu dessen Verwandtschaft die Dame gehörte] sprechen. »Meine liebe Mrs. Harrison«, werde ich sagen, »ich fürchte, der Mann hat etwas von Ihrer Familienverrücktheit abbekommen, und obwohl es oft den Anschein hat, als ob auch Anna ein bisschen verrückt ist, hat sie den größeren Teil davon, glaube ich, eher von ihrer Familie mütterlicherseits als von unserer geerbt.« Das werde ich zu ihr sagen, und ich glaube, darauf wird ihr eine Antwort schwerfallen. (3. November 1813)

Die Eintönigkeit des dörflichen Lebens in Chawton wurde aber nicht nur durch die Neffen und Nichten unterbrochen. Edward vermietete das Herrenhaus nicht wieder und konnte sich nun mit seiner Familie länger dort aufhalten oder es auch Francis und dessen Familie überlassen, wenn eine längere Pause im Überseedienst des Marineoffiziers eintrat. Dann war der Umgang zwischen »Great House« und »Cottage« lebhaft, und häufig kam auch Besuch aus Edwards Verwandtschaft oder Bekanntschaft dazu, der die abendlichen Dinner geistig anregend und unterhaltsam machte.

Jane Austens Wohnzimmer

Aber man darf sich dieses Leben trotzdem nicht zu idyllisch ausmalen, denn das soziale Ansehen der unverheirateten Frau war bekanntlich bis weit ins 20. Jahrhundert hinein gering und stieß sie zu dieser Zeit durch die rigorose Formalität des gesellschaftlichen Lebens, nach der jede verheiratete

Frau, welchen Alters auch immer, den Vorrang behauptete, immer wieder auf ihren »Mangel« hin. Erniedrigende Situationen waren unausbleiblich; Minderwertigkeitsgefühle wurden der »alten Jungfer« geradezu aufgezwungen. Dazu trug sicher auch der Mangel an sexuellen Erfahrungen bei, die der unverheirateten Frau vorenthalten waren. Jane Austen hatte zweifellos keinerlei sexuelle Beziehungen mit Männern.

Dass in dieser Lage eine alleinstehende Frau, die über möglichst ansehnliche eigene finanzielle Mittel verfügte, ungleich besser daran war, weiß die Titelheldin von *Emma* in ihrem Gespräch mit Harriet Smith über das Heiraten nur zu gut. Aber ihre Vorsätze, sich nicht zu verehelichen – »eine alleinstehende Frau mit Vermögen ist immer angesehen« (S. 102) –, brechen nur allzu schnell zusammen, als der Richtige kommt, der obendrein noch Herr eines riesigen Besitzes ist. Jane Austen selbst schrieb ganz ähnlich an ihre Nichte Fanny:

> Alleinstehende Frauen haben eine schreckliche Neigung, arm zu sein – was ein überzeugendes Argument fürs Heiraten ist. (13. März 1817)

Die Austen-Schwestern akzeptierten nach dem Urteil ihrer Neffen und Nichten das Los der Ehelosigkeit früher als angemessen, indem sie darauf verzichteten, sich durch modische Kleidung ein jugendliches Aussehen zu bewahren. Caroline Austen berichtete:

> Ich glaube, dass meine Tanten nicht als sonderlich geschickt angezogen galten, und man fand, sie hätten unnötig früh die Kleidung der Frau in mittleren Jahren angenommen.

Vor allem die häuslich wirkenden Hauben, die auch von Cassandra und Jane in der Öffentlichkeit getragen wurden, waren in damaliger Zeit ein Zeichen dafür, dass eine unverheiratete Frau sich nicht mehr um einen Mann bemühte. Es ist keine Frage, dass Jane Austen im Begriff war, sich die Grundlage für die finanzielle Unabhängigkeit, die die Ehelosigkeit so viel respektabler und angenehmer gemacht hätte, durch ihre Bücher zu erwerben, als der Tod sie unerwartet früh traf. Ihre Briefe aus London zeigen deutlich, wie sie dort das Geldausgeben und Einkaufen und das wachsende Ansehen als Schriftstellerin genoss, die sich in den letzten sechs Jahren ihres Lebens fast 700 Pfund erschrieb.

II

Für Cassandra wurde nach dem Tod von Edwards Frau Godmersham immer mehr zu einer zweiten Heimat, wobei ihre Schwester ganz zurücktrat, die sich von 1809 bis zu ihrem Tod nur einmal, von September bis November 1813, dort aufhielt. Dagegen wurde die Verbindung Janes zu Henry in London immer enger. Für die Jahre 1809, 1810 und 1812 gibt es fast keine Unterlagen, weil nahezu alle Briefe fehlen, aber es ist bekannt, dass Jane sich im April 1811 und dann, nachdem im April 1813 Henrys Frau Eliza gestorben war, im Mai und September 1813, im März, August und November/Dezember 1814 und von Oktober bis Dezember 1815 bei ihrem Bruder in London aufhielt, der in dieser Zeit mehrmals umzog. Ende März 1816 kam es dann zu dem Bankrott, der sein Londoner Leben beendete, und später in diesem Jahr war Jane ohnehin schon zu schwach, um noch größere Reisen zu unternehmen.

So kann man mit Recht sagen, dass Jane Austen, solange es ihr möglich war, in den letzten Jahren ihres Lebens, und zwar ziemlich genau von dem Zeitpunkt an, als sie mit ihrem ersten Roman an die Öffentlichkeit trat, immer häufiger für eine gewisse Zeit das Landleben zugunsten des kulturell und gesellschaftlich so anregenden Lebens in der Metropole aufgab. Hier waren die Tage voller Abwechslung und Begegnungen mit allen möglichen Freunden und Bekannten. Sie kaufte Stoffe oder Geschirr, ging viel ins Theater, saß einmal sogar in einer Bühnenloge und sah die berühmten Schauspieler und Schauspielerinnen der Epoche wie Edmund Kean, Sarah Siddons und Eliza O'Neill. Immer wieder berichtet sie von Kunstausstellungen, die sie besuchte, auf denen sie aber, wie sie übertreibend schreibt, »ihr größeres Interesse an Menschen immer dazu verleitet, den Besuchern mehr Aufmerksamkeit zu schenken als den Ausstellungsstücken« (18. April 1811). Das stimmte denn doch nicht, denn bei einer Ausstellung im Mai 1813 sah sie ein Bild, das sie zu ihrer Freude an eine der Gestalten aus ihrem eigenen, gerade erschienenen Roman *Stolz und Vorurteil* erinnerte,

> ein kleines, außerordentlich ähnliches Porträt von Mrs. Bingley. Ich ging in der Hoffnung hin, eines ihrer Schwester zu finden, aber von Mrs. Darcy gab es keines. Vielleicht finde ich sie allerdings in der »großen Ausstellung«, die wir sehen werden, wenn wir Zeit haben. Ich habe keine Chance, sie in der Sammlung von Sir Joshua Reynolds' Bildern zu finden, die augenblicklich in Pall Mall gezeigt wird und die wir auch sehen wollen. Mrs. Bingley ist genau getroffen, Größe, Gesichtsform, Ausdruck und Liebreiz; eine größere Ähnlichkeit hat es nie gegeben. Sie trägt ein weißes Kleid mit grünem Besatz, und das be-

stätigte meine Annahme, dass Grün ihre Lieblingsfarbe ist. Ich vermute, Mrs. Darcy trägt Gelb. (24. Mai 1813)

Ihre eigenen literarischen Gestalten traten aus den Büchern in die Wirklichkeit, und wieder ist es bedauerlich, dass man nicht weiß, um welches Bild es sich handelte. Ihre Befürchtung wurde einige Tage später bestätigt:

> Montagabend. Wir waren in der »großen Ausstellung« und auch in Sir Joshua Reynolds', und ich bin enttäuscht, denn in beiden war nichts, was Mrs. Darcy ähnlich ist. Ich kann mir nur vorstellen, dass Mr. Darcy alle Bilder von ihr zu sehr schätzt, um sie dem öffentlichen Auge auszusetzen. Ich kann mir vorstellen, dass er solche Gefühle hat – eine solche Mischung aus Liebe, Stolz und Zartgefühl. (24. Mai 1813)

Es hing sicher mit ihrem Selbstbewusstsein und Hochgefühl als gedruckter Autorin zusammen, dass ihr auch die elegante Seite des Lebens im Haus ihres gesundheitlich recht anfälligen, aber immer gutgelaunten Bankier-Bruders, der sich nach Janes Urteil vom Tod seiner Frau sehr schnell erholte, durchaus gefiel. Dann hört man etwa, dass sie »sich allein im vorderen Salon sehr behaglich fühl[t] und keine Gesellschaft außer Deiner [Cassandras] mit ›Danke schön‹ begrüßen würde« (20. Mai 1815) oder dass sie in Henrys vornehmem viersitzigen Landauer mit offenem Verdeck allein durch London fuhr:

> Ich genoss meine einsame Eleganz außerordentlich und war geneigt, die ganze Zeit zu lachen, dass ich war, wo ich war. (24. Mai 1813)

Bei der schon erwähnten großen Party ihrer Schwägerin im April 1811 amüsierte sie sich glänzend. Es waren 66 Gäste da, die von fünf Musikanten und drei Sängern unterhalten wurden. Man begann im kleinen Kreis um halb sechs mit einem Dinner für die beiden Ehrengäste. Um acht kamen die übrigen Eingeladenen, die sich über die ganze Etage verbreiteten. Provozierend kokett schreibt sie an ihre Schwester:

> Ich war geradezu umgeben von Bekannten, besonders Herren, und hatte neben Mr. Walter und Mr. Egerton und zusätzlich zu den Cookes und Miss Beckford und Miss Middleton mit Mr. Hampson, Mr. Seymour, Mr. W. Knatchbull, Mr. Guillemarde, Mr. Cure, einem Kapitän Simpson, Bruder des Kapitän Simpson, alle Hände voll zu tun. (25. April 1811)

Nur Edwards Kinder in London mehrmals zum Zahnarzt zu begleiten war bei dem damaligen Stand der Zahnmedizin ein wahrer Alptraum. Es gab viele Tränen. Dass aber Edward mit Fanny und einigen weiteren seiner Kinder im September 1813 und Fanny im November 1815 gleichzeitig mit Jane in London waren, machte dieser besondere Freude; dann konnte sie gemeinsam mit Fanny ausgehen, die lebhafte häusliche Atmosphäre genießen und mit viel Vergnügen die Liebeleien ihrer Nichte beobachten:

> Dann kam das Dinner, und Mr. Haden brachte gute Sitten und geistreiche Konversation mit; von sieben bis acht die Harfe [die Fanny spielte]; um acht kamen Mrs. L. und Miss E., und den Rest des Abends waren wir im Wohnzimmer folgendermaßen verteilt: Auf der Sofaseite die beiden Damen, Henry und ich, so gut wir konnten, auf der gegenüberliegenden Seite Fanny und Mr. Haden

auf zwei Stühlen (ich glaube jedenfalls, dass es zwei Stühle waren), ununterbrochen im Gespräch vertieft. Stell Dir die Szene vor! (26. November 1815)

Mr. Haden hatte als Apotheker bei der ältesten Tochter Mr. Knights auf Godmersham – nach dem Tod seiner Adoptivmutter im Oktober 1812 hatte Edward den Namen Austen abgelegt – wohl nie eine wirkliche Chance, aber Jane war in Liebesangelegenheiten Fannys Vertraute, und deren Schwanken, ob sie einen Mr. Plumtree heiraten solle, mit dem sie beim Londoner Aufenthalt von 1814 viel umgegangen war, sind zwei liebenswerte und sehr persönliche Briefe ihrer Tante zu verdanken, in denen diese ihre in den Romanen so überzeugende Fähigkeit, über menschliche Gefühle zu sprechen, auch im Privatleben beweist. Die Briefe sind aber auch deshalb interessant, weil sie den Eindruck erwecken, als seien sie eine späte Reflexion ihres eigenen Gefühlsumschwungs bei Mr. Bigg-Withers' Heiratsantrag von 1802; denn im ersten Brief ermutigt Jane zunächst Fanny, Mr. Plumtree zu heiraten, auch wenn sie ihn nicht gerade leidenschaftlich liebe, weil sein Wert als Persönlichkeit als Basis für die Ehe ausreiche; im zweiten rät sie ihr von Anfang an ab. Es klingt, als ob sie im ersten Brief in Gefahr war, ihre Überzeugung zu verraten, ohne Zuneigung der Partner habe eine Ehe keine solide Grundlage, und die weltlichen Vorzüge des Bewerbers überzubewerten. Im zweiten findet sie zu ihrer Überzeugung zurück – ein Prozess, der einen Schlüssel zu ihrer nächtlichen Krise bei dem eigenen Heiratsantrag zwölf Jahre vorher liefern könnte. Als Fanny sie zweieinhalb Jahre später noch einmal in Liebesangelegenheiten konsultiert, weil Mr. J. Wildman, Erbe des Besitzes Chilham Castle dicht bei Godmersham, um sie wirbt, ist Jane Austen von Anfang an wesentlich zurückhaltender:

> Ich bin von ihm ganz angetan, und Chilham Castle gefiele mir wirklich gut für Dich. Ich möchte nur nicht, dass Du irgendjemanden heiratest [...]. Du liebst ihn nicht. Du hast ihn nie wirklich geliebt. (20. Februar 1817)

Es wirft ein bezeichnendes Licht auf die menschliche Diskretion der Austen-Schwestern, dass sich ihre Nichten auf ihre absolute Verschwiegenheit verlassen konnten. Cassandra war in Fannys Liebesangelegenheiten nicht eingeweiht.

Der äußere Höhepunkt der Londoner Aufenthalte war der Besuch der Residenz des Prinzregenten am 13. November 1815 auf dessen ausdrückliche Einladung. Die Ehre kam auf Umwegen zustande. Henry war im Herbst 1815 ziemlich schwer erkrankt. Fannys Verehrer, Mr. Haden, der als Apotheker ans Krankenbett gerufen wurde, empfahl, einen ihm bekannten Arzt des Regenten zurate zu ziehen. Als der Mediziner erfuhr, dass die Verfasserin der vom Regenten so geschätzten Romane in London war, informierte er ihn. Daraufhin schickte dieser seinen Bibliothekar Mr. Clarke zu Miss Jane Austen, um ihr seine Freude an ihren Büchern auszusprechen und sie zu einem Besuch seiner Londoner Residenz einzuladen. Der Regent hatte in allen seinen Residenzen je ein Exemplar aller Romane Jane Austens, ohne zu ahnen, dass diese ihn nicht ausstehen konnte und sein Benehmen seiner Frau gegenüber skandalös fand. Jane war mit ihrer Sympathie keineswegs allein. Der Regent war so unbeliebt, dass das Volk lieber seiner in Ehebruch und Skandale verwickelten Frau zujubelte. Die Ehe des Prinzen mit seiner Cousine Caroline von Braunschweig war eine Katastrophe. Das Paar lebte bald nach der Hochzeit 1795 getrennt. 1806 strengte er ein Verfahren wegen Ehebruchs und unmoralischen Verhaltens gegen sie an, von dem sie wegen mangelnder Beweise freigesprochen wurden. *Sie* reiste ab 1814 mit ihrem italienischen Geliebten in Europa herum, während *er* mit seiner Geliebten lebte. Nach ihrer Rückkehr nach England 1820 zog ihr Mann sie in einem bizarren Ehebruchsverfahren vor ein parlamentarisches Gericht, das sie aber wieder freisprach. Zu seiner Krönung am 19. Juli 1821 wurde sie nicht zugelassen, obwohl sie verlangte, in Westminster Abbey eingelassen zu werden; am 7. August starb sie – zweifellos zu seiner großen Erleichterung. Übrigens diente Francis Austen auf dem Schiff, das die Prinzessin 1795 nach England führte. Mr. Clarke übernahm die Führung durch Carlton House, das der Regent üppig hatte renovieren lassen. Der Bibliothekar teilte ihr mit, dass es ihr freistehe, ihren nächsten Roman dem Regenten zu widmen – eine diskret ausgedrückte fürstliche Willensäußerung, die Jane Austen nicht recht zu deuten wusste, weil ihr die höfische Erfahrung fehlte. So kam die Widmung in *Emma* zustande, und so entwickelte sich der kurze Briefwechsel zwischen Mr. Clarke und der Schriftstellerin, dem wir ein paar Gedanken Jane Austens über ihre literarische Arbeit verdanken. Der Geistliche Mr. Clarke, ein offenbar recht eitler und selbstgefälliger Mann, wollte Jane Austen zunächst auf ziemlich plumpe Art überreden, seine Lebensgeschichte gewissermaßen als Vorbild für einen Roman über den idealen Geistlichen zu nehmen, und ihr, als sie nicht anbiss, einen fürstlichen historischen Liebesroman aufschwatzen. Auch dabei dachte er vor allem an *seine* Karriere, denn Prinzessin Charlotte, das einzige Kind des Regenten und damit die künftige Königin von Großbritannien, hatte sich mit Prinz Leopold von Sachsen-Coburg verlobt, und Mr. Clarke, zum Kaplan und Privatsekretär des deutschen Prinzen ernannt, wollte sich wohl Lorbeeren damit erwerben, dass er einen Roman über das Haus Coburg anregte. Niemand konnte zu dieser Zeit ahnen, dass Charlotte schon im November 1817 bei der Geburt ihres ersten Kindes sterben würde und damit das Haus Coburg bis zum nächsten Prinzgemahl, Königin Victorias Albert, wieder aus der englischen Geschichte verschwand. Jane Austen hätte somit auch kaum Zeit gehabt, den geforderten Roman fertig zu bekommen. Aber Mr. Clarke kam ohnehin an die Falsche, denn Jane Austen gab ihm unmissverständlich zu verstehen, dass sie ihre Thematik nicht auf das jeweils Aktuelle und Populäre abstimmen könne, sondern recht präzise Vorstellungen von ihrem Können und ihrer Kunst hatte; und da Äußerungen dazu in ihren Briefen rar sind, sind diese Aussagen sehr wichtig. Sie wollte den Horizont eigener Erfahrungen um der Glaubwürdigkeit ihrer Schöpfungen willen nicht überschreiten und die »Bilder häuslichen Lebens auf dem Lande« nicht für romantisierende Darstellungen historischer Fürstenhöfe eintauschen. Wie Mr. Clarke die sich zum Schluss regelrecht über ihn lustig machenden Bemerkungen aufgenommen hat, ist leider nicht überliefert:

> Ich könnte mich aus keinem anderen Grund hinsetzen und einen ernsthaften historischen Liebesroman schreiben, als um dadurch mein Leben zu retten; und wenn ich dazu gezwungen wäre, dabei zu bleiben, ohne mich dadurch entspannen zu können, dass ich über mich und andere lache, dann würde ich bestimmt schon gehängt, bevor ich das erste Kapitel vollendet hätte. Nein, ich muss bei meiner Schreibart bleiben und meinen eigenen Weg gehen; und auch wenn ich damit nie wieder Erfolg haben sollte, bin ich überzeugt, dass ich auf jedem anderen völlig versagen würde. (1. April 1816)

III

Bei all ihren erfreulichen Aspekten dienten die Londoner Aufenthalte nicht ausschließlich dem Vergnügen. Da Janes literarische Karriere ernsthaft begonnen hatte und unerhört zügig voranging, war der Kontakt mit Henry wichtig. Er führte in ihrem Namen die Verhandlungen mit Druckern und Verlegern und war überhaupt ihr Berater in geschäftlichen Dingen. Auch zahlte sich – im übertragenen wie im wörtlichen Sinn – ihre Jugendschriftstellerei endlich aus.

Emma, der Roman, der ihr die Aufmerksamkeit des Regenten einbrachte, war schon ihr viertes veröffentlichtes Buch. Unmittelbar nach dem Umzug nach Chawton, wenn nicht schon in der letzten Zeit in Southampton, muss sie die literarische Arbeit wieder aufgenommen haben. Dass diese ihr noch soviel Spaß wie früher machte, auch wenn sie nun nicht mehr im Familienkreis vorgelesen wurde, wird durch Edwards dritte Tochter Marianne bestätigt:

> Ich erinnere mich, dass meine Tante, wenn sie zu uns nach Godmersham kam, im allgemeinen das Manuskript des Romans mitbrachte, an dem sie gerade arbeitete, und sich mit meinen älteren Schwestern in einem der Schlafzimmer einschloss, um es ihnen vorzulesen. Ich und die jüngeren hörten dann schallendes Gelächter durch die Tür und empfanden es als grausam, dass wir von etwas ausgeschlossen waren, was so reizend war. Ich erinnere mich auch, wie Tante Jane immer beim Kamin in der Bibliothek saß, ruhig vor sich hin handarbeitete und eine ganze Zeitlang nichts sagte; aber dann brach sie plötzlich in Lachen aus, sprang auf und lief quer durchs Zimmer zu dem Tisch, wo Federn und Papier lagen, schrieb etwas

auf und kehrte zum Kamin zurück, wo sie ruhig wie vorher weiterarbeitete.

Da Marianne erst 1801 geboren und ihre nächstältere Schwester nur ein Jahr älter war, betrachtet R. W. Chapman (*Jane Austen. Facts and Problems*) diese Erinnerungen mit Skepsis und vermutet, dass die Erzählerin Godmersham mit Chawton verwechselt. Es ist aber auch möglich, dass nur die älteste Schwester sich mit Jane im Zimmer befand. Fanny war schon früh im Bilde, als andere Neffen und Nichten noch nichts von Janes Autorschaft wussten. Die Geschichte selbst klingt viel zu wahr, als dass man ihr nicht Glauben schenken wollte.

Zunächst wandte sie sich den beiden vor über zehn Jahren geschaffenen, unverkauften Werken wieder zu. Warum sie dabei *Verstand und Gefühl*, das heute weniger gilt als *Stolz und Vorurteil*, den Vorzug gab, weiß man nicht. John Halperin nimmt an, dass die Autorin das letztere für diskreditiert hielt, weil es schon einmal von einem Verleger abgelehnt worden war. Vielleicht war die nötige Umarbeitung hier weniger radikal und erforderte daher weniger Zeit und Anstrengung. Da gerade von 1810 kein einziger Brief erhalten ist, ist der Prozess nicht zu verfolgen, durch den der Roman druckfertig wurde. Jedenfalls las sie schon die Druckfahnen, als sie sich im April 1811 aus London meldet. Nun entwickelte sich alles sehr schnell. *Verstand und Gefühl. Ein Roman. In drei Bänden. Von einer Lady* erschien zum Preis von 15 Shilling im November 1811 bei Thomas Egerton in Kommission und brachte der Autorin 140 Pfund ein. Ende Juni 1813 war die erste Auflage ausverkauft. Obwohl die frühen Urteile über Jane Austens erste Romane nicht zahlreich sind, erkannten doch die wenigen Kritiker sogleich die Qualitäten dieser Neuerscheinungen. Im *British Critic* hieß es über *Verstand und Gefühl*: ›Wir halten diese Darbietung für so bemerkenswert, dass wir ihr nur zögernd einen Platz unter unseren Hauptbeiträgen verweigern.‹ Im Gegensatz zu den meisten Schundromanen enthalte dieser ›wahrscheinliche Ereignisse und lebensechte Gestalten‹, schrieb die *Critical Review*. Im November desselben Jahres erschien, wieder auf Kosten der Autorin, die zweite Auflage, an der sie mindestens die gleiche Summe verdiente. Unterdessen war schon im November 1812 der nächste Roman für 110 Pfund an Egerton verkauft worden und lag im Januar 1813 für 18 Shilling unter dem Titel *Stolz und Vorurteil. Ein Roman. In drei Bänden. Von der Verfasserin von »Verstand und Gefühl«* vor.

An dem Tag, an dem sie das erste Exemplar ihres »Herzenskindes« in Chawton empfing, speiste eine Miss Benn bei den Austens, und nach dem Essen las Mrs. Austen aus dem neuen Buch vor, ohne dem Gast zu erzählen, dass seine Autorin mit ihr zusammen zuhörte und später notierte:

> Sie fand es ganz witzig, die arme Seele. Das konnte sie denn doch nicht verhindern bei zwei Leuten, die sie so zum Lachen anregten, aber Elizabeth gefällt ihr anscheinend ganz gut. Ich muss selber sagen, ich finde sie eine der hinreißendsten Gestalten, die je gedruckt erschienen sind, und ich habe keine Ahnung, wie ich mit denen gnädig sein soll, die nicht wenigstens sie leiden mögen.
>
> (29. Januar 1813)

Als man ein paar Tage später, wieder im Beisein von Miss Benn, weiterlas, hatte der Text nicht die gewünschte Wirkung. Jane schob es auf das ungeschickte und zu schnelle Lesen ihrer Mutter, übte aber Selbstkritik an ihrem heute beliebtesten Buch. Gleichzeitig mit der Neuauflage von *Verstand und Gefühl* lag auch hier die zweite Auflage vor, an der Jane Austen aber nichts verdiente, weil sie die Rechte für die erwähnte Pauschalsumme abgetreten hatte. Der Verleger hat sie offenbar zu dem Neudruck gar nicht konsultiert; jedenfalls sind in ihm im Gegensatz zu den anderen Zweitauflagen die Druckfehler nicht beseitigt. Schon 1817 erschien die 3. Auflage.

Die drei Zeitschriftenkritiken über *Stolz und Vorurteil* loben wieder den neuen Roman. Der *British Critic* hielt ihn für »den meisten ähnlichen Produkten weit überlegen«. »Er konzentriert sich auf alltägliche Begebenheiten, die Handlung ist überzeugend gestaltet, die Figuren sind bemerkenswert gut entworfen und ausgeführt, und er ist geistreich und lebensecht erzählt.« Aber daneben sind nun auch private Urteile von beeindruckten Lesern und Leserinnen erhalten. Die fünfzehnjährige *Princess of Wales* Charlotte etwa schrieb an eine Freundin, »man empfindet sich als Teil der Romangesellschaft. Ich glaube, Maryanne [sic!, in *Verstand und Gefühl*] und ich sind in unserer Anlage sehr ähnlich, nur bin ich nicht so gut, aber genau so unklug.« Der Dramatiker Richard Sheridan empfahl *Stolz und Vorurteil* bei einem Dinner einer Dame, weil es eins der geistreichsten Bücher sei, die er je gelesen habe. Ein Freund von Janes Bruder Henry hielt es für »zu geistreich, um von einer Frau zu stammen«. Isabella Milbanke, Lord Byrons spätere Frau, berichtet ihrem Bruder, der Roman sei augenblicklich in der Londoner Gesellschaft Mode. Nur Madame de Staël fand ihn »vulgär«.

Die ersten beiden veröffentlichten Romane waren überarbeitete Jugendwerke, aber schon während der erneuten Arbeit an ihnen wandte sich Jane, wie man aus Cassandras Datierung der Werke weiß, im Februar 1811 einem ganz neuen Stoff zu, der sich zu einem umfangreichen Roman auswuchs, im Juli 1813 abgeschlossen wurde und im Mai 1814 als *Mansfield Park. Ein Roman. In drei Bänden. Von der Verfasserin von »Verstand und Gefühl« und »Stolz und Vorurteil«*, wieder in Kommission bei Egerton, für 18 Shilling auf den Markt kam. Sein Thema war nach Jane Austen selbst das richtige Selbstverständnis des Pastors, aber mit dieser Charakterisierung ist sie bei der Forschung nicht auf viel Zustimmung gestoßen, weil dieser Aspekt nur einen Handlungsstrang in einem reichen Handlungsgewebe bildet. Vielleicht erlaubte aber auch erst der Tod von Henrys Frau Eliza, die Crawford-Handlung weiter auszubauen, als ursprünglich geplant, und damit die Rolle von Edmund Bertram mehr in das Gesamtgefüge zurücktreten zu lassen. Da wir die Vorstufen, Studien und auch Manuskripte von Jane Austens Romanen nicht kennen, ist all dies bloße Spekulation. Auch an *Mansfield Park* muss Jane Austen mindestens 150 Pfund verdient haben. Schon ein halbes Jahr später war die erste Auflage ausverkauft, und die Autorin dachte an eine zweite. Von der Kritik war die Neuerscheinung allerdings nicht beachtet worden. Aber bevor es dazu kam, sie wieder auf Kosten der Autorin herauszubringen, geschah etwas für Jane Austen sehr Günstiges, was möglicherweise mit Henrys Indiskretion zusammenhing: Sie wechselte den Verleger.

So sehr Jane nämlich Henrys Hilfe zugute kam, so sehr verführte ihn seine intensive Teilnahme an ihrem literarischen Leben dazu, den Ruhm seiner Schwester »in seiner brüderlichen Eitelkeit und Liebe«, wie sie selber sagte, gegen ihren Willen bis nach Schottland zu verbreiten. Sie veröffentlichte anonym und hätte es lieber gesehen, wenn ihre Autorschaft unbekannt geblieben wäre. Die anderen Geschwister entsprachen ihrem Wunsch, unbekannt zu bleiben; bei Francis bedankte sie sich ausdrücklich für seine Diskretion. Aber durch Henrys gutgemeinte Geschwätzigkeit hatte sich das Geheimnis im Herbst 1813 so verbreitet, dass »es jetzt kaum noch der Schatten eines Geheimnisses ist« (25. September 1813). Jane versuchte das Positive an ihrem Bekanntwerden zu sehen: »Lieber Geld als Geheimnis. Die Leute sollen für ihr Wissen zahlen, wenn ich sie dazu bringen kann.« (25. September 1813)

Wenigstens hatte die gelüftete Anonymität den Vorteil, dass sie nun Reaktionen auf ihre Bücher hörte, dass man ihr schrieb und sie darauf ansprach. Man ist geneigt zu vermuten, dass Jane von all diesem fast immer positiven Widerhall die folgende Episode am sympathischsten war, die ihr Bruder Charles ihr in einem Brief am 6. Mai 1815 aus Palermo berichtete, wo er mit seinem Schiff gegen den neapolitanischen König von Napoleons Gnaden Murat eingesetzt war:

> Dann wandte sich das Gespräch Büchern zu, und ich lobte Waverley, worauf ein ebenfalls anwesender junger Mann bemerkte, dass nichts, was in den letzten Jahren erschienen sei, sich mit Stolz und Vorurteil und Verstand und Gefühl vergleichen lasse. Da Du sicher gern wissen möchtest, wer so viel Geschmack hat, will ich Dir verraten, dass es Fox ist, ein Neffe des verstorbenen Charles James Fox [des englischen »Whig«-Premierministers]. Damit Du durch diesen Happen Lob nicht zu übermütig wirst, will ich aber gleich hinzufügen, dass er anscheinend Mansfield Park nicht so gern hat wie die beiden ersten, aber damit steht er allein.

Was konnte Jane Austen mehr verlangen, als dass die englischen Marineoffiziere im Mittelmeer ihre Romane diskutierten! Es scheint, als ob sie auch unter dem Adel von Anfang an recht zahlreiche Leser und Leserinnen hatte, so dass die Vorliebe des Prinzregenten für ihre Bücher keine Ausnahme war. Die Gräfin von Morley, der Jane ein Exemplar von *Emma* geschickt hatte, griff gleich zur Feder und schrieb ihr bewundernde Zeilen. Der Brief einer Mrs. Pole an Jane könnte einen Schlüssel enthalten, warum ihre Romane gerade in der höheren Gesellschaft besonders geschätzt wurden:

> Alle Werke Miss Austens zu lesen ist eine besondere Genugtuung. Sie sind so offensichtlich von einer Gentlewoman geschrieben. Die meisten Romanschriftstellerinnen versagen und verraten sich bei dem Versuch, Familienszenen in der höheren Gesellschaft zu beschreiben; irgendetwas Vulgäres schleicht sich immer ein und zeigt, dass sie nicht aus eigener Anschauung mit dem vertraut sind, was sie beschreiben, aber hier ist das ganz anders. Alles wirkt natürlich, und die Umstände und Ereignisse werden auf eine Weise erzählt, die deutlich beweist, dass die Autorin zu der Gesellschaft gehört, deren Sitten sie so gekonnt schildert.

Diese Zeilen stammen aus Janes eigenen Aufzeichnungen, denn sie sammelte alle diese brieflichen und mündlichen Äußerungen über *Mansfield Park* und *Emma* – bei *Verstand und Gefühl* und *Stolz und Vorurteil* lohnte es sich wohl nicht, weil zu wenige Leser von ihrer Autorenschaft wussten –, die aus heutiger Sicht *Emma* gegenüber den anderen drei Romanen unterschätzten. *Stolz und Vorurteil* war schon damals das beliebteste ihrer Werke. Vor allem konnte ja nun auch die weitere Familie eingeweiht werden, darunter ihre ältesten Neffen und Nichten. Da drei davon schon als Jugendliche selbst literarische Werke schrieben, von denen leider keines erhalten ist, ja, die zum Teil ein trauriges Schicksal hatten, konnten sie ihre »Werke« nun Tante Jane, die sie staunend als literarische Autorität anerkannten, zum Lesen geben und sie um Kollegenrat bitten. Anna Lefroy konnte ihren Roman dann aus Schmerz über den frühen Tod ihrer Tante nicht weiterschreiben. Als sie ihn später wieder in die Hand nahm, warf sie ihn in einem Anfall von Niedergeschlagenheit ins Feuer. Auch das Drama der fünfzehnjährigen Caroline wurde laut *Jane Austen. Her Life and Letters* von der Autorin selbst zerstört:

> Caroline hielt es für einen notwendigen Bestandteil der Tragödie, dass im letzten Akt alle dramatis personae irgendwie, entweder gewaltsam oder anders, umkommen; und in dieser Überzeugung schuf sie eine so blutrünstige und herzzerreißende Szene, dass sie zu Lachanfällen bei verständnislosen Erwachsenen und zu Tränen bei der Autorin führten, die die unglückselige Tragödie auf der Stelle ins Feuer warf.

Janes junge Verwandte, die sich um Rat an ihre Tante wandten, entlockten ihr literarische Urteile, die uns jedenfalls ein paar Mosaiksteine des Bildes ihrer schriftstellerischen Ideale und Vorstellungen vermitteln. Sie spricht dabei zwar nur selten über ihre eigenen Arbeiten, aber aus ihren Kommentaren über Anna Austens (ab November 1814 verheiratete Lefroy), Edward Austen-Leighs und Caroline Austens – alle drei waren James' Kinder – literarische Versuche geht deutlich hervor, worum es ihr ging.

Es ist wahrscheinlich, dass Henry aufgrund von Jane Austens nun weitläufig bekannter »Anonymität« auch die Beziehung zu dem Londoner Verleger John Murray herstellte, der der prominenteste englische Verleger seiner Zeit war. Es ist ein Zeichen von Jane Austens schnell wachsendem Ruhm, dass ihr Murray im Herbst 1815 das Angebot machte, ihren neuen Roman für 450 Pfund herauszubringen und das Copyright für *Verstand und Gefühl* und *Mansfield Park* zu erwerben.

»Er ist natürlich ein Gauner, aber ein höflicher«, schrieb Jane an ihre Schwester im Oktober 1815. Henry verhandelte mit Murray und lehnte das Angebot ab. Man einigte sich stattdessen darauf, dass Jane Austen das Copyright ihrer Bücher behielt und einen Prozentsatz je verkauften Exemplars bekam. Jedenfalls war sie nun in Händen des angesehensten Fachmannes, der dazu noch seine Zeitschriften dafür einsetzen konnte, Rezensionen zu lancieren. In 2000 Exemplaren brachte Murray im Dezember 1815 mit dem Druckdatum 1816 Jane Austens nächstes und zu Lebzeiten letztes Werk *Emma. Ein Roman. In drei Bänden. Von der Verfasserin von »Stolz und Vorurteil« etc. etc.* heraus, das sie am 21. Januar 1814 begonnen und am 29. März 1815 beendet hatte. Die Tatsache, dass Cassandra bei den Entstehungsdaten der drei letzten Romane jeweils die genauen Tage angibt, spricht dafür, dass sie die heute verlorenen Manuskripte noch besaß. Jane selbst hat laut *Memoir* über *Emma* gesagt: »Ich wähle eine Heldin, für die niemand außer mir viel übrig haben wird.« Bald darauf druckte Murray auch eine zweite Auflage von *Mansfield Park*, wovon bisher keine Kritik erschienen war. Die Verbindung mit dem Verleger führte zu Walter Scotts positiver, anonymer Rezension von *Emma* im März 1816 in der von Murray herausgegebenen Zeitschrift *Quarterly Review* – der längsten und wichtigsten Kritik zu Jane Austens Lebzeiten. Jane war alles in allem auch zufrieden und schrieb an Murray, der ihr ein Exemplar geschickt hatte:

> Die Verfasserin von *Emma* hat, glaube ich, keinen Grund, sich über ihre Behandlung [in dem Artikel] zu beklagen – außer über das völlige Übergehen von *Mansfield Park*. Ich kann nur bedauern, dass ein so kluger Mann wie der Rezensent von *Emma* es der Erwähnung für unwürdig hält. (1. April 1816)

1815 erschien auch die erste Übersetzung eines Romans von Jane Austen in einer fremden Sprache: *Raison et sensibilité, ou Les deux manières d'aimer*. Schon 1822, als auch die erste deutsche Übersetzung erschien – *Anna. Ein Familiengemählde von Johanne Austen* –, lagen alle sechs Romane auf französisch vor.

So sah Anfang 1816 Jane Austens literarische Zukunft außerordentlich rosig aus. Ihre Bücher erschienen nun bei Murray, nicht mehr auf eigenes Risiko; der Prinzregent hatte ihr seine Huld erwiesen; die Öffentlichkeit begann die Qualität ihrer Werke zu erkennen; die erste Übersetzung war erschienen. Der große Erfolg schien ihr gewiss zu sein. Aber es sollte anders kommen.

Siebtes Kapitel

Werke zu Lebzeiten

Ein Künstler kann nichts nachlässig tun.
(Jane an Cassandra Austen, 17. November 1798)

I

Jane Austens ganzes Œuvre zu Lebzeiten besteht aus nur vier Romanen, die innerhalb von vier Jahren, nämlich zwischen 1811 und 1815 erschienen: *Verstand und Gefühl* (November 1811), *Stolz und Vorurteil* (Januar 1813), *Mansfield Park* (Mai 1814) und *Emma* (Dezember 1815). Die beiden ersten waren umgearbeitete Jugendwerke, die um das Liebeserlebnis zweier Schwestern kreisen, von denen jeweils eine der Erzählerstimme wesentlich nähersteht und die eigentliche Heldin ist. Die beiden letzten, die sich durch größeren Umfang auszeichnen und deren zentrale Handlung die Liebe *einer* jungen Frau ist, wurden unmittelbar vor ihrer Veröffentlichung geschrieben. Die Heldinnen selbst sind trotz etwa gleichen Alters charakterlich und ihrem sozialen Rang nach sehr unterschiedlich, was den Ton der Romane mitbestimmt. Die ironische Ader und der Geist der Widerspenstigkeit Elizabeth Bennets sind wesentlich für die übermütige Stimmung von *Stolz und Vorurteil* verantwortlich, wie umgekehrt Fanny Prices tiefmoralische Anlage und untergeordnete Stellung zur ernsten Atmosphäre und zum breiteren sozialen Spektrum von *Mansfield Park* beitragen.

Tatsächlich sind die städtischen Szenen in Portsmouth im letzten Teil dieses Romans mit dem intimen Einblick in das bedrückende Leben der Familie Price mit dem trinkenden Vater und der unordentlichen Mutter in Jane Austens Werk einmalig. Dass sie sie aber geschrieben hat, hält uns davor zurück, die Autorin zu apodiktisch auf ein Milieu festzulegen.

Die folgenden kurzen Ausführungen in diesem und im neunten Kapitel sollen der Charakterisierung von Jane Austens Werk, nicht so sehr der Analyse einzelner Romane dienen, für die auf die Nachworte der Reclam-Ausgaben verwiesen sei.

Neuerschienenen Romanen brachte die Kritik zu Jane Austens Zeit nicht viel Aufmerksamkeit entgegen; sie wurden kurz abgespeist, wenn man sie überhaupt rezensierte. Jane Austen konnte sich aber über das unmittelbare Echo ihrer Bücher nicht beklagen; ihr wurde immer wieder bescheinigt, dass ihre Produktionen die durchschnittlichen Romane weit überragten. Was den Zeitgenossen am meisten auffiel, war ihr völliger Verzicht auf Sensationen und Rührseligkeit, wie sie den Schauerroman und den Frauenroman auszeichneten. »Kein Ertrinken, keine Feuersbrünste, auch keine durchgegangenen Pferde, keine Schoßhunde oder Papageien, keine Zofen und Modistinnen, auch keine zufälligen Wiederbegegnungen und Vermummungen. Ich glaube wirklich, es ist der wahrscheinlichste Roman, den ich je gelesen habe. Es ist kein rührseliges Buch […]« (Annabella Milbanke, die dann Lord Byron heiratete, an ihre Mutter über *Stolz und Vorurteil*, 1813). »Keine dunklen Gänge, keine geheimen Gemächer, kein heulender Wind in langen Galerien, keine Blutstropfen an rostigen Dolchen« (Walter Scott an John Murray über *Stolz und Vorurteil*, 1813). »Durch welche endlose Reihe von finsteren Höhlen, langen gewundenen Gängen, geheimen Falltüren müssen wir [in anderen Romanen im Gegensatz zu Jane Austens] hindurch – bald in der Inquisitionszeit und bald in einer heiteren modernen Gesellschaft; jetzt im Ostflügel einer alten Burg in den Pyrenäen und jetzt unter Banditen« (anonym im *British Critic* über *Kloster Northanger*, 1818). Jane Austens Typ von Roman »strapaziert weder unsere Glaubwürdigkeit, noch unterhält er unsere Einbildungskraft durch eine wilde Vielfalt von Vorfällen oder durch Bilder romantischer Liebe und Empfindsamkeit, die bisher ebenso unabdingbar zu Romangestalten gehörten, wie sie unter tatsächlich Lebenden und Sterbenden nicht vorkommen« (Richard Whately in *Quarterly Review* über Jane Austens Romane, 1821). Ihr Werk zeichne das Leben mit einer Unverfälschtheit, wie man das bisher nicht vom Roman erwartete. Darüber sind sich die zeitgenössischen Kritiker einig, und Walter Scott stellt genau diesen Gesichtspunkt in den Mittelpunkt seiner Ausführungen über *Emma* im März 1816 in der *Quarterly Review*: Jane Austens Werke

> gehören zu einem Typ von Roman, der beinahe erst in unserer eigenen Zeit entstanden ist und der die darin vorkommenden Charaktere und Ereignisse in stärkerem Maße dem alltäglichen Leben entnimmt, als die Regeln des Romans das bisher gestatteten. […]
>
> Der Ersatz dieser Aufregungen [in den früheren Romanen], die durch ständig wiederholten und unsinnigen Gebrauch viel von ihrer Eindringlichkeit verloren hatten, war die Kunst, das Durchschnittsleben wirklichkeitsgetreu nachzugestalten und dem Leser statt der glänzenden Szenen einer Phantasiewelt eine genaue und treffende Darstellung dessen zu geben, was täglich um ihn herum vorgeht. […]

Wir machen der Autorin deshalb kein kleines Kompliment, wenn wir sagen: Indem sie sich eng an alltägliche Ereignisse und an Charaktere hält, die ein Durchschnittsleben führen, hat sie Skizzen von solcher Lebendigkeit und Originalität geschaffen, dass wir auf den Reiz gar nicht angewiesen sind, den uns eine Erzählung voller außergewöhnlicher Ereignisse verschafft, indem sie uns die Begegnung mit Menschen vermittelt, die uns an Geist, Gefühl und Lebensart weit überlegen sind. Diesen neuen Typ vertritt sie nahezu allein. […] Die Weltkenntnis der Autorin und der bemerkenswerte Takt, mit dem sie die Charaktere darstellt, die der Leser nicht umhin kann wiederzuerkennen, erinnert uns an die malerischen Verdienste der holländischen Schule. Die Schilderungen sind vollkommen lebensgetreu und mit einer Genauigkeit gezeichnet, die den Leser entzückt.

Die Genauigkeit und Lebenstreue bezieht sich bei Jane Austen auch auf die Darstellung der ökonomischen Voraussetzungen der Handlung. Die Autorin macht für ihre Zeit ungewöhnlich präzise und sorgfältig überlegte Angaben über die Vermögens- und Besitzverhältnisse, die Mitgift- und Erbaussichten ihrer Figuren. Vor allem in ihrem zuerst veröffentlichten Roman *Verstand und Gefühl* wird auffällig viel über Geld und seine Rolle in den menschlichen Beziehungen gesprochen. Jane Austen hat auf äußerliche Genauigkeit so geachtet, dass ihr nur ein einziger Detailfehler unterlaufen ist. Darauf, dass es nicht gleichzeitig reife Erdbeeren und blühende Apfelbäume in Südengland gibt, hat sie schon ihr eigener Bruder Edward aufmerksam gemacht.

Die Zeitgenossen Jane Austens, die das Neue an ihren Romanen beschrieben, hatten noch nicht den Terminus zur Verfügung, mit dem man sie heute bezeichnen würde. Er wurde in England erst etwa zwanzig Jahre später eingeführt: Realismus. Jane Austen selbst hat keine Ästhetik, keine Theorie des Romans hinterlassen, und der Gedanke daran lag ihr zweifellos denkbar fern. Aber wo sie in ihren Briefen literarische Urteile abgibt, Verbesserungsvorschläge für die entstehenden Werke ihrer Nichten und ihres Neffen macht oder über ihre eigenen Bücher spricht, hebt auch sie selbst die Lebensechtheit der Darstellung als entscheidendes Kriterium hervor. Vor allem die Ratschläge an ihre familiären Nacheiferer zeigen, wie sie die Stimmigkeit der Details als entscheidend für die Überzeugungskraft des Romans einschätzte. Hier liegt der Grund, warum sie ihre Handlungen in einem Personenkreis und einem Ambiente ansiedelte, über die sie intime Kenntnis hatte. Es ist nur konsequent, dass sie Mr. Clarkes Vorschläge ablehnte und Anna Austen empfahl, in ihrem Roman »England besser nicht zu verlassen. Lass die Portmans [der Name der Heldin in Maria Edgeworths *Belinda*] nach Irland gehen, aber da Du nichts von den dortigen Sitten weißt, gehst Du besser nicht mit ihnen. Du begibst Dich sonst in Gefahr, die Wirklichkeit falsch darzustellen« (10. August 1814). Wie aus den Briefen mit Jane Austens literarischen Ratschlägen an ihre jungen Verwandten hervorgeht, wies sie Anna auch auf Fehler in den gesellschaftlichen Umgangsformen hin; Begrüßungen müssen ebenso stimmen wie Reisezeiten; Wohnungen in einer Stadt, und Namen von Menschen und Orten müssen den richtigen Klang haben. Über Annas Wahl des Namens Norton-Priors sind Cassandra und Jane geradezu begeistert.

Aber all das ist nur die Oberfläche, denn der Anspruch des Romans, Wirklichkeit zu erhellen, nicht zu entstellen, bezieht sich vor allem auf Sprache und Psychologie. Den »Strudel von Zerstreuung«, in den Anna eine Gestalt stürzen will, bezeichnet Jane als »durch und durch Romanjargon«. Gesprochene Worte müssen dem Sprecher, der Situation und dem sozialen Milieu angemessen sein, Charaktere entsprechend ihrer Anlage als Person handeln, und dieses Handeln muss motiviert sein, damit es menschlich überzeugend erscheint. Jane Austen urteilte hier nicht nur bei der Lektüre von Annas Text mit unbestechlicher Sicherheit, sondern erwies sich auch in ihren eigenen Romanen als Meisterin psychologischer und äußerer Motivation, die sich ebenso auf die Vergangenheit wie die aktuelle Lage einer Gestalt beziehen. Willkürlichkeit sucht man bei ihr vergebens.

Dass der Verzicht auf das Romantische und Sensationelle zugunsten der psychologischen Durchdringung der Gestalten und der stimmigen Darstellung ihres Lebensraums dem Romancier eine ungleich größere Gestaltungskraft abverlangt, liegt auf der Hand, und Walter Scott hat es sich mit einem gewissen Neid eingestanden, als er 1826 in seinem Tagebuch bekannte:

> Die junge Dame [Jane Austen] hatte ein Talent, die Probleme und Gefühle alltäglicher Charaktere zu schildern, wie ich es so ausgeprägt noch nie erlebt habe. Das aufwendige Wau-Wau-Gebelle beherrsche ich wie heutzutage jeder andere auch, aber der feine Pinselstrich, der gewöhnliche, unbedeutende Dinge und Menschen durch die Wahrheit der Beschreibungen und Empfindungen interessant macht, ist mir versagt. Wie schade, dass ein so begabtes Geschöpf so früh gestorben ist.

Da das Engagement des Lesers bei dem neuen realistischen Roman, »den häuslichen Szenen auf dem Land«, wie Jane Austen wohl in bewusster Absetzung von Maria Edgeworths »Szenen aus dem modischen Leben« an Mr. Clarke schrieb, nicht ständig durch äußere Handlungsspannung am Leben gehalten wird, muss bei ihm, wie Theodor Fontane es später von seinen letzten Romanen gesagt hat, »das ›Wie‹ für das ›Was‹ eintreten«. Vertiefung und artistisches Interesse nehmen den Platz von Bewegung ein. Da alle Romane Jane Austens an einem selten wechselnden Schauplatz mit einer überschaubaren Zahl von Figuren spielen, sind die menschlichen Beziehungen zwischen den Handelnden umso intensiver. Jane Austens Credo, »drei oder vier Familien in einem Dorf auf dem Land, das ist der ideale Romanstoff« (9. September 1814), entspricht diesen Überzeugungen genau und zeigt, wie bewusst sie sich ihres thematischen Zugriffs war.

Von ihren Romanen erfüllt *Emma* diese Kriterien am reinsten, und unter anderem deshalb erscheint das Buch dem Verfasser der vorliegenden Biographie als ihr größtes. Es hält die Leser die ganze Handlung hindurch in einem Dorf und einem kleinen Kreis von Menschen fest und entwickelt – zum Teil durch Emmas menschliche Fehler, zu deren Erkenntnis sie im Lauf des Buches gebracht wird – zwischen ihnen immer neue Konstellationen von Liebe und Gespanntheit, Sympathie und Antipathie, Befangenheit und Missstimmung, Anerkennung und Verachtung. In diese Beziehungen wird Wechsel durch das dramatisch äußerst geschickt arrangierte Kommen und Gehen neuer Figuren gebracht, das überhaupt ein Charakteristikum von Jane Austens Romanen ist. Zudem bilden einige abwesende Gestalten, die aus der Ferne mitwirken, ein weiteres Element des Personenensembles und der Handlung. Nimmt man hinzu, dass in diesem Kreis von mehreren Teilnehmern ein Spiel des Verheimlichens gespielt wird, das durch das ständige Zwiegesicht von Fassade und Eigentlichkeit, Schein und Wirklichkeit, welches durch die gesellschaftlichen Ratespiele noch verstärkt wird, immer neu Verwirrung, Bestürzung, Enttäuschung, Überraschung und Kummer schafft, dann hat man trotz weitgehender Ereignislosigkeit im äußeren Sinn ein höchst intrikates und fesselndes Buch. In der seelischen Analyse der Gestalten, die auf kleinste Entwicklungen reagieren, ohne in unglaubwürdige äußere Abenteuer gestürzt zu werden, liegt die Dramatik des Geschehens. Ein Briefsatz wie »Keiner empfindet oder handelt, leidet oder freut sich je, wie man es erwartet« (30. Juni 1808) könnte aus *Emma* stammen. Jane Austen arbeitete nicht mit breiten Strichen und knalligen Farben an einem wandfüllenden »Schinken«; sie sprach in klarer Erkenntnis ihrer künstlerischen Eigenart von »dem kleinen Stückchen Elfenbein (5 cm breit), auf dem ich mit einem so dünnen Pinsel male, dass viel Mühe nur wenig Wirkung hervorbringt« (16. Dezember 1816).

Die artistische Meisterschaft, die unter anderem in der ungewöhnlichen Beherrschung des Erzählmaterials liegt, zeichnet unter den Romanciers ihrer Zeit in England allein Jane Austen aus und hebt sie über ihre Kollegen und Kolleginnen hinaus. Nur sie vermittelt dem Roman als künstlerischem Gebilde eine Fülle von neuen Impulsen; und da die modernste literarische Bewegung ihrer Epoche, die Romantik, gerade dieser dichterischen Gattung keinerlei Interesse entgegenbrachte – weder Wordsworth oder Coleridge, noch Byron, Shelley oder Keats haben einen Roman geschrieben –, steht sie hierin unter ihren großen literarischen Zeitgenossen allein. Auch der einzige ernsthafte Konkurrent, Walter Scott, hat sich als erzählerische Begabung auf lange Sicht als viel weniger fruchtbar erwiesen. C. S. Lewis' Tribut von 1954, Jane Austen sei »der größte Künstler, der je geschrieben habe, wenn man mit diesem Begriff die vollkommene Beherrschung der Mittel zu ihrem Zweck bezeichnet«, ist durchaus bedenkenswert.

In den Briefen an ihre Nichte, in denen Jane Austen einen Einblick in ihr literarisches Selbstverständnis gibt, teilt sie auch ihre Lektüreeindrücke von zwei jüngst erschienenen Romanen mit, von Mary Bruntons schon charakterisiertem *Selbstbeherrschung* (1810) und Letitia Matilda Hawkins' *Rosanne; or a Father's Labour Lost* (1814). Sie bemängelt bei ihren Kolleginnen ganz im Sinn ihres Realismusverständnisses bei aller Anerkennung einzelner Züge die Unglaubwürdigkeit. In *Rosanne* »gibt es tausend Unwahrscheinlichkeiten«, und die Heldin »macht allerlei Ungereimtes durch«. Die abstruse Bootsfahrt einen amerikanischen Fluss hinunter, die die Protagonistin in *Selbstbeherrschung* in halb ohnmächtigem Zustand überstehen muss, schlägt sie vor dadurch zu überbieten, dass sie die Heldin eines eigenen Romans den ganzen Atlantik im Boot überqueren lässt.

Mit besonderem Misstrauen betrachtete Jane Austen deshalb auch in so vielen zeitgenössischen Romanen die engelhaft vollkommenen Heroinen, durch die die Gefühlswelt der Frau verfälscht dargestellt und insgesamt ein falsches Frauenbild popularisiert wird. »Verkörperungen von Vollkommenheit machen mich, wie Du weißt, im Roman krank und bösartig«, schrieb sie an Fanny Knight ein Vierteljahr vor ihrem Tod. Nur wenige zeitgenössische Romane befriedigten ihre hohen Ansprüche, und scherzhaft ließ sie neben Annas Manuskript und ihren eigenen Büchern nur noch »Miss Edgeworths« bestehen. Dass Maria Edgeworth, der sie ein Exemplar von *Emma* schickte, diese Wertschätzung nicht erwiderte, hat sie nie erfahren. Die Schriftstellerin schrieb nach der Lektüre von Jane Austens Roman an ihren Bruder:

> Er hat keine Handlung, außer dass Miss Emma herausfindet, dass der Mann, den sie zuerst zu Harriets Verehrer bestimmt hat, in sie verliebt ist und er durch Emmas Ablehnung beleidigt ist und Harriet dem Geliebten nachtrauert – und dass sämiger, dünner Haferschleim nach Meinung von Emmas Vater etwas sehr Gutes ist und man der Köchin schwer verständlich machen kann, was man unter sämigem, dünnem Haferschleim versteht.

Aber Jane Austens Überlegenheitsgefühl über den zeitgenössischen Roman bedeutet nicht etwa, dass sie den Roman selbst als geringes Genre einschätzte und verdammte. Im Gegenteil, sie trat in allen ihren Werken für das Ansehen der so vielfach verachteten Gattung ein und charakterisierte mehrmals Gestalten dadurch als ein- oder ungebildet, dass sie sie verächtlich vom Romanelesen sprechen lässt. Das fünfte Kapitel von *Kloster Northanger* ist zur Hälfte ein Plädoyer dafür, dass die Romanciers zusammenhalten, nicht in ihren eigenen Romanen verächtlich von der Gattung sprechen und darauf bestehen sollen, dass ein Roman ein künstlerisches Gebilde ist, »in dem […] die eindrucksvollsten Geisteskräfte sich entfalten, in dem der Welt […] die umfassendste Kenntnis der menschlichen Natur, die gelungenste Darstellung ihrer Spielarten, die lebhafteste Fülle von Esprit und Humor in der gewähltesten Sprache dargeboten werden« (S. 34).

Auch der weitgehende Verzicht auf Metaphorik, die im Roman dieser Zeit beliebt war, ist Teil von Jane Austens realistischem Literaturverständnis. Ihre Sprache orientiert sich an einem Stilideal, bei dem epigrammatische Kürze mit langen, ausgewogenen und dichten Satzgebilden wechselt, und erweckt den Eindruck, als habe dabei häufig geradezu das Lateinische Pate gestanden. Der Gebrauch von Bildern entfernt den Gegenstand von der Wirklichkeit und wird daher vermieden. Einen so von übertriebener Metaphorik lebenden Satz wie den folgenden aus Maria Edgeworths *Belinda* zu schreiben, hätte Jane Austens Geschmack ihr entschieden verboten:

> Sie schwamm in gefährlicher Tiefe im Meer der Torheit – die Flut der Mode verebbte, und so blieb sie, knietief im Sumpf steckend, als eine lächerliche, skandalumwitterte Figur zurück.

Von unvergleichlicher Natürlichkeit sind Jane Austens Dialoge, die nicht nur in ihrer Zeit, sondern in der Geschichte des Romans überhaupt ihresgleichen suchen. Sie treffen unfehlbar den richtigen Ton und entwickeln die Gesprächsmaterie spannungsreich und doch zielsicher. Schon bei der jungen Autorin hat sich diese besondere Begabung sehr ausgeprägt gezeigt, denn die beiden früh konzipierten Romane beginnen mit Musterbeispielen solcher Dialoge zwischen zwei Personen (*Stolz und Vorurteil*, Kap. 1; *Verstand und Gefühl*, Kap. 2). In ihnen stehen die Figuren und ihre Denkweise durch ihre eigenen Worte schon nach kürzester Zeit vollkommen klar und lebendig vor dem Leser, und der Austausch der Meinungen sorgt für amüsanteste Unterhaltung. In beiden Gesprächen werden Ton und Entwicklung durch den jeweils überlegenen Partner bestimmt, im einen Fall durch den Mann, im anderen durch die Frau. Mr. Bennet irritiert seine Frau durch seine Ironie, die sie nur halb versteht, und durch seinen Widerspruchsgeist, und Mrs. John Dashwood dirigiert ihren arglosen Mann zielbewusst dahin, dass er von jeder finanziellen Unterstützung seiner Verwandten absieht, weil in diesem Verzicht der höhere Wert liegt. Gerade also die frühen Romane benutzen den Dialog als »Einstieg« in das Geschehen, während die späteren die ausführlichere Exposition der Handlung vorziehen, sie aber ebenfalls mit kurzen Dialogen würzen. In den späteren Fällen wird dabei eine komische Figur sogleich dem Spott des Lesers preisgegeben: In *Mansfield Park* ist es die geizige und sich ständig in alles einmischende Mrs. Norris und in *Emma* der vertrottelte und so unendlich viel Geduld erfordernde Vater der Heldin.

II

Und doch wären Jane Austens Romane trotz all dieser Züge mit dem Etikett »Realismus« im Sinn der lebensgetreuen Wiedergabe der Wirklichkeit nur unzureichend erfasst. Man würde damit einmal die künstlerische Potenz vernachlässigen, die die Wirklichkeit aufs Wesentliche hin filtert und formalen Kriterien der literarischen Gestaltung unterwirft, und zum anderen das übersehen, was ihr Werk einmalig macht: die Verbindung von Heiterkeit und Kritik. Die heitere Note besteht in dem »Geist der klassischen Gesellschaftskomödie« (Edmund Wilson, *A Long Talk About Jane Austen*, 1945), der ihr Werk durchzieht und es bei allen dunklen Tönen so leicht und eingängig macht, dass in dieser Hinsicht Mozarts Musik wohl der einzige angemessene Vergleich ist. »Dass dieser Geist sich in England im Kopf einer wohlerzogenen Jungfer, der Tochter eines Landgeistlichen angesiedelt hat, die nie mehr von der Welt sah als das, was kurze Besuche in London und ein mehrjähriger Aufenthalt in Bath ihr ermöglichten, und die ihr Thema vor allem in den Problemen junger Provinzmädchen auf Männerjagd fand«, bezeichnet Wilson als »eine der groteskesten der vielen Anomalien der englischen Literaturgeschichte.« Es ist mehr, es ist ein überzeugender Beleg für die elementare Lebenskraft einer angeborenen künstlerischen Begabung von genialem Zuschnitt. Jane Austens Geschichten von den Liebes- und Lebenssorgen junger Damen sind eingehüllt in eine bezaubernde Atmosphäre des Komödiantischen, das Ausdruck einer ironischen Weltsicht ist. Dieses Spielerische erfasst allerdings – außer in *Kloster Northanger*, wo es Teil des Parodistischen ist – die Heldinnen selbst in geringerem Maß als die sie umgebenden Personen, denn Jane Austens Romane sind zwar nicht erzähltechnisch aus der Perspektive der jeweiligen Heldin erzählt, weil diese nicht das Erzählmedium ist, das seine eigenen Erlebnisse berichtet. Aber die Autorin identifiziert trotzdem den Leser emotional weitgehend mit deren Wahrnehmungs- und Erfahrungsperspektive. Es gibt daher in Jane Austens Romanen nur wenige Szenen, in denen die Heldin nicht anwesend ist. Der Grad, bis zu dem die Autorin diese Technik bewältigt hat, ist unterschiedlich groß. In *Verstand und Gefühl* etwa spürt der Leser, dass das Schwanken zwischen »Elinor« und »Miss Dashwood« bei der Benennung der Heldin dem Erzählverfahren eigentlich widerspricht und zwischen der Protagonistin und dem Leser eine Distanz herstellt, die in bestimmten Augenblicken, etwa bei Willoughbys großer Beichte, nicht angebracht ist. Hier mögen unbewältigte Rudimente der ursprünglichen Brieffassung des Romans im Spiel sein.

Die Nähe des Lesers zur Heldin sorgt für seine Teilnahme an ihrem Geschick. Da er über weite Strecken nur ihren Empfindungen und Gedanken folgt und dabei auf ihren Erfahrungs- und Wissensstand beschränkt wird, bleibt ihm die seelische Welt anderer Gestalten ebenso wie ihr weitgehend verschlossen oder gar ein undurchdringliches Geheimnis. Am ausgeprägtesten ist dieses Gefühl des Im-Dunkeln-Tappens bei Anne Elliot, die Kapitän Wentworth intensiv beobachtet, um seinem Verhalten Hinweise auf seine Gefühle ihr gegenüber entnehmen zu können. Es ist immer wieder darauf aufmerksam gemacht worden, dass von dieser Undurchdringlichkeit besonders die Männer in Jane Austens Büchern betroffen sind. Sie kommen und gehen, wenden sich von den Frauen ab oder ihnen zu, verbergen ihre Vergangenheit oder spielen ein Doppelspiel – aber das wird wahrgenommen aus der Sicht der wartenden, liebenden Frau, die den Ereignissen hilflos zusehen muss. Tatsächlich gibt es in Jane Austens Romanen keine einzige Szene, in der Männer unter sich sind, so dass der Leser unmittelbaren Zugang zu ihren Gedanken hätte. Die Autorin vermeidet auf diese Weise die meist forcierten Fluch- und Prahlszenen der modischen Männer, wie sie etwa bei Maria Edgeworth häufig vorkommen, aber immer unglaubhaft klingen. Da aber vom Mann um 1800 die Initiative in der Liebeswerbung ausging, übertragen sich die Ängste, Bedürfnisse, Entbehrungen und Enttäuschungen der Frauen in Jane Austens Romanen auf die Leser. Will die Partnerin die Initiative ergreifen, dann muss sie zu unauffälligen diplomatischen Mitteln greifen, die mit innerer Unruhe überlegt und in Szene gesetzt werden wollen.

Der Rhythmus von Jane Austens Romanen wird daher weitgehend von der Entwicklung der Liebe und des Liebesleidens der Heldin oder Heldinnen bestimmt. Emma entdeckt ihre Liebe erst am Schluss der Handlung, die wie ein Umweg dazu erscheint, aber ihre Versuche, Ehen zu stiften, führen sie durch die negative Auslese der Männer, die sie nicht liebt, immer mehr zu der Erkenntnis ihres eigenen Inneren. Elinor und Fanny müssen ihre Liebe unterdrücken, die eine, weil ihr Geliebter schon vergeben ist, die andere, weil der soziale Rangunterschied die Verbindung unwahrscheinlich macht und der Angebetete obendrein eine andere Frau zu umwerben scheint. Marianne muss unter Qualen mit dem Betrug ihres Geliebten fertig werden, Elizabeth ihre Liebe hinter dem eigenen Stolz und Vorurteil entdecken. Jane Austens Romane sind immer höchst ökonomisch strukturiert, so dass die Entwicklungsstadien der Liebeshandlung sie gliedern und das Interesse durch Figurenwechsel immer neu geweckt wird. Nichts ist typischer für diese Technik als eine Passage aus *Verstand und Gefühl* wie die folgende:

> Die Willoughbys verließen London unmittelbar nach der Hochzeit […]. Ungefähr zu dieser Zeit trafen die beiden Miss Steele im Haus ihrer Tante in Bartlett's Buildings im Stadtteil Holbourne ein […]. (S. 249)

Diese wenigen Sätze verlagern vorübergehend die Handlung von Mariannes zu Elinors Liebessorgen, denn Mariannes früherer Verehrer tritt vom Schauplatz ab, und Elinors Konkurrentin in der Liebe zu Edward Ferrars betritt ihn wieder.

Aber diese charmante und einfühlsame Seite von Jane Austens Romanen ist nur ein Teil des ganzen Bildes, denn in ihnen erscheint trotzdem die soziale Welt als ein Jahrmarkt der Eitelkeit, der Selbstsucht, Gedankenlosigkeit und Dummheit. Es hat lange gebraucht, bis diese sozialkritische Dimension ihres Werkes beim breiteren Leserkreis wahrgenommen wurde, weil seine heitere Oberfläche und die Happy Ends dazu verleiten, die bitteren und bösen Töne darin zu überhören. Heute herrscht weitgehend Übereinstimmung darüber, dass Jane Austen eine bissige Gesellschaftskritikerin war, die ihrer Umgebung sehr viel distanzierter gegenüberstand, als das auf den ersten Blick erscheint. Sie stellt zwar die bestehende Gesellschaftsordnung nicht grundsätzlich in Frage, führt aber leidenschaftliche Angriffe auf ihre Missstände und das menschliche Fehlverhalten in ihr. Man braucht nur ein paar Sätze etwa von Anfang und Ende aus *Verstand und Gefühl* zu zitieren, um zu erkennen, mit welcher Kälte und Klarheit die Autorin bestehende Zustände und menschliches Versagen geißelt.

Wie kommt John Dashwoods kleiner Sohn an das Erbe von Norland?

> Alles sollte eines Tages diesem Kinde zugute kommen, das bei den gelegentlichen Besuchen mit seinem Vater und seiner Mutter durch Reize, die bei zwei- oder dreijährigen Kindern durchaus nicht ungewöhnlich sind, wie eine kindliche Aussprache, den unbeirrbaren Wunsch, seinen Willen durchzusetzen, viele ausgelassene Streiche und eine Menge Krach, die Zuneigung seines Großonkels soweit gewonnen hatte, dass all die Fürsorge, die dieser jahrelang von seiner Nichte und ihren Töchtern empfangen hatte, sie nicht aufwogen. (S. 6 f.)

Wie wird John Dashwood selbst charakterisiert?

> Er hatte keinen schlechten Charakter, es sei denn, man hielte eine gewisse Gefühlskälte und einen gewissen Egoismus für einen Mangel an Charakter, aber er war im allgemeinen recht angesehen, denn er ließ es bei der Erfüllung seiner alltäglichen Pflichten an Anstand nicht fehlen. (S. 7 f.)

Wie hat man Lucie Steeles Fähigkeit zu bewerten, sich durch liebedienerisches Benehmen die Sympathie und finanzielle Unterstützung ihrer Schwiegermutter zu erkaufen?

> Lucys gesamtes Verhalten in der Angelegenheit und der Erfolg, mit dem es gekrönt wurde, kann deshalb als höchst ermutigendes Beispiel dafür gelten, was ernsthafte und unablässige Konzentration auf den eigenen Vorteil, auch wenn sich der Erfolg zunächst scheinbar nicht recht einstellen will, zur Erlangung aller Annehmlichkeiten eines Vermögens ohne ein größeres Opfer als Zeit und Gewissen beitragen können. (S. 434)

Und wie stellt sich Lucys und Roberts Ehe und Umgang mit Schwester und Schwager dar?

> Sie ließen sich in London nieder, erhielten sehr großzügige finanzielle Unterstützung von Mrs. Ferrars, standen auf denkbar bestem Fuß mit den Dashwoods, und wenn man für die Eifersüchteleien und die Missgunst, die ständig zwischen Fanny und Lucie herrschten und an denen natürlich auch ihre Männer teilnahmen, und den ständigen häuslichen Streit zwischen Robert und Lucy hinwegsah, dann konnte die Harmonie gar nicht vollkommener sein, die zwischen ihnen allen herrschte. (S. 436)

Es ist erstaunlich, dass der Sarkasmus solcher Aussagen so lange kaum beachtet worden ist, dass Jane Austen so lange als harmlose, liebenswürdige Schriftstellerin galt. Als D. H. Harding 1940 in seinem Aufsatz »Regulated Hatred: An Aspect of the Work of Jane Austen« schrieb, Jane Austen werde genau von *den* arglosen Leuten gelesen, die sie nicht ausstehen konnte, und »kanalisierten Hass« als einen Aspekt ihres Werkes bezeichnete, war das noch eine Art Sakrileg. Um so verständlicher ist es, dass heute, in einer Zeit des geschärften sozialen Bewusstseins, die kritische Dimension ihres Werkes betont wird und sich auch die feministisch interessierte Literaturwissenschaft Jane Austens angenommen hat. Sie lenkt überhaupt die Aufmerksamkeit wieder auf die reiche Tradition der weiblichen Romanautoren in England seit 1700, die vor allem die Gefühlswelt und Lebenssituation der Frau darstellt. Jane Austen gibt nicht nur ein unverfälschtes, und das heißt ungeschöntes Bild der Frau in einer bestimmten sozialen Schicht, sondern konzentriert sich dabei auf die Spannung zwischen ihren Bedürfnissen, Überzeugungen und den oft verkrüppelnden Forderungen der Gesellschaft. Ihre Heldinnen sind meist innerlich starke Naturen, die sich die Bestimmung über die weitreichendste Entscheidung ihres Lebens, nämlich die Partnerwahl, resolut vorbehalten. Sie sind bereit, dafür äußere Nachteile und gesellschaftliche Sanktionen hinzunehmen oder auf die Heirat ganz zu verzichten, wo sie nichts als Konvention wäre. Wie häufig dabei nach Jane Austen falsche Entscheidungen gefällt werden, lässt sich an der Zahl der innerlich gescheiterten Ehen in ihren Büchern ablesen. In *Überredung* werden die tragischen Folgen, sich dem Urteil der Gesellschaft gebeugt zu haben, ausdrücklich dargestellt. Da die innere Unabhängigkeit der Heldinnen sie in Konflikte mit ihrer Umgebung, häufig mit den Menschen, an denen sie am meisten hängen, bringt, finden sie sich über weite Strecken vereinsamt und auf ihre eigene Kraft angewiesen. Diese innere Isoliertheit macht Jane Austens Erzählperspektive so überzeugend.

III

Jane Austens Romane sind bevölkert von Gestalten, in denen sich einzelne negative menschliche Züge wie in der Typenkomödie in Reinkultur verkörpern. Es ist ein Zeichen für Jane

Austens künstlerischen Rang, dass diese Figuren bei aller Übertreibung ins Karikaturistische nie ihre Lebensfülle und -echtheit einbüßen. E. M. Forster unterscheidet in seinem Buch *Aspects of the Novel* (1927, *Aspekte des Romans*) zwischen »flachen« und »runden« Figuren und macht Jane Austen das Kompliment, dass ihre Gestalten immer zu den letzteren gehören. Gerade der pompöse und herzlose Mr. Collins und die geschwätzige Miss Bates, die geizige Mrs. Norris und der behäbig-dumme Mr. Rushworth prägen sich dem Leser als besonders lebendig ein. Gelegentlich haben sich dabei aus den jugendlichen Ansätzen der Autorin regelrecht als Burleske angelegte Szenen in die späteren Werke hinübergerettet, so die Einführung der Palmers in *Verstand und Gefühl* (Kap. 19 und 20), bei denen sich hinter der Komik des jungen Paares mit der ewig lachenden Frau und dem missmutig-rüden Mann im Grunde eine Ehetragödie verbirgt.

Jane Austens Kritik geht aber insofern über die Bloßstellung individueller menschlicher Schwächen hinaus, als sie einen wachen Sinn für gesellschaftliche Veränderungen und Schwerpunktverlagerungen hat, die zu ihrer Zeit stattfanden. Ihre Romane zeigen nicht eine statische, sondern eine im Umbruch befindliche Gesellschaft, in der Dekadenzerscheinungen bei den privilegierten Schichten bloßgestellt werden und der Aufstieg neuer Bevölkerungsgruppen stattfindet, die sich aufgrund persönlicher Lebensleistungen und nicht angeborener Vorteile Anspruch auf Geltung verschaffen. Sie werden mit Sympathie gezeichnet, während aristokratische Allüren, wie im Fall Lady de Bourghs, dem Spott preisgegeben werden und sich gesellschaftlicher Hochmut, wie bei Emma Woodhouse und Mr. Darcy, reformieren muss.

Jane Austens kritische Hauptwaffe ist die Ironie, die zugleich Methode und Weltsicht ist. Sie ist eine Darstellungsweise, durch die die Autorin sich sprachlich von ihren Gestalten distanziert und den Leser zur Erkenntnis ihrer Eigenheiten und Schwächen herausfordert. Aber die dargestellte Welt des Menschen erweist sich dabei selbst als ironisch, weil sie ständig dem gesunden Urteil ins Gesicht schlägt. Nicht das Vernünftige geschieht, sondern das Unsinnige, das sich so oft – und hier liegt ein weiteres ironisches Element – als das Vernünftige geriert.

Der Maßstab des Vernünftigen aber ist bei Jane Austen einem traditionellen Wertsystem entnommen, das aus der aufklärerischen Tradition des 18. Jahrhunderts herrührt und der Autorin sicher von ihrem Vater, ihrem ältesten Bruder und den Büchern und Zeitschriften, die man im Haus las, vermittelt wurde. Es ist kein Zufall, dass Dr. Johnson ihr Lieblingsschriftsteller war. Vertrauen auf den gesunden Menschenverstand und den Wert der Kultur, Unsentimentalität und Toleranz, die Überzeugung von der Selbstbestimmung der menschlichen Vernunft und ihrer Fähigkeit, die Leidenschaften zu kontrollieren, und das Streben nach einer Balance zwischen Individuum und Gesellschaft sind für diese Tradition wesentlich. David Cecil hat in seiner Jane-Austen-Biographie für ihre Haltung eine höchst treffende Formulierung gefunden: »Alle ihre Gestalten werden vor das dreifache Tribunal von Geschmack, Einsicht und Tugend gebracht; wenn sie ihre Schöpferin in einer Hinsicht davon enttäuschen, verurteilt sie sie lächelnd, aber gnadenlos.« Alle Exzesse sind nach dieser Einstellung von Übel – ein Grund, weshalb Jane Austen die Romantik mit Misstrauen betrachtete. Eine Briefstelle wie »Ich habe *Der Korsar* [Byron, *The Corsair*] gelesen, meinen Petticoat ausgebessert und nun nichts mehr zu tun« (5. März 1814) klingt nicht gerade nach begeisterter Anteilnahme oder Zustimmung. Die Kritiker, wie Charlotte

Brontë in der Mitte des 19. Jahrhunderts, die in Jane Austens Romanen die Darstellung menschlicher Leidenschaften vermissen, verlangen daher etwas von ihr, was ihren Grundüberzeugungen widersprach. In Marianne Dashwood hat sie die hemmungslose Hingabe geradezu einer Kritik unterzogen. Jane Austens Werte, wie sie sich in ihrem Werk darstellen, sind durch und durch säkular, weil sie alles Religiöse offenbar für privateste Angelegenheit jedes Einzelnen hielt, und beziehen sich auf den Menschen als soziales Wesen. Tugenden beweisen sich immer erst bei ihrer Anwendung im menschlichen Umgang, der nur als gesitteter wirklich denkbar ist, so dass der *andere* im Mittelpunkt der *eigenen* Überlegungen stehen muss. Mariannes übertriebene Liebe, Darcys Hochmut und Emmas Snobismus, für den die Menschen nur Spielfiguren in ihren Eheplänen sind, sind allesamt Varianten des Egoismus, und darin liegt das gemeinsame menschliche Versagen dieser Gestalten.

Die vollkommene Erfüllung der menschlichen Beziehung zum anderen ist die wahre Liebe. In Jane Austens Heldinnen verwirklicht sich die Liebe, die als Erfüllung des Menschen aus der schlechten, korrupten, selbstischen Alltagswelt herausragt und ein verklärendes Element in sie hineinträgt. Dass Jane Austens Romane ein Happy End haben, ist also nicht Eskapismus, romantische Schönfärberei, sondern ein zentrales Element ihrer Menschensicht, nach der die liebende Beziehung den Hoffnungsschimmer in einer ungenügenden Welt ausmacht. In ihren Büchern drückt sich in dieser Hinsicht das neue, in der Mitte des 18. Jahrhunderts entstandene bürgerliche Ethos aus, das die Familie auf eine emotionale Basis intimer menschlicher Beziehungen stellt. Gegenüber der traditionellen, aristokratischen Auffassung, dass die Ehe eine Angelegenheit der Familienpolitik, nicht der engen seelischen Beziehung zweier Partner ist, dass also Liebe und Ehe nur zufällig zusammenfallen, entsteht nun die Überzeugung, dass Liebe und Ehe eins sein müssen. Zum Symbol des neuen moralischen Selbstverständnisses und Selbstbewusstseins des aufsteigenden Bürgertums wird dabei die sexuelle Integrität seiner Töchter, und daher wird in der Literatur zwischen 1750 und 1900 nun erst das Thema der verfolgten Unschuld, etwa bei de Sade, in Lessings *Emilia Galotti* oder im gotischen Schauerroman, und dann das des Ehebruchs, im realistischen Roman des 19. Jahrhunderts, so zentral.

IV

Trotz aller Begabung ist eine literarische Leistung wie Jane Austens keine geisterhafte Erscheinung aus dem Blauen; der Künstler ist auf eine Tradition angewiesen, die ihm die Möglichkeit gibt, die künstlerischen Erscheinungen der Zeit auf eine neue Höhe zu führen. Es war ein glücklicher Umstand für Jane Austen, dass England im 18. Jahrhundert eine sonst in Europa nicht ähnlich reich ausgebildete Romantradition entwickelt hatte, die zwar von Männern getragen wurde, an der aber auch schon Frauen beteiligt waren, etwa Sarah Fielding oder Charlotte Lennox. Die frühen Romanciers Daniel Defoe (1660?–1731) mit *Leben und denkwürdige Abenteuer des Seefahrers Robinson Crusoe aus York* (*The Life and Strange Adventures of Robinson Crusoe; of York, Mariner,* 1719) und Jonathan Swift mit *Gullivers Reisen* (*Gulliver's Travels,* 1726) kleideten ihre philosophisch begründete Gesellschaftskritik in exotische Reiseabenteuer und schufen dabei solche mythischen Helden, dass ihre Bücher, wenn auch zu Kinderliteratur hinabgesunken, weil ihre kritischen Intentionen nicht mehr wahrgenommen wurden, noch heute leben. Um die Jahrhundertmitte folgte dann die Blüte des englischen Romans, der dabei auch kontinentale Anregungen etwa von Cervantes, Rabelais und Le Sage aufnahm, und brachte einige Meister hervor. Henry Fielding (1707–54) und Tobias Smollet (1721–71) entwickelten die englische Variante des Schelmenromans, in der der attraktive, aber arme junge Mann im Mittelpunkt steht, der durch Orts- oder Stellungswechsel viel in der Welt herumkommt und durch seine Abenteuer deren Mängel und korrupte, prätentiöse, sexgierige, heuchlerische oder dumme Repräsentanten bloßstellt. Das Personal dieser Romane ist bürgerlich, ihr Zentrum London; sie sind vor allem für ein städtisches bürgerliches Lesepublikum geschrieben und haben einen kraftvoll satirischen Stil und Ton, der aufklärerisch wirken soll. Schon Fielding reflektiert dabei die Romankonstruktion selbst, aber erst Lawrence Sterne (1713–68) macht in *Leben und Meinungen des Gentlemans Tristram Shandy* (*Life and Opinions of Tristram Shandy Gentleman*, 1759–1767) den Roman auf unerhörte Weise zum literarischen Experiment, indem er das Schema der Lebensgeschichte völlig auflöst und durch Abschweifungen und scheinbar willkürliche Vor- und Rückblenden Ordnung in Chaos verwandelt. Experimentell ist Sterne auch im ständigen Diskutieren seines literarischen Unternehmens im Werk selbst, so dass Schöpfungsvorgang und Romanschöpfung in einem Maß verschmelzen, wie es erst wieder das 20. Jahrhundert praktiziert hat. Der schon mehrfach erwähnte Samuel Richardson konzentriert sich auf die jugendliche Heldin, die den Gefährdungen des Lebens durch die Männer ausgesetzt ist, sie aber durch ihre Tugend besiegt. Sein früher Roman *Pamela* legt diesen Kampf als Auseinandersetzung zwischen dem korrupten reichen Gentleman und seiner armen, aber tugendhaften Dienerin an und zieht aus dieser Konstellation sozialkritische Impulse.

Diese Meister hatten den englischen Roman um 1770 auf eine solide Basis gestellt, ihm Ansehen verschafft und ihn unter anderem in dreierlei Hinsicht entwickelt. Er war zum geschmeidigen Instrument einer oft satirischen und karikierenden Gesellschaftskritik geworden; er hatte mit Richardson der Seelenanalyse vor allem weiblicher Gestalten eine bisher nicht gekannte Ausdehnung und Tiefe gegeben; und er hatte das Bewusstsein für Formprobleme der Gattung geschärft und selbst alle möglichen Konstruktionen ausprobiert. Aber es fand sich in den letzten dreißig Jahren des 18. Jahrhunderts kein Romancier, der dieselbe geistige und formale Höhe erreichte. Während um 1770 in Deutschland die Blüte der Goethezeitlichen Literatur beginnt, die sehr schnell zu den großen Werken Goethes und Schillers führt, waren die siebziger bis neunziger Jahre in England (und auch in Frankreich) zwischen der großen aufklärerischen Epoche und der Romantik eine karge literarische Zeit. Zwischen etwa 1775 und 1810 erschien in Großbritannien kein einziger wirklich bedeutender Roman. Dabei nahm das Lesepublikum, das nun immer mehr durch Frauen verstärkt wurde, in diesen Jahren erheblich zu und sorgte für eine Schwemme von minderwertiger Romanliteratur, die vor allem über Leihbüchereien vertrieben wurde. Das bewusste Arbeiten mit dem Roman als künstlerischem Gebilde und formaler Herausforderung und als Medium der Welterkenntnis und Zeitdarstellung trat völlig zurück hinter dem bloß spannungsreichen Erzählen, das den engen Bezug zur Wirklichkeit verlor, dafür aber das Erfinden aufregender Handlungselemente vervollkommnete. Die Sozialkritik lebte weiter, verlor aber ihre Schärfe und Glaubwürdigkeit und durfte im populären Roman aus Rücksicht auf die anders ausgerichteten Lesebedürfnisse seiner Konsumenten ohnehin nur die Oberfläche streifen. Dagegen kam nun Richardsons Einfluss besonders zur Geltung, weil die vielen Leserinnen an dem Schicksal und der Gefühlswelt ihrer fiktiven Geschlechtsgenossinnen besonders interessiert waren. Obwohl das Bild insgesamt reicher ist, herrschten in den letzten dreißig Jahren des 18. Jahrhunderts zwei populäre Romangattungen vor, in denen die Handlung um eine unschuldige und moralisch gefährdete junge Heldin kreist: der sentimentale Frauenroman und der gotische Schauerroman. Dieser soll im Zusammenhang mit Jane Austens *Kloster Northanger* im übernächsten Kapitel charakterisiert werden, über jenen sind im Zusammenhang mit ihren Jugendwerken anhand von Fanny Burneys *Evelina* und Mary Bruntons *Selbstbeherrschung* schon einige Worte gesagt worden.

Der Frauenroman hatte didaktische Absichten, indem er jungen Frauen die Gefahren des Lebens, manchmal freilich in grotesk unwirklicher Form, vorführte und ihnen ein Tugendsystem vermittelte, mit dem man solchen Gefährdungen widerstehen konnte. Seine durchaus vorhandenen sozialkritischen Absichten leiden allerdings meist unter der Unwahrscheinlichkeit ihrer Handlungen und den ahnungslosen Vorstellungen ihrer Verfasserinnen vom Leben, das sie beschreiben. Dass Maria Edgeworth als die lebensnächste dieser Schriftstellerinnen galt, spricht Bände. Immerhin findet auch bei ihr allerlei Absurdes statt. In dem schon mehrfach erwähnten Beispiel *Belinda* findet ein Duell vornehmer, gesellschaftlich rivalisierender Damen statt, deren eine an Brustkrebs leidet, den sie in einem geheimen Boudoir mit Pflästerchen und Tinkturen behandelt, um ihr frivoles gesellschaftliches Leben fortsetzen zu können. Ihre Gegnerin wird fast Mitwisserin des Geheimnisses, weil sie nachts in

Männerkleidung über die Mauer steigt und ins Fenster guckt. Maria Edgeworths »Bildern aus dem modischen Leben« haftet etwas Geziertes an. Anders als bei Jane Austen ist die vorgegebene Natürlichkeit nur gespielt. Ihre Figuren sind Schnittmuster, die um der moralischen Lehren willen handeln und reagieren, wie sie es tun. Zu lebendigen Gestalten runden sie sich nicht. Sie sind entweder Schablonen oder unterliegen psychologisch völlig unglaubwürdigen Verhaltensschwankungen. Dramaturgisch wird Maria Edgeworths Romanen das Gleichmaß ihres Erzählflusses zum Unglück, das auf mangelnde Strukturiertheit hinweist. Anders als Jane Austen erzählt sie eine Geschichte, ohne die künstlerische Form selbst zum Angelpunkt ihres Interesses zu machen. Diese im Vergleich negativen Beobachtungen dürfen aber nicht darüber hinwegtäuschen, dass die von Jane Austen bewunderte Maria Edgeworth um 1800 aus der großen Zahl weiblicher Romanschreiber herausragt und einem Ideal der Natürlichkeit nacheiferte, das Jane Austen wichtige Anregungen vermittelt. Gerade bei der Darstellung des modischen Lebens, der aristokratischen Londoner Gesellschaft verfällt sie dabei aber in Klischees, und das Erzieherisch-Moralische spielt in ihren viel zu langen Dialogen eine übergroße Rolle. Jane Austen umging die Beschreibung des eleganten, modischen Lebens in der Hauptstadt ganz oder legte seine Vertreter von vornherein als Karikaturen an.

Um die Wende zum neuen Jahrhundert wird dieser Frauenroman vor allem durch zwei Impulse noch einmal belebt. Er erobert sich zum einen neue Konfliktstoffe. Dafür ist Elizabeth Inchbald (1753–1821) mit *A Simple Story* (1791, *Eine einfache Geschichte*) ein frühes Beispiel. Darin geht es um die prekäre Liebe zwischen einer jungen Waise und ihrem Vormund, der katholischer Priester ist. So wird nun der Mann zum Joseph, der sich der Liebe der Frau entziehen muss. Erst in der zweiten Hälfte des Romans, als der Geistliche zum weltlichen Lord geworden ist, sein Mündel geheiratet hat und schließlich Frau und inzwischen geborene Tochter wegen eines früheren Liebesverhältnisses aus dem Haus weist, verfällt die Geschichte in die sensationelle Handlung des klischeehaften Frauenromans.

Zum anderen verlegte der Roman sich nun auf die Darstellung regionaler Besonderheiten, durch die die beschriebene gesellschaftliche Welt Präzision und Glaubwürdigkeit gewann, weil hier die eigene Kenntnis der Atmosphäre oder gar des Dialekts notwendige Voraussetzung der Schilderung ist. Mit *Castle Rackrent* (1800, *Schloss Rackrent*) und *The Absentee* (1812, *Der Abwesende*) führt Maria Edgeworth das irische, mit *Waverley* (1814) Walter Scott das schottische Milieu in den Roman ein, das aber zur gleichen Zeit auch bei Mary Brunton und Susan Ferrier in Ansätzen erscheint. Man könnte sagen, dass Jane Austen sich in einem ähnlichen Sinn auf das allerdings regional weniger ausgeprägte ländliche Milieu Südenglands konzentriert und hier die szenische Treue erreicht, die andere ebenfalls anstrebten.

Erst bei Jane Austen gewinnen die drei erwähnten Elemente des Romans aus dem 18. Jahrhundert, auf zeitgemäße Art und gesellschaftlich auf höheres Niveau gehoben, neues Leben und neue Überzeugungskraft. (1) Sie setzt die richardsonsche Tradition des Frauenromans fort, insofern auch bei ihr die junge Heldin mit ihren Gefühlsproblemen das Zentrum der Handlung und der emotionale Bezugspunkt des Lesers bleiben. Aber ihre Heldinnen sind nicht mehr blutlose Tugendschemen, sondern fehlbare Menschen. Das Element der sexuellen Verfolgung freilich tritt dabei ganz zurück. Die Komponente sexueller Gefährdung ragt nur aus der Vergangenheit in die Handlung hinein oder findet im Entlaufen eines unverantwortlichen Paares auf einem Nebenschauplatz statt. (2) Sie führt die Sozialkritik in die Lebensnähe zurück und gewinnt ihr damit wieder tiefere Einsichten in die Spannung zwischen Mensch und Gesellschaft ab. (3) Sie macht den Roman wieder zum ästhetisch anspruchsvollen literarischen Genre.

Walter Scott und Jane Austen überwanden etwa gleichzeitig die Mittelmäßigkeit des englischen Romans der vorhergehenden Jahrzehnte und wiesen ihm, obwohl sie beide ideell eher im 18. Jahrhundert wurzeln, neue Wege: Scott zum Romantisch-Historischen, das aus dem früh aufgenommenen und geliebten geschichtlichen Sagenmaterial des heimatlichen Nordens gespeist wird, und Jane Austen zum Realistischen, das aus der souveränen Umgestaltung ihres eigenen ländlichen Lebenskreises im Süden lebt.

Blickt man nach Deutschland hinüber, um dem deutschen Leser Jane Austens Roman durch den Vergleich näherzubringen, dann bietet sich Theodor Fontane als Gegenbeispiel an. Allerdings gilt dieser Vergleich nur mit einigen relativierenden Einschränkungen. Die Engländerin steht am Anfang des 19. Jahrhunderts und des literarischen Realismus, der Deutsche, jedenfalls mit seinem Romanwerk, am Ende beider. Dabei ist der Zeitunterschied für die Verzögerung deutscher Entwicklungen zu dieser Zeit durchaus repräsentativ. Auch unterscheidet sich beider Grundeinstellung zum menschlichen Leben darin, dass Fontane es voller undeutbarer Geheimnisse und die Liebe immer wieder an der Gesellschaft scheitern sieht, während die Welt Jane Austens eindeutiger und deutbarer erscheint und die Liebe bei ihr die Missverständnisse und Barrieren der sozialen Welt überwinden kann. Daher beschäftigt sich der deutsche Romancier mit der Ehe und die englische Schriftstellerin mit der Liebe; daher enden Fontanes Romane meist tragisch, schließen Jane Austens mit einer vielversprechenden Heirat.

Aber dieser Unterschied hat auch biographische Gründe; er hängt neben der veränderten Zeitlage (Preußen 1890 versus England 1814 und der Aufstieg des Eheromans im 19. Jahrhundert) entscheidend damit zusammen, dass Jane Austen als junge Frau und Fontane als alter Mann Romane schrieben. Fontane fragt, warum scheitert die Ehe, Jane Austen, wie sollte sie zustande kommen. Die Ehe selbst erscheint bei ihr meist nur als Karikatur, wenn sie verunglückt ist. Aber wie die Engländerin ist auch der Deutsche zutiefst überzeugt, dass der Mensch nicht ohne seine gesellschaftliche Einbindung zu verstehen ist. Wie sie hat er dem Roman eine Lebensechtheit gegeben und eine Höhe der völlig natürlichen Dialogführung erreicht, die bis dahin in Deutschland unerreicht war. Bei beiden leben die Personen so aus ihrer eigenen Sprache, dass die Autoren auf ihre äußere Beschreibung weitgehend verzichten. Wie Effi Briest oder Elizabeth Bennet aussehen, wird dem Leser nicht gesagt; ihr Bild herzustellen ist seiner Phantasie überlassen. Dem Gespräch kommt daher in den Romanen beider eine ungewöhnlich wichtige Rolle zu. Es herrscht jeweils strikte Ökonomie bei gleichzeitigem bewussten Beziehungsreichtum der Konstruktion, so dass diese durch und durch als ästhetisches Gebilde zu begreifen ist, das die Wirklichkeit bei aller scheinbaren Abspiegelung einer intensiven Formung unterzieht. Sowohl Fontane als auch Jane Austen vermittelten daher ihrer Zeit Impulse im Hinblick auf die Romanform selbst. Wie Fontane konzentrierte sich auch Jane Austen auf die menschliche Welt, ohne der Natur als Selbstzweck viel Aufmerksamkeit zu schenken, und stellte im Individuellen den repräsentativen Fall dar. Wie ihre Romane geben seine zum größten Teil Einblicke in das Frauenleben in einer von Männern dominierten Gesellschaft, und wie bei ihr ist diese Gesellschaft auch bei ihm meist die obere Mittelschicht. Jane Austen verzichtet wie Fontane auf Sensationen, so dass der Roman von der psychischen und sozialen Vertiefung des Stoffes lebt.

Aber nicht nur in dem, was sie darstellen, ähneln sie sich, sondern auch in dem, was sie in ihren Romanen aussparen. Die Berufs- und Arbeitswelt des Menschen sucht man bei beiden vergebens, weil beide sich in der Tradition des Gesellschaftsromans bewegen, der die Handlung um eine Folge von gesellschaftlichen Ereignissen wie Ball, Theaterbesuch, Ausflug, Diner usw. rankt. Auch umfasst bei beiden der Roman bewusst nicht das ganze soziale Spektrum. Es dauerte in beiden Fällen noch gut eine Generation, bis auch die unteren, ja die untersten Schichten der Gesellschaft literaturwürdig wurden, in England bei Charles Dickens und in Deutschland noch zu Fontanes Lebzeiten im sozialen Drama Gerhart Hauptmanns. Bei Jane Austen und Fontane herrscht hier noch eine Scheu, die unerfreulichen Seiten der Gesellschaft ihrer Zeit ästhetisch aufzuwerten. Aber das gilt nicht nur für das Soziale, sondern trifft auch auf das Persönliche zu. Geburt, Krankheit und Tod, Sexualität und Laster werden von beiden mit äußerster Diskretion behandelt, so dass ihre Wirklichkeitserfassung ein poetischer Realismus ist, in dem »Verklärung« als Teil des ästhetischen Kanons als unverzichtbar angesehen wurde.

Achtes Kapitel

Chawton – Winchester 1816–1817

I

Im Mai 1816 unternahmen Cassandra und Jane eine Reise nach Cheltenham, zwischen Bristol und Birmingham, wo Jane sich vermutlich von den Mineralquellen eine Besserung ihres schlechten körperlichen Zustandes erhoffte. Sie besuchten auf dem Weg die James Austens in Steventon und Eliza Fowle, Martha Lloyds Schwester, und ihren Mann. Da sie alle Jane einige Zeit nicht gesehen hatten, fiel ihnen laut *Memoir* auf, dass sie nicht besonders wohl aussah. Ihre Gastgeber in Steventon beobachteten, »dass sie ihre alten Lieblingsplätze besuchte und auf eine sonderbare Weise mit ihnen verbundene alte Erinnerungen heraufrief, so als ob sie damit rechne, sie nie wiederzusehen«. Es waren offenbar die ersten Anzeichen einer Krankheit, die innerhalb eines Jahres ihre Gesundheit völlig untergraben und schließlich zum Tod führen sollte. Die Ärzte standen ihrem Leiden ratlos gegenüber; seine Diagnose wurde erst im 20. Jahrhundert möglich. Nach Ansicht der Medizin handelte es sich um die Addinsonsche Krankheit, ein Versagen der Nebennieren, das unterdessen behandelt werden kann. Damals führte sie ohne große Schmerzen und mit Episoden scheinbarer Besserung zum Tod. Nach neuesten Erkenntnissen war Janes Krankheit von einer Tuberkulose begleitet. Die familiären

Aufregungen, die Jane Austen im letzten Lebensjahr durchmachte, haben vermutlich ihren Krankheitsprozess beschleunigt. Erst beunruhigte sie Henrys Bankrott, dann wurde Edward in einen Erbschaftsprozess verwickelt, bei dem er Gefahr lief, den Herrensitz in Chawton zu verlieren, und zu guter Letzt starb ihr Onkel Leigh-Perrot und hinterließ sein gesamtes Vermögen entgegen den Erwartungen der Familie Austen seiner Frau. (Nach deren Tod profitierte James Edward Austen-Leigh davon.) Jane selbst schrieb im April 1817 an ihren Bruder Charles:

> Ich schäme mich zu sagen, dass der Schock über das Testament meines Onkels zu einem Rückfall [der Krankheit] geführt hat, und am Freitag war ich so krank und fürchtete so, es würde schlimmer werden, dass ich leider darauf drängen musste, dass Cassandra mit Frank noch gestern abend von dem Begräbnis zurückkehrte, was sie natürlich tat; und entweder durch ihre Rückkehr oder dadurch, dass Mr. Curtis [der Apotheker] mich besucht hat oder meine Krankheit sich entschloss, mich zu verlassen, ist mir heute vormittag besser.

Dies ist zusammen mit ihrer Ohnmacht vor dem Umzug nach Bath der einzige Fall, der uns von einer panikartigen Reaktion Janes erzählt. Ihr Verfallsprozess war unaufhaltsam, aber ihre Briefe sind immer wieder voller Hoffnung, dass es nun bergauf gehe, dass sie nur einen vorübergehenden Rückfall erlitten habe, dass es ihr vor einem halben Jahr entschieden schlechter gegangen sei. Wieviel Selbstbetrug dabei im Spiel war oder wie sehr der Wunsch, ihre Mutter, Geschwister, Nichten und Neffen nicht zu beunruhigen, sie zu diesen optimistischen Berichten veranlasst hat, ist aus den Briefen nicht zu erkennen:

> Mir geht es schon seit vielen Wochen nicht gut, und ungefähr vor einer Woche ging es mir ganz schlecht, manchmal habe ich hohes Fieber und schlaflose Nächte, aber nun geht es mir erheblich besser und mein Aussehen, das schlimm genug war, schwarz und weiß und lauter falsche Farben, bessert sich auch wieder. Ich darf mir nicht einbilden, je wieder blühend auszusehen. Krankheit ist in meinem Alter ein gefährlicher Leichtsinn. (23. März 1817)

Als Caroline Austen ihre Tante zum letztenmal sah, ging es ihr schon bedenklich schlecht:

> Es war verabredet worden, dass ich Ende März oder Anfang April in Abwesenheit meines Vaters und meiner Mutter, die damals gerade zusammen mit Mrs. Leigh-Perrot damit beschäftigt waren, die Angelegenheiten ihres verstorbenen Mannes zu regeln, ein paar Tage in Chawton verbringen sollte; aber Tante Jane war zu krank, als dass sie mich hätte aufnehmen können, und so kam ich stattdessen zu meiner Schwester Mrs. Lefroy in Wyards. Am nächsten Tag gingen wir nach Chawton hinüber, um uns nach meiner Tante zu erkundigen. Sie war damals auf ihr Zimmer beschränkt, sagte aber, sie wolle uns sehen, und so gingen wir zu ihr. Sie war im Morgenrock und saß ganz wie eine Kranke im Lehnstuhl, aber sie stand auf und begrüßte uns freundlich, und dann sagte sie, indem sie auf zwei Sitzgelegenheiten deutete, die für uns beim Kamin aufgestellt waren: »Da ist ein Stuhl für die verheiratete Dame und ein kleiner Hocker für dich, Caroline.« Es ist merkwürdig, aber diese unwichtigen Worte waren ihre letzten, an die ich mich erinnern kann, denn ich habe nichts von dem behalten,

> was wir während der dann folgenden Unterhaltung sprachen. Ich fand ihre Veränderung auffällig. Sie war sehr blass, ihre Stimme klang schwach und niedergeschlagen, und sie erweckte überhaupt den Eindruck von Verfall und Leiden; aber man sagte mir, dass sie nie wirklich richtige Schmerzen litt. Sie war der Anstrengung einer Unterhaltung mit uns nicht gewachsen, und daher war unser Besuch im Krankenzimmer sehr kurz, denn Tante Cassandra holte uns bald ab. Ich glaube, wir blieben nicht einmal eine Viertelstunde; und ich sah Tante Jane nie wieder.

Als ihr das Gehen schwerer fiel, ritt sie zunächst auf einem Esel, um an die frische Luft zu kommen, und fuhr dann in einem kleinen Eselskarren, der noch heute in der Remise des Hauses, die auch als Backstube und Waschküche diente, zu sehen ist. Die austensche Familienverbundenheit bewährte sich in dieser Situation wieder einmal glänzend. Ihre Geschwister bemühten sich, wo immer möglich, ihr das Leben zu erleichtern und sie aufzuheitern; vor allem Cassandra betätigte sich unermüdlich als Pflegerin, wie Jane dankbaren Herzens anerkannte.

Im Frühjahr 1817 war sie öfter schon so schwach, dass sie den größeren Teil des Tages liegend verbrachte. Das Wohnzimmer aber hatte nur *ein* Sofa, auf dem ihre Mutter viel lag. Da sie ihr diesen »Stammplatz« nicht rauben wollte, baute sie sich aus zwei oder drei Stühlen eine Liege zurecht und behauptete, sie sei bequemer als das eigentliche Sofa. Am 27. April 1817 setzte sie ihr Testament auf, in dem sie all ihr Eigentum ihrer Schwester vermachte. Nur sollten 50 Pfund Henry zugute kommen und derselbe Betrag der treuen Zofe seiner verstorbenen Frau. Noch einmal bekommt man so einen Einblick in Janes besonderes

Verhältnis zu ihrem Bruder Henry, der seit Dezember 1816 Pfarrer war.

Aber während ihre Krankheit langsam fortschritt und sie immer schwächer wurde, war sie literarisch intensiv beschäftigt. Da sie nun viele Mitwisser hatte, konnte sie sich der Ratschläge für Romanelemente kaum erwehren. Sie tat mit diesen gut gemeinten Anregungen etwas, was ihrer Persönlichkeit sehr entspricht: sie machte sich einen Spaß damit, indem sie sie kaleidoskopisch durcheinanderschüttelte und den *Plan eines Romans nach Vorschlägen von verschiedenen Personen* daraus zusammenbastelte, der offenbar 1816 entstand. Auch Mr. Clarkes unglückselige Einmischungen in Jane Austens künstlerische Arbeit fanden darin nun ihren Niederschlag. Was da zusammenkam, schlug allem ins Gesicht, was sie in ihren Werken zu erreichen versuchte, nämlich den Roman zu befreien von seinen phantastischen, unglaubwürdigen und klischeehaften Elementen. So würden die Heldin und ihr Vater schließlich verarmt in Kamtschatka landen, ›wo der arme Vater völlig erschöpft sein Ende herannahen fühlt, sich auf den Boden wirft, seinem verzweifelten Kind vier oder fünf Stunden lang gute Ratschläge und väterliche Ermahnungen gibt und dann mit einem letzten Ausbruch von literarischer Begeisterung, untermischt mit Anklagen gegen die Empfänger von Kirchenzehnten, verscheidet.‹

Bald nach dem Abschluss von *Emma*, nämlich am 21. August 1815, wandte sie sich einem ganz neuen Stoff zu, dem sie den Titel *Überredung* gab, und stellte darin zum erstenmal eine Heldin dar, die nicht mehr um die Zwanzig ist, sondern sich den Dreißig nähert und den größeren Teil des Buches von Erinnerungen und in dem Bewusstsein lebt, ihre Liebe versäumt zu haben. Ihre Nichte Fanny, so meinte sie, werde diese neue Heldin Anne Elliot vielleicht leiden mögen; für sie selbst sei sie fast zu gut. Ziemlich genau nach einem Jahr, und zwar nach Cassandras Datierung am 6. August 1816, beendete sie das neue Buch. Eigentlich hatte sie es schon am 16. Juli abgeschlossen, aber sie fand den Schluss unbefriedigend und bearbeitete die letzten beiden Kapitel noch einmal, wobei sie das zweitletzte Kapitel ganz neu gestaltete. Die entscheidende Szene mit Wentworths Liebesgeständnis schrieb sie völlig um und machte zwei Kapitel aus einem. (Die ursprüngliche Version von *Überredung* ist auf Deutsch zum erstenmal 1983 bei Reclam erschienen.) Bevor sie dann wieder einen neuen Roman begann, wandte sie sich noch einmal *Kloster Northanger* zu, das immer noch unter dem Titel *Susan* unveröffentlicht im Verlag Crosby & Co lag. »Als der ständig zunehmende Erfolg ihrer vier Romane der Autorin einiges Selbstvertrauen gegeben hatte« (James Edward Austen-Leigh), kaufte ihr Bruder Henry entsprechend dem Angebot von 1809 das Manuskript für zehn Pfund zurück. Erst dann erzählte er dem Verleger, dass das Werk, das er 13 Jahre in seinem Verlag hatte herumliegen lassen, von der unterdessen angesehenen Verfasserin von *Stolz und Vorurteil* usw. stammte. Es ist leider nicht überliefert, was für ein Gesicht Mr. Crosby bei dieser Eröffnung machte. Jane Austen nahm die Arbeit an dem alten Manuskript wieder auf und musste nun ja vor allem die Heldin umbenennen. Wie weit ihre Eingriffe in den vorhandenen Text sonst gingen, ist nicht zu sagen. Die Forschung neigt dazu, nur geringe Änderungen für wahrscheinlich zu halten. Die Parodie des gotischen Schauerromans, die in ihrer Jugend offenbar den Ausgangspunkt des ganzen Unternehmens gebildet hatte, war nun schon ein wenig obsolet, denn die Blütezeit der »gothic novel« war vorbei. Und so gab sie dem Buch ein »Avertissement« bei, in dem sie den Zeitabstand zwischen Konzeption und Publikation betonte:

> Dieses kleine Werk wurde im Jahr 1803 abgeschlossen und war zur unmittelbaren Veröffentlichung bestimmt [...]. Die Leser werden gebeten, nicht zu vergessen, dass 13 Jahre vergangen sind, seit es beendet, viel mehr noch, seit es begonnen wurde, und sich während dieser langen Zeit Schauplätze, Sitten, Bücher und Ansichten erheblich geändert haben.

Eine Zeitlang scheint Jane Austen geschwankt zu haben, welches der beiden nun abgeschlossenen Bücher sie zuerst veröffentlichen sollte, aber im März 1816 hatte sie sich entschieden, denn sie schrieb an Fanny Knight:

> Miss Catherine [Kloster Northanger] ist vorläufig aufs Bücherregal gestellt worden, und ich weiß noch nicht, ob sie überhaupt je in die Gesellschaft eingeführt wird; aber ich habe etwas anderes für die Veröffentlichung fertig, was vielleicht in ungefähr zwölf Monaten erscheint. Es ist kurz, ungefähr so lang wie Catherine. Aber das ist nur für Dich bestimmt. Weder Mr. Salisbury noch Mr. Wildman dürfen etwas davon wissen.

Es sollte zur Publikation zu ihren Lebzeiten nicht mehr kommen. Mitte März 1817 scheint der kritische Zeitpunkt gewesen zu sein, an dem die Krankheit endgültig die Oberhand gewann. Der Brief an Fanny stammt vom 13. März, und am 18. legte sie die Feder für immer aus der Hand. Sie hatte am 17. Januar 1817 – wohl ein Zeichen ihres ungebrochenen Optimismus – nach *Überredung* noch einmal einen ganz neuen Roman begonnen, der *Die Brüder* heißen sollte. Sie kam bis zum Ende des 12. Kapitels, schrieb also innerhalb von nur zwei Monaten etwa 80 Seiten Text – bei ihrem Gesundheitszustand eine erstaunliche Leistung. Dieser letzte, so vielversprechende Roman, der gerade an dem Punkt angekommen war, an dem die Handlung sich zu entwickeln beginnt und die eine Heldin in Liebesabenteuer verwickelt und die andere in ein geheimnisvolles und ungünstiges Licht gerückt wird, wurde nicht mehr beendet. Er hätte nach dem Personenensemble sicher die Länge von *Mansfield Park* und *Emma* gehabt. Das Fragment, ein erster Entwurf mit vielen Korrekturen, wurde in Auszügen in Austen-Leighs *Memoir* veröffentlicht, vollständig jedoch erst 1925.

II

Als Janes Zustand nicht besser wurde, entschloss sich die Familie, sie ins nahe gelegene Winchester zu schicken, weil man Hoffnung hatte, dass Mr. Lyford, ein angesehener dortiger Arzt, ihrer Krankheit eher beikommen würde als der örtliche Apotheker in Alton. Einem Brief Janes kurz nach ihrer Ankunft kann man entnehmen, dass Mr. Lyford ihr Mut machte. Cassandra sollte ihre Schwester als Pflegerin begleiten. James Austen und seine von ihren Schwägerinnen nicht übermäßig geliebte Frau stellten ihre Kutsche für die Reise zur Verfügung, was Jane mit dem Satz kommentierte: »Bei solchen Dingen zeigt sich Mrs. James Austen von der liebenswürdigsten Seite.« Mrs. Austen, nun 78 Jahre alt, blieb in Chawton zurück und sah ihre jüngere Tochter nie wieder. Es regnete fast die ganze Zeit, als die kleine Kavalkade am Sonnabend, dem 24. Mai 1817, den Weg von 16 Meilen zurücklegte. Jane und Cassandra saßen in der Kutsche und wurden zu Pferd von ihrem Bruder Henry und ihrem dreiundzwanzigjährigen Neffen Edward Knight begleitet, die zu Janes Bedauern klatschnass wurden.

Die Kranke überstand die Reise zur College Street, wo sich die Schwestern einquartiert hatten, ohne Schwierigkeiten und machte sich wieder einmal Hoffnung auf eine Besserung ihres Zustandes. Sie schrieb am 27. Mai in dem zweitletzten der erhaltenen Briefe, der noch Zeichen ihres alten Humors zeigt, an James Edward Austen-Leigh nach Oxford einen Bericht über ihr Befinden:

> Ich will mit meiner Handschrift nicht prahlen; weder sie noch mein Gesicht haben bisher ihre frühere Schönheit wiedergewonnen, aber sonst nimmt meine Kraft überaus schnell zu. Ich bin jetzt von morgens um 9 bis abends um 10 aus dem Bett, zwar nur auf dem Sofa, aber ich esse meine Mahlzeiten mit Tante Cassandra auf vernünftige Weise und kann mich beschäftigen und von einem Zimmer ins andere gehen. Mr. Lyford sagt, er werde mich heilen, und wenn nicht, werde ich eine Beschwerde beim Dechanten und dem Domkapitel einreichen und zweifle nicht, dass dieses fromme, gelehrte und unvoreingenommene Kollegium eine angemessene Bestrafung vornehmen wird. Unsere Unterkunft ist sehr bequem. Wir haben ein nettes kleines Wohnzimmer mit einem Erkerfenster, das auf Dr. Gabells Garten hinaussieht.

An ein anderes Familienmitglied, wahrscheinlich an Henry, schrieb sie wenig später:

> Einmal war ich in einer Sänfte an der Luft und werde dazu das nächste Mal, wenn das Wetter es gestattet, sogar einen Rollstuhl bekommen. Sonst will ich über meinen Fall nur noch sagen, dass meine allerliebste Schwester, meine zärtliche, wachsame, unermüdliche Pflegerin, von ihren Anstrengungen noch nicht krank geworden

ist. Was ich in dieser Lage ihr und der besorgten Liebe meiner ganzen geliebten Familie verdanke, rührt mich zu Tränen; ich bete zu Gott, dass er sie immer reichlicher dafür segnet.

Zwei Neffen waren in Winchester auf einer Internatsschule und konnten ihre Tante besuchen, und wenn immer möglich, verbrachten auch ihre Geschwister ein paar Tage mit Jane. Mrs. James Austen, die ihre Hilfe angeboten hatte, kam Anfang Juli auf Wunsch Cassandras herüber, die mit der angestellten Pflegerin nicht zufrieden war, und Jane erleichterte kurz vor ihrem Tod ihr schlechtes Gewissen ihr gegenüber, indem sie zu ihrer früheren Freundin sagte: »Du bist mir immer eine verständnisvolle Schwägerin gewesen.« Auch James kam bald darauf für einen Tag zu Besuch und reiste in der Überzeugung nach Steventon zurück, dass mit einer Gesundung seiner Schwester nicht mehr zu rechnen sei. Vorsorglich schrieb er deshalb ein paar Tage später an seinen Sohn James Edward nach Oxford:

Mein lieber Edward,
es schmerzt mich, Dir zu schreiben, was zu lesen dann Dich schmerzen wird; aber ich muss Dir sagen, dass wir uns nicht mehr mit der leisesten Hoffnung trösten können, dass Deine liebe, uns so werte Tante Jane uns wiedergegeben wird. Die Symptome, die nach den ersten vier oder fünf Tagen in Winchester wiederkehrten, haben seitdem nicht nachgelassen, und Mr. Lyford hat uns offen gesagt, dass ihre Lage verzweifelt sei. Ich brauche Dir nicht zu sagen, in welche trübselige Stimmung das uns alle versetzt. Deine Großmama hat viel gelitten, aber ihr Leiden ist nichts im Vergleich mit Cassandras […]. Ich sah sie [Jane] am Dienstag und fand sie

sehr verändert, aber gefasst und heiter. Sie ist sich ihrer Lage bewusst.

James und Henry, die beiden Pastorenbrüder, hielten es nun für geraten, ihr die Wahrheit zu eröffnen, damit sie sich entschließen konnte, das Abendmahl noch einmal bei wachem Bewusstsein zu nehmen. So hielten sie an ihrem Krankenbett einen Gottesdienst für sie. Als Cassandra am Abend des 17. Juli von Besorgungen in der Stadt zurückkam, hatte Jane einen Ohnmachtsanfall erlitten. Das Ende war nahe. Über ihre letzten Stunden, die recht qualvoll gewesen zu sein scheinen, hat Cassandra einen ausführlichen Bericht an Fanny Knight geschrieben.

> Von Dienstagabend an, als ihre Beschwerden wiederkehrten, ging mit ihr eine sichtbare Veränderung vor, sie schlief mehr und auch wesentlich ruhiger, ja, in den letzten 48 Stunden war sie mehr im Schlaf als wach. Ihr Aussehen veränderte sich auch, und sie verfiel, ohne dass ich eine wesentliche Abnahme ihrer Kräfte bemerkt hätte; und obwohl ich die Hoffnung auf eine Wiederherstellung schon aufgegeben hatte, ahnte ich doch nicht, dass sie mich so schnell verlassen würde. […] Eine halbe Stunde, bevor sie ruhig und anscheinend bewusstlos dalag, spürte sie, dass sie im Sterben lag. Während dieser halben Stunde aber, die arme Seele!, musste sie entsetzlich leiden. Sie sagte, sie könne mir gar nicht klarmachen, was sie durchmache, obwohl sie kaum über irgendeinen eindeutigen Schmerz klagte. Als ich sie fragte, ob sie etwas wolle, antwortete sie, nichts als sterben, und fügte dann noch hinzu: »Gott gebe mir Geduld, bete für mich, ach, bete für mich.

Jane Austen starb am Freitag, dem 18. Juli 1817, in den frühen Morgenstunden mit dem Kopf auf dem Schoß ihrer Schwester und wurde im Dom von Winchester beigesetzt. Ihr Grabmal, das dort noch heute zu sehen ist, hat eine Inschrift, die ihre menschlichen Eigenschaften preist, aber die literarische Tätigkeit, die ihr Unsterblichkeit einbrachte, nicht erwähnt. Cassandra blieb, wie es damals für Frauen üblich war, bei der Beerdigung zu Hause, beobachtete den Trauerzug aber vom Fenster aus. Schon James Edward Austen-Leigh berichtete 1870, ein Freund, der Jane Austens

Das Haus in der College Street, Winchester, in dem Jane Austen starb

Grabmal besichtigt habe, sei vom Küster gefragt worden: »Sir, können Sie mir bitte sagen, ob an dieser Dame etwas Besonderes war; so viele Leute möchten wissen, wo sie begraben ist.« Es war etwas Besonderes an ihr, obwohl sie ein denkbar unsensationelles Leben lebte, dem die artistische Exzentrizität und das romantische Leiden, das die Künstler ihrer Generation so kultivierten, fremd waren. »Romantisch« war höchstens ihr früher Tod.

III

Der Biograph verlässt sie mit dem Unbehagen, dem *Menschen* und der *Frau* Jane Austen kaum wirklich auf die Spur gekommen zu sein und auch die rührenden Elemente ihres Sterbens übertrieben zu haben, weil wir hier wie sonst vor allem auf die Aussagen der Familienmitglieder angewiesen sind, die Jane nicht distanziert und kritisch gegenüberstanden, sondern ihr letztes Lebensjahr und ihren Tod als persönliches Unglück erfuhren. Aber es bleibt nicht nur bestehen, dass ihr langsames Dahinschwinden rührend *ist*, sondern auch ihr früher Tod die Tragik eines unvollendeten Künstlertums enthält. Hätte sie nur fünf Jahre länger gelebt, dann hätte ihr Werk schon unter ihren Zeitgenossen die Stellung erworben, die ihm gebührt, und sie selbst wäre vermutlich zu einer literarischen Zelebrität geworden. Auch ihre Bücher tragen zur besseren Kenntnis ihrer Persönlichkeit nur zum geringen Teil bei. Was sagt letztlich die Beziehung zwischen Jane und Elizabeth Bennet oder die zwischen Elinor und Marianne Dashwood über das Verhältnis zwischen Cassandra und Jane Austen? Erlauben die unverantwortlichen oder gar albernen Eltern und die verkorksten Ehen in ihren Romanen Rückschlüsse auf Freunde, Verwandte und Bekannte in ihrer Umgebung? Und sie selbst – welcher unter ihren Heldinnen ähnelte sie am meisten? Der ironischen Elizabeth Bennet, der nüchternen Elinor Dashwood, der koketten Emma Woodhouse oder der melancholischen Anne Elliot? Hat diese Frage überhaupt Sinn? Ihre Umwelt glaubte es, ja fürchtete es. So wie einige Menschen Angst haben, einem Psychologen zu begegnen, weil er sie durchschauen könnte, so glaubten und glauben offenbar auch einige, dass Schriftsteller ihre Umwelt nur unter dem Gesichtspunkt der Verwertbarkeit für ihr nächstes literarisches Projekt betrachten. Das allgemeine Wissen um ihre Autorschaft machte Jane Austen befangen und versetzte einige ihrer Bekannten in Unruhe. Die Schriftstellerin Mary Russell Mitford, deren Mutter einst Jane Austen als »hübschesten, albernsten, affektiertesten Schmetterling auf Männerjagd, an den ich mich erinnern kann«, bezeichnet hatte, schrieb in ihren *Erinnerungen eines Schriftstellerlebens:*

> Eine Freundin, die mit ihr [Jane Austen] umgeht, sagt, dass sie sich zum senkrechtesten, ordentlichsten, schweigsamsten Exemplar von Unvermähltheit versteift hat, das je existierte, und dass sie, bevor *Stolz und Vorurteil* enthüllte, was für ein kostbarer Edelstein in dem harten Gehäuse verborgen war, in Gesellschaft als nichts anderes angesehen wurde als ein Feuerhaken oder ein Kaminschirm oder irgendein anderes dünnes und aufrechtes Stück Holz oder Eisen, das friedlich und still die Ecke ausfüllt. Nun ist der Fall anders. Sie ist immer noch ein Feuerhaken – aber ein Feuerhaken, vor dem alle Angst haben. Man muss zugeben, dass das schweigende Beobachten einer solchen Beobachterin fürchterlich ist. […] ein geistreicher Kopf, eine Darstel-

lerin von Menschen, die nicht spricht, ist wahrhaft erschreckend.

Es ist nach diesen Bemerkungen, aus denen nicht Sympathie, sondern Missgunst spricht, klar: Jane Austen schätzte anregende Gespräche mehr als »small talk«, und sie bemerkt in ihren Briefen auch immer wieder, wie dankbar sie ist, wenn eine Unterhaltung über das Unverbindliche hinausgeht und die Herren die Damen in ihre geistreichen und witzigen Konversationen einbeziehen. Ohnehin fühlte sie sich in vertrauter Gesellschaft wohler. »Es ist eine mühselige Arbeit, sich mit jemandem zu unterhalten, den man so wenig kennt«, schreibt sie im November 1814 an ihre Schwester. Wie oft wird in ihren Romanen das leere oder eitle Geschwätz der Menschen gegeißelt, und eine Passage wie die folgende aus *Verstand und Gefühl,* in der Elinor sich ihre Enttäuschung über die täglichen Unterhaltungen mit ihren neuen Nachbarn eingesteht, klingt, als ob darin Janes eigenes Missbehagen über so viele unbedarfte, rücksichtslose Gesprächspartner widerhallt:

> Weder Lady Middleton noch Mrs. Jennings konnten ihr die Gespräche ersetzen, die sie vermisste, obwohl die letztere unermüdlich redete und sie von Anfang an so in ihr Herz geschlossen hatte, dass ihr ein Gutteil ihrer Ausführungen sicher war. Sie hatte Elinor ihre eigene Lebensgeschichte bereits drei- oder viermal erzählt, und hätte deren Interesse daran ihrem sonstigen Lernbedürfnis entsprochen, dann hätte sie vielleicht schon gleich zu Beginn ihrer Bekanntschaft alle Einzelheiten von Mr. Jennings' letzter Krankheit und das, was er zu seiner Frau wenige Minuten vor seinem Tod gesagt

hatte, behalten. Lady Middleton war nur dadurch erträglicher als ihre Mutter, dass sie schweigsamer war. (S. 65)

Aber man sollte die Befürchtungen von Mrs. Mitfords Freundin auch nicht zu leicht nehmen. Janes Neigung und Begabung zum Lästern und ihre kühle Beobachtungsgabe sind schon vorgeführt worden, und wer etwa ihre Charakteristik einer Miss Milles aus Canterbury liest, kann sich des Eindrucks nicht erwehren, dass der »Feuerhaken« wirklich furchtgebietend war und man hier die leibhaftige Miss Bates aus *Emma* vor sich hat:

> Miss Milles war komisch wie immer und gab uns viel Gelegenheit zum Lachen. Sie machte sich daran, uns *in drei Worten* die Geschichte von Mrs. Scudamores Versöhnung zu erzählen, sprach dann eine halbe Stunde darüber und benutzte dabei so sonderbare Ausdrücke und war so blödsinnig detailliert, dass ich nur mit Mühe ein ernstes Gesicht bewahren konnte. Der Tod von Wyndham Knatchbulls Sohn wird die Scudamores nun ablösen. Ich erzählte ihr, dass er in Hatch beerdigt werden solle. Sie hatte gehört, in Portsmouth, mit militärischen Ehren. Man kann sich vorstellen, wie diese Tatsache nun Abend für Abend erörtert wird.
>
> (26. Oktober 1813)

Hätte man aber Jane Austen auf dieses Modell hingewiesen, dann hätte sie es wohl geleugnet, denn sie äußerte nach Austen-Leigh Unwillen über die Annahme, sie forme ihre Gestalten nach lebenden Vorbildern, was sie angeblich für eine »Verletzung des gesellschaftlichen Anstands« hielt. Austen-Leigh behauptet, ihre eigene Familie, die es doch wissen musste, habe nie lebende Personen in ihren Figuren erkannt, eine Behauptung, die Henry Austen schon unmittelbar nach ihrem Tod erhoben hatte:

> Sie zeichnete nach der Natur, aber, was immer man Gegenteiliges darüber vermutet hat, nie nach Individuen.

Aber diese Erklärung ist so unmittelbar einleuchtend nicht, denn ihr Bruder Francis schrieb 1852, er glaube,

> Teile von Kapitän Harvilles Charakter sind nach mir gezeichnet. Wenigstens erinnern seine häuslichen Gewohnheiten, sein Geschmack und seine Beschäftigungen zum Teil stark an meine.

Die Forschung hat unterdessen herausgefunden, dass nicht nur bestimmte Personen, sondern auch Schauplätze tatsächlich vorhandenen nachgebildet sind. So hat David Smithers 1980 nachgewiesen, dass im Fall von *Stolz und Vorurteil* die Anlage von Lady Catherine de Bourghs Rosings mit dem dazugehörigen Pfarrhaus dem Besitz Chevening Park in Kent nachempfunden ist, ja, dass dort eine ähnlich resolute alte Dame »herrschte«, deren Schwiegermutter obendrein Catherine Burghill hieß. Wie immer entsteht dabei die Gefahr der Überdeutung; andere Identifikationsversuche, wie John Halperins Behauptung, Mrs. Norris in *Mansfield Park* sei ein Porträt von Mrs. Leigh-Perrot, sind weniger einsichtig.

Wenn Jane Austen sich trotzdem gegen die detektivischen Gelüste der Kritiker gewehrt hat, dann vielleicht aus zwei Gründen: Zum einen könnte sie von vornherein dem Versuch verschiedener Leser, sich selbst oder ihre Freunde in bestimmten Romangestalten zu sehen, vorgebaut haben. Es spricht immerhin für die Lebensechtheit ihrer Figuren, dass lebende Personen sich in ihnen wiederzuerkennen glaubten, wie eine Miss Dusantoy, die sich einbildete, zusammen mit ihrer Schwester namens Fanny das Vorbild für Fanny Price abgegeben zu haben, oder eine Miss Herries, die Leute für Mrs. und Miss Bates hielt, die Jane Austen gar nicht kannte – ein Problem, das auch Theodor Fontane kannte, bei dem sich einmal eine Dame ausweinte, die Lene Nimpsch aus *Irrungen, Wirrungen* zu sein behauptete. Zum anderen war sich Jane Austen sicher zu sehr bewusst, welche künstlerische Gestaltungsarbeit in einer literarischen Figur auch dann steckt, wenn Züge von ihr der Wirklichkeit abgelauscht sind; darin hätte ihr wohl nicht nur Fontane, sondern auch Thomas Mann zugestimmt. Austen-Leighs Bemerkung klingt nur zu glaubwürdig:

> Sie hatte das Bedürfnis zu schaffen, nicht nachzuahmen, und »außerdem«, fügte sie hinzu, »bin ich zu stolz auf meine Gentlemen, um zuzugeben, dass sie nur Mr. A oder Oberst B. sind«.

Wie in dieser Frage fühlt sich der Biograph auch sonst in ihrer Bewertung sehr unsicher und findet es schwer, die Diskrepanzen, Brüche und Widersprüche in ihrem Charakter zu versöhnen. Sie entwickelte einen neuen Romantyp, der am Anfang der literarischen Entwicklungen des 19. Jahrhunderts stand und an seinem Ende in Henry James seine letzte große Blüte erlebte; aber es reizte sie nicht, sich mit den romantischen Entwicklungen in der Literatur ihrer Zeit auseinanderzusetzen. Ihre Bücher enthalten, nein, sind scharfe Attacken auf die verschiedensten Züge der ihr bekannten und vertrauten Teile der Gesellschaft ihrer Zeit; aber sie selbst ging gleichzeitig in ihrer ererbten sozialen Rolle mit Anteilnahme und Pflichtbewusstsein auf. Die in ihren Romanen dargestellten Kinder sind zu einem Gutteil kleine Monster, aufdringlich und verzogen; aber sie selbst war nach dem Urteil aller ihrer Neffen und Nichten die liebenswürdigste und einfühlsamste Tante. Ihre Bücher sind voller bissig beschriebener rücksichtsloser, egoistischer, dummer Gestalten, ihre Briefe voller spitzer Bemerkungen über ihre Zeitgenossen; aber sie sagte angeblich nie ein böses Wort über irgendjemanden.

Die Forschung ist augenblicklich im Begriff, von einem Extrem ins andere zu verfallen. Während sie lange Zeit nach dem Vorbild von Jane Austens Familienmitgliedern eine idealisierte Version ihres Lebens und ihrer Persönlichkeit akzeptiert hat, betont sie nun anscheinend die kritikwürdigen Aspekte ihres Charakters über Gebühr. Die schon mehrfach erwähnte große Jane-Austen-Biographie, John Halperins *Das Leben Jane Austens* (*The Life of Jane Austen*, 1984) hebt immer wieder negative Züge im Bild der Autorin hervor. Der Biograph sieht in der Tatsache, dass keine von Jane Austens Nichten ihren Vornamen erhielt, aber mehrere Cassandra hießen, einen Beweis dafür, dass es Spannungen zwischen den Brüdern und ihrer jüngeren Schwester gab. Aber die Töchter hießen doch wohl eher nach ihrer Großmutter, die denselben Vornamen hatte, als nach ihrer Tante. Halperin porträtiert Jane Austen fast als unzugängliche Misanthropin, die Lärm, Kinder und Unordnung hasste und aus diesem Grund auch Godmersham mit seiner zahlreichen Familie und seinen vielen Besuchern mied, und nennt sie in verschiedenen Zusammenhängen kaltblütig, einsam, herablassend, disloyal und gönnerhaft. Aber sie hatte, wie alle

Menschen, viele Gesichter, und unsere Einsicht in dieses Grundfaktum der Psychologie ist gegenüber ihren zeitgenössischen und dann folgenden Biographen erheblich gewachsen.

Wie im Fall Mozarts, den man wegen seines kurzen Lebens ähnlich ausschließlich mit einer bestimmten kulturellen Epoche identifiziert, ist auch bei Jane Austen die Frage verführerisch, was sie künstlerisch erlebt hätte, wenn sie wesentlich älter geworden wäre. Sie ähnelte ja Mozart auch darin, dass sie den vorhandenen künstlerischen Horizont ihrer Zeit nicht radikal durchbrach und sich ganz dem Experiment verschrieb, sondern dass sie die artistischen Erkenntnisse und Verfahren ihrer Epoche zugleich weitgehend verwertete und auf eine bisher nicht gekannte Höhe führt.

Hätte sie doppelt so lange gelebt, dann hätte sie alle drei Brontë-Schwestern überlebt, deren berühmteste Romane, Emilys *Sturmhöhe* (*Wuthering Heights*) und Charlottes *Jane Eyre* 1847 erschienen. Thackerays *Jahrmarkt der Eitelkeit* (*Vanity Fair*, 1847) und der größere Teil von Dickens' Werken wären dann zu ihren Lebzeiten veröffentlicht worden. Hätte Jane Austen in Elizabeth Gaskells (1810–65) *Cranford* (1851–53) die legitime Nachfolge des von ihr entwickelten Romantons gesehen? Das gesamte Werk Stendhals und Balzacs, die 1842 bzw. 1850 starben, und sogar Flauberts *Madame Bovary* (1856) hätte sie lesen können. In Deutschland hätte dann vor ihrem Tod Richard Wagner, der in dieser Zeit gewissermaßen als Ersatz für den fehlenden Roman auf einer vergleichbaren literarischen Höhe herhalten muss, schon *Tannhäuser* (1845) und *Lohengrin* (1850) aufgeführt, den Text zum *Ring des Nibelungen* (1852) beendet und die Komposition von *Tristan und Isolde* begonnen. Hätte sie, wenn sie all diese künstlerischen Ereignisse – im wahrsten Sinn des Wortes – er-lebt hätte, bis in ihr Alter weitergeschrieben? Und was wären das für Romane gewesen?

IV

Noch einmal wurde nach dem Tod Janes Henry Austen für seine Schwester in ihren literarischen Angelegenheiten tätig. Er vereinbarte die Herausgabe ihrer beiden mehr oder minder druckfertigen Romane mit Murray und schrieb für das Unternehmen eine biographische Notiz, die der Öffentlichkeit die Identität der Autorin gewissermaßen offiziell preisgab und als Tribut an die gerade gestorbene Lieblingsschwester so idealisiert klingt, dass Margaret Kirkham sie in ihrem Buch *Feminismus und Roman* (*Feminism and Fiction*, 1983) »hagiographisch« genannt hat. Aber sie ist die Jane Austens Lebzeit nächste und authentischste Information aus ihrer unmittelbaren Familie. *Kloster Northanger und Überredung. Von der Verfasserin von »Stolz und Vorurteil«, »Mansfield Park« usw. Mit einer biographischen Notiz über die Autorin. In vier Bänden* erschien dann zum Preis von 24 Shilling 1818 oder Ende 1817. Henrys Notiz ist »13. Dezember 1817«, die kurze Nachschrift dazu »20. Dezember 1817« unterzeichnet. Cassandra, die Erbin, verdiente daran ungefähr 500 Pfund. Erst 1833 wurden alle Romane wieder gedruckt, wobei Henry in Cassandras Namen die Rechte für 250 Pfund endgültig an den Verlag Bentley abtrat.

Cassandra selbst ging nach Janes Tod zurück nach Chawton und lebte dort mit ihrer Mutter und Martha Lloyd zusammen, bis Mrs. Austen 1827 im Alter von 88 Jahren starb. Bald darauf heiratete Martha Francis Austen. So bewohnte nun Cassandra das Haus in Chawton allein weiter, wo sie wie bisher öfter von ihren Geschwistern, Neffen und Nichten besucht wurde. Eine ihrer Großnichten erinnerte sich an sie bei einer Taufe als an »eine blasse, dunkeläugige alte Dame mit hoher gebogener Nase und freundlichem Lächeln in einem langen Mantel und einer großen Haube, beides aus schwarzem Satin«. Von ihrer lange toten Schwester sprach sie nur »in einem Ton, als ob ihre Liebe zu ihr noch *lebendig* sei«.

Neuntes Kapitel

Werke aus dem Nachlass

I

Als Jane Austen starb, hatte sie zwei Romane mehr oder minder publikationsfertig liegen, die dann aus dem Nachlass im Jahr nach ihrem Tod erschienen. Aufgrund dieser Umstände kamen nun das erste Buch, das die Autorin an einen Verleger verkauft, und das letzte, das sie vollendet hatte, in *einer* Ausgabe von vier Bänden für 24 Shilling zusammen auf den Markt: *Kloster Northanger* und *Überredung*. Der Roman, an dem sie kurz vor ihrem Tod arbeitete, verdient als ihr letztes in Angriff genommenes Werk unsere Aufmerksamkeit. Was tragen die beiden Nachlasswerke und die zwölf Kapitel von *Sanditon* zum Bild der *Schriftstellerin* Jane Austen noch bei, das in den früheren Kapiteln anhand ihrer Jugendwerke, ihrer mittleren Fragmente und ihrer Werke zu Lebzeiten skizziert worden ist? Zunächst rundet sich durch sie das Bild des Gesamtwerks. Die abgeschlossenen Werke zerfallen in drei frühe überarbeitete und drei späte und können dem Umfang nach in drei Zweiergruppen geteilt werden: die beiden langen (*Mansfield Park* und *Emma*), die beiden mittleren mit dem Schwesternpaar (*Verstand und Gefühl* und *Stolz und Vorurteil*) und die beiden kurzen aus dem Nachlass (*Kloster Northanger* und *Überredung*).

Sie sind die beiden einzigen Romane Jane Austens, die

poetisch gestaltete romantheoretische Bekenntnisse enthalten. In *Überredung* gibt es eine kleine Szene, die in nuce ihr künstlerisches Selbstverständnis zu enthalten scheint. Es ist die Begegnung der Heldin mit Admiral Croft, der vor dem Schaufenster einer Kunsthandlung steht und Anne ein Seestück erläutert:

> Hier stehe ich nämlich und starre ein Bild an. Ich komme nie an diesem Laden vorbei, ohne stehen zu bleiben. Aber was das hier für ein komisches Schiff ist! Schauen Sie sich das an: Haben Sie so etwas schon einmal gesehen? Was für merkwürdige Kerle Ihre großartigen Maler sein müssen, wenn sie glauben, dass jemand in solch einer unförmigen Nussschale sein Leben aufs Spiel setzen würde. Und doch sitzen zwei Männer darin und sehen ungerührt und in aller Ruhe die umliegenden Felsen und Berge an, als wenn sie nicht im nächsten Augenblick Schiffbruch erleiden würden, was sie ganz gewiss tun. Ich frage mich, wo das Boot gebaut worden ist! (Er lachte herzlich.) Ich würde mich damit über keinen Ententeich trauen. (S. 204)

Admiral Croft, der bodenständige, künstlerisch sicher völlig ungebildete pensionierte Marineoffizier, ist auf den ersten Blick das denkbar ungeeignetste Medium, um zum Erläutern von Kunsttheorien zu dienen – aber nur auf den ersten Blick, denn gerade ihn hielt Jane Austen für besonders vertrauenswürdig. Die Literatur war für sie kein unverbindliches Spiel, das die Wahrscheinlichkeitsgesetze des Lebens beliebig außer Kraft setzen kann. Gerade der Maßstab des nüchternen Kritikers, der aus seiner Kenntnis des Lebens die Kunst beurteilt, und nicht der des Konsumenten von romantischem oder phantastischem Kitsch, der seine an illusionärem Material gewonnenen Einsichten auf das Leben überträgt und es dann missversteht, erscheint Jane Austen sympathisch und respektgebietend. Die Kunst muss, wie Admiral Croft Anne erklärt, dem Leben standhalten können.

Kloster Northanger macht diese Überzeugung zum Element der Handlung des Buches, denn Catherine Morland, die ihre Einsichten über das eheliche Verhalten vornehmer Leute in alten Schlössern den gotischen Schauerromanen entnimmt, die sie mit ihrer Freundin Isabella verschlingt, muss auf Mr. Tilneys Herrensitz erfahren, dass die geheimnisumwitterte Welt ihrer Schundliteratur nur in ihrer eigenen Phantasie existiert. Sie wird schon im ersten Teil des Buches hin und her gerissen zwischen irregeleiteter Phantasie und Wirklichkeit, denn mit Isabella will sie in der Hoffnung auf Nahrung für ihr gotisch infiziertes Gemüt die Burg Blaize besichtigen, mit den Tilneys macht sie Spaziergänge in die harmlose Umgebung von Bath. Der zweite Teil des Buches ist dann der Heilung der beschämten Catherine vom Wahn, der Zurechtrückung von Kunst und Leben in ihrem Gemüt mithilfe des geliebten Henry Tilney gewidmet: »Die romantischen Visionen waren verflogen. Catherine war endgültig aufgewacht« (S. 220). Den peinlichen Verdacht des arglosen jungen Mädchens, dass Henrys Vater seine Frau in den finsteren Gemächern des Schlosses gefangenhalten könnte, weist der junge Mann mit den Worten zurück:

> Liebe Miss Morland, bedenken Sie, wie fürchterlich Ihr Argwohn ist. Woher nehmen Sie die Berechtigung? Bedenken Sie, in welchem Land und in welchem Zeitalter wir leben! Bedenken Sie, dass wir Engländer, dass wir Christen sind. Ziehen Sie doch Ihren eigenen Verstand

zurate, Ihre Einsicht in das Wahrscheinliche, Ihre eigenen Beobachtungen dessen, was um Sie herum vorgeht! Legt unsere Erziehung uns solche Greueltaten nahe? Lassen unsere Gesetze sie stillschweigend zu? Können sie unentdeckt in einem Land wie diesem begangen werden, wo ein solch reger gesellschaftlicher Verkehr herrscht, wo jeder in seiner Nachbarschaft von freiwilligen Spionen umgeben ist und wo Straßen und Zeitungen alles ans Tageslicht bringen? Liebste Miss Morland, zu welchen Gedanken haben Sie sich hinreißen lassen? (S. 220)

Es sei nebenbei bemerkt, dass um den Satz von den »Spionen in der Nachbarschaft« eine Kontroverse entstanden ist. Während ihn D. H. Harding in seinem erwähnten Aufsatz von 1940 als Beispiel für Jane Austens Technik benutzt, bittere Wahrheiten über die Gesellschaft durch ihre Einfügung in einen freundlichen Zusammenhang zu versüßen, sieht B. C. Southam (1976) darin einen Beleg, dass in den Romanen der Autorin immer wieder Bezüge auf aktuelle Ereignisse zu finden seien. Er bezieht ihn auf die Politik der englischen Regierung nach 1814, das Aufkommen von staatsfeindlichen Tendenzen durch ein System von Informanden und Zuträgern zu verhindern. Die Frage nach den aktuellen Bezügen in Jane Austens Romanen wird überhaupt immer wieder aufgeworfen, weil es Kritiker gab und gibt, die ihr den Vorwurf machen, dass ihre Bücher in provinzieller Ahnungslosigkeit und unberührt von der politischen Realität ihrer Zeit spielen. Aber dieser falsche Eindruck ist heute nicht nur durch Southam korrigiert worden; und *Überredung* ist das Buch, in dem die Verbindung der Handlung mit den Zeitereignissen am leichtesten zu zeigen ist, weil in ihm Marineoffiziere eine tragende Rolle spielen. Ihre Karriere steht mit den napoleonischen Kriegen in engem Zusammenhang und einer von ihnen wird dabei so schwer verwundet, dass er seinen Offiziersberuf aufgeben muss. Auch der soziale Rahmen der Handlung ist hier besonders prägnant herausgearbeitet. Repräsentanten zweier Stände stehen sich gegenüber. Auf der einen Seite die wohlmeinenden und bescheidenen Musgroves und die erfolgreichen, tüchtigen Marineoffiziere; auf der anderen Sir Walter Elliot, der Vertreter des Adels, der durch Verschwendung und Hochmut seinen eigenen Untergang betreibt. Die Zukunft gehört den ersteren, die ihr Leben durch persönlichen Einsatz selbst gestaltet haben. Mit der kalten Formalität und dem Bestehen auf Rang und Würde im Haus Sir Walters kontrastiert dabei der freundschaftlich-intime Umgangston in der Familie Musgrove, dem sich Mary Elliot als Schwiegertochter nicht anpassen will, den ihre Schwester Anne aber sympathisch findet.

Kloster Northanger nimmt insofern eine besondere Rolle unter Jane Austens Romanen ein, als darin die ursprüngliche parodistische Gestalt des Jugendwerks als handlungstragende Basis bewahrt ist. Zwar war die eigentliche Mode der »gothic novel«, deren Höhepunkt zwischen 1790 und 1800 lag, vorbei. Die späteren Repräsentanten dieses merkwürdigen Genres, deren Werke die Autorin nicht mehr erlebte, erreichen einen weitaus höheren Grad von intellektueller Durchdringung der schauerlichen Materie. Hier sind Mary Shelleys *Frankenstein* (1818) und Charles Maturins *Melmouth the Wanderer* (1820) noch heute lesenswerte Beispiele. Jane Austen scheint sich durch die Lektüre von Eaton Stannard Barrets *The Heroine or Adventures of a Fair Romance Reader* (1813, *Die Heldin oder Abenteuer einer hübschen Romanleserin*) ermutigt gefühlt haben, auch ihre eigene Parodie des Schauerromans doch noch zu veröffentlichen. Sie lag allerdings immer noch bei dem Verleger Crosby. Barrets Werk, das Jane 1814 als ›köstliche Burleske, besonders des Radcliffe-Stils‹ bezeichnete, ist viel gewollter als Parodie angelegt und könnte daher als eigener Handlungsentwurf gar nicht existieren. Der Witz entsteht, anders als in *Kloster Northanger*, dadurch, dass die Heldin Cherubina selbst fast gewaltsam auf die Suche nach einem ›romanwürdigen‹ Leben geht. Catherine Morland dagegen wird gewissermaßen gegen ihren eigenen Willen zu dem »gotischen« Spekulieren veranlasst, so dass sie selbst und die Leser die Spannung zwischen ihrer Harmlosigkeit und dem Wahnwitz ihres Verdachts viel intensiver als psychologisches Erlebnis erfahren und trotz des parodistischen Elements den Roman auch als Gesellschaftsroman genießen können – auch das ein Grund, warum *Kloster Northanger* überlebt hat, nicht aber *Die Heldin*. Erst nach der Veröffentlichung dieses Romans ließ sich auch der parodistische Ursprung der beiden anderen frühen Romane Jane Austens deutlicher erkennen, in denen das Parodistische durch die Überarbeitung weitgehend verdeckt wird. Während aber die anderen Jugendwerke Jane Austens den sentimentalen Frauenroman aufs Korn nehmen, macht sich *Kloster Northanger* über den zweiten Typ des damals populären Romans lustig. Mehr noch als den ersten zeichnet diesen zweiten Roman der Zeit ein gestörtes Verhältnis zur Wirklichkeit aus.

Der gotische Schauerroman entstand in der zweiten Hälfte des 18. Jahrhunderts im Zusammenhang mit der Wiederbelebung gotischen Geschmacks und gotischer Lebensformen, die Teil einer Gegenbewegung gegen die aufklärerische Rationalität waren. Der früheste und einflussreichste Advokat dieser Bewegung in England war Horace

Walpole (1717–97), der 1765 mit *Die Burg von Otranto* (*The Castle of Otranto*) auch den ersten gotischen Roman veröffentlichte. Die Mode verbreitete sich schnell, obwohl die frühen Beispiele wie Walpoles Buch oder Clara Reeves (1729–1807) *Der alte englische Baron* (*The Old English Baron*, 1777) eher ungeschickt wirken. Sie brachte im letzten Jahrzehnt des 18. Jahrhunderts eine Fülle von Romanen hervor, die zum größten Teil in der Minerva Press erschienen, die zugleich eine Kette von Leihbüchereien besaß und daher die Ware schnell und profitlich unters Volk bringen konnte. Der Einfluss gerade der deutschen Ritter- und Schauerromane wurde dabei schon von den Zeitgenossen immer wieder betont. Die gotischen Romane schildern mit manchmal grandioser, wenn auch klischeehafter Intensität die verheerende Wirkung ungesühnter Verbrechen in der Geschichte eines Geschlechts, die Machenschaften finsterer Bösewichte auf alten Burgen, die unheimlichen und grausamen Aspekte der katholischen Religion oder das Wirken schicksalhafter Mächte im Leben von Menschen und haben als Protagonistin häufig wie der Frauenroman ein hübsches junges Mädchen. Während es dort unter der korrupten städtischen Gesellschaft leidet, muss es hier Gefangenschaft, Entführung und physische und seelische Qualen aller Art durchstehen, bis es endlich den Verfolgungen ruchloser Verehrer oder auf ihre Erbschaft versessener Betrüger entkommt und den schon lange im Hintergrund herumgeisternden Retter heiraten kann. Die Spannung wird durch die ausführlich, wenn möglich geschickt ins Grauenhafte gesteigerte Schilderung von schauerlichen Szenen in Klöstern, Burgen, unterirdischen Verliesen, finsteren Wäldern usw. erzeugt. Die Variationsbreite des Genres wurde, je weiter es sich entwickelte, immer größer, aber für Jane Austens *Kloster Northanger* ist nur der eben charakterisierte Schauerroman mit der arglosen jungen Heldin wichtig. Diese macht bei ihrer Gefangenschaft auf alten, meist südeuropäischen Burgen immer wieder entsetzliche Entdeckungen, indem sie Skelette, verstaubte Manuskripte, wahnsinnige Gefangene, geheime Gänge und dergleichen entdeckt. Das Schauerliche verbindet sich für die nüchternen Engländer häufig mit dem Katholischen und dem emotionalen mediterranen Volkscharakter. Die unbestrittene Meisterin dieses Genres war Ann Radcliffe (1764–1823), die mit *Die Waldromanze* (*The Romance of the Forest*, 1791), *Die Geheimnisse Udolphos* (*The Mysteries of Udolpho*, 1794) und *Der Italiener* (*The Italian*, 1797) ihr zahlreiches Lesepublikum in Atem hielt, indem sie ihren Heldinnen Adeline, Emily und Ellena Grauenhaftes zumutete. Ann Radcliffe ist eine Meisterin der kunstvoll und langsam gesteigerten Gruselszenen, die sich mit lieblichen romantischen Naturschilderungen und -idyllen und friedlichen Augenblicken scheinbarer Sicherheit ablösen.

Die Waldromanze etwa, woraus einige fast wörtliche Anklänge in *Kloster Northanger* stammen, spielt zu zwei Dritteln in einem einsamen, verfallenen Kloster in einem Wald in Südfrankreich, wohin sich ein hochverschuldetes und auch sonst nicht ganz schuldloses Ehepaar und ein von ihrem Vater verstoßenes bildschönes junges Mädchen flüchten. Hier wird Adeline von dem Besitzer der Ruine bedrängt und vorübergehend entführt, entdeckt als Zeugnis eines ruchlosen Mordes ein altes Manuskript – auch das Skelett und der Morddolch mit den rostigen Blutflecken liegen noch herum –, irrt nachts allein durch den dunklen Wald, findet den schneidigen jungen Retter Theodore, flieht mit ihm, wird entdeckt, unter Zittern und Zagen zurückgeschleppt, während er schwer verwundet und hilflos zusehen muss und seiner Verurteilung entgegensieht, wird nun gefangen gesetzt und soll von ihrem scheinbaren Beschützer getötet werden, entkommt aber in der Mordnacht ins paradiesisch-ländliche Savoy. In der vor Güte förmlich triefenden Pfarrersfamilie La Luc, die schon nach 14 Tagen Adeline adoptiert, beginnt nun eine rousseausche Idylle, in deren Verlauf sich Theodore – welch Zufall! – als Sohn des Hauses herausstellt. Er wartet noch immer auf seine Exekution, und der Schluss des Romans wird nun zum Melodrama, bei dem die Tränen der Beteiligten in wahren Bächen fließen, aber den Lesern auch wieder gelegentlich Schauer eingejagt werden. Der fast erfolgreiche Entführer Adelines war ihr Onkel – Blutschande! –, hat ihren Vater umgebracht – Brudermord! –, dessen Skelett sie in der Klosterruine selbst gesehen hat, und sie ist in Wirklichkeit eine Gräfin. Der Bösewicht wird unter schrecklicher Reue bestraft, Theodore begnadigt, und wenn er und Adeline nicht gestorben sind … Nichts Köstlicheres als ein gotischer Schauerroman! Die Kette der Überraschungen reißt darin nicht ab und zermürbt die Nerven der Heldin und der Leser, weil sich immer wieder das scheinbar Furchtbare als harmlos und das scheinbar Harmlose als furchtbar herausstellt. Aber alles ist so übertrieben, dass es heute nur noch erheiternd wirkt. Das fand auch Jane Austen als Jugendliche, und *Kloster Northanger* ist das Zeugnis davon. Nur dieser Roman spielt daher als Parodie an den beiden Handlungsorten, von denen der eine für den sentimentalen, der andere für den gotischen Roman typisch ist und die Jane Austen sonst bewusst zugunsten des unmondänen, ländlichen Milieus vermied: die modische Stadt und die einsame alte Burg.

Übrigens war das Parodieren populärer Romantypen nicht etwa Jane Austens Erfindung. Sie selbst erwähnt 1807 das gelungenste Beispiel der englischen Literatur des

18. Jahrhunderts: Charlotte Lennox' (1729?–1804) *Der weibliche Quixote* (*The Female Quixote*, 1752), in dem eine einsam aufgewachsene junge Dame ihre Weltkenntnis den französischen historischen Liebes- und Heldenromanen des 17. Jahrhunderts entnimmt und ihrer Umwelt komisch erscheint, weil sie die Gegenwart daran misst. Auf diese Weise verschreckt sie 400 Seiten lang sogar ihren sympathischen Bewerber, der durch ihr extravagantes Verhalten völlig desorientiert ist. Mit der »gothic novel« statt den pompösen »Romances« des 17. Jahrhunderts bezog sich Jane Austen aber, wie es sich für die Parodie gehört, auf ein populäres Genre ihrer eigenen Zeit. (Zu einer ausführlichen Analyse des gotischen Schauerromans in *Kloster Northanger* vgl. in der Reclam-Ausgabe des Romans Anmerkung 14 (S. 288–293) und das Nachwort S. 298–319).

II

Überredung bildet zu dem verspielten *Kloster Northanger* einen starken Gegensatz. An diesem letzten vollendeten Roman Jane Austens ist vor allem der ungewohnt elegische Ton aufgefallen, der dazu geführt hat, hier von einem »Alterswerk« zu sprechen. Auch die Heldin, die als einzige Jane Austens nicht um die Zwanzig, sondern an die Dreißig ist, scheint diesen Eindruck zu bestätigen. Mrs. Barrett, die in der Nähe von Chawton wohnte und mit den Austens umging, war überzeugt: ›Anne Elliot war sie selbst; die Begeisterung für die Marine und die Selbstlosigkeit waren so bezeichnend für sie.‹ *Ein* Lob von *Überredung* hätte sie sicher ganz besonders gefreut, wenn sie es noch hätte erfahren können. Die Schriftstellerin Maria Edgeworth, deren Bücher sie ja schätzte, schrieb 1818, als sie bei der Lektüre gerade bis zu Louisa Musgroves Fall von den Stufen des ›Cobb‹ gekommen war:

> Besonders alles, was sich auf die arme Anne und ihren Liebhaber bezieht, ist außerordentlich interessant und natürlich. Liebe und Liebhaber sind bewundernswert gestaltet: sieht man Kapitän Wentworth nicht förmlich … oder viemehr, spürt man an ihrer Stelle nicht förmlich, wie er ihr das lebhafte Kind vom Rücken nimmt, während sie vor dem kranken Jungen auf dem Sofa kniet? Und ist nicht das erste Wiedersehen nach ihrer langen Trennung bewundernswert dargestellt?

Und doch ist bei der Charakterisierung von *Überredung* als »melancholischem Altersroman« einfach deshalb Vorsicht geboten, weil der nächste Roman, *Sanditon,* den Jane Austen immerhin nur ein halbes Jahr vor ihrem Tod und schon als kranke Frau begann, so gar nichts Melancholisches hat. Auch sollte er wohl vom geplanten Umfang her ganz anders werden als *Überredung*. Er hätte vermutlich nicht im Hinblick auf die Heldin, wohl aber in der Konzentration auf einen einzigen überschaubaren Handlungsort und auf das reiche Handlungsgewebe die mit *Emma* begonnene Linie fortgesetzt. Im Zentrum des neuen Romans stehen zwei Familien von vorwiegend komischen Figuren: Die Parkers haben bis auf einen Bruder, der am Ende des Buches sicher die in den Anfangskapiteln mehr beobachtende Heldin geheiratet hätte, allesamt einen Spleen. Bei den Derhams, die von einer tyrannischen Matriarchin »regiert« werden, geht es um Geld und Erbe. Das köstlichste Exemplar dieser Sippe ist Sir Edward, der seine Bildung durch überkandidelt-großspurige Sprache zu beweisen glaubt und als Möchtegern-Entführer ständig auf der Suche nach einem hübschen Opfer ist. Da die Heldin ihn gerade am Schluss des Fragments mit der anderen Heldin, der armen Miss Brereton, in einem Tête-à-tête findet, bricht der Roman ab, wo seine Geheimnisse begonnen hätten. Dass nun der durch Richardson populär gewordene Frauenverführer und -entführer nur noch eine auf die Leser komisch wirkende Rolle ist, in die sich ein müßiger snobistischer junger Mann hineinträumt, ist ein weiterer Schritt Jane Austens auf dem Weg zur Entmythologisierung populärer Romanfiguren, denn die Lovelace-Charaktere waren ursprünglich furchteinjagende Gestalten, die das Leben junger Frauen zu ruinieren drohten und etwas Geheimnisvoll-Faszinierendes hatten. In Jane Austens Fragment sind sie ihrer Mystik entkleidet.

Der Handlungsort, ein bisher anspruchsloses kleines Dorf an der englischen Südküste, ist wieder geschickt gewählt, um die sozialen Veränderungen in einer bestimmten Sphäre zu veranschaulichen. Ein Seebad soll durch die Besessenheit Mr. Parkers und die Gewinnsucht Lady Denhams zu einem modischen Kurort hochgeputscht werden. Der Wandel ist zwar nicht wohltuend, aber dann steigen die Bodenpreise – ein Thema, das in einer von Landschaftsverschandelung und Stadtzerstörung durch ungehemmtes Wirtschaftswachstum gekennzeichneten Zeit auf Interesse stoßen müsste. Nur darf man wie immer bei Jane Austen keine grobschlächtigen Theorien erwarten, wie sie so manchen modernen Roman zu diesem Thema auszeichnen. Marilyn Butler (1982) hat diesen Aspekt von *Sanditon* betont:

> […] der kritische Punkt ist die Perversion der früheren natürlichen Rolle Sanditons als Fischerdorf und landwirtschaftliche Gemeinschaft, als Ort, wo Kinder geboren wurden und Blumengärten gediehen. Seine eleganten neuen Terrassen sind künstlich aufgepfropft und von

der Besessenheit einer überkultivierten Gesellschaft mit ihrer körperlichen Gesundheit und dem wirtschaftlichen Opportunismus von Gestalten wie Mr. Parker und Lady Denham geschaffen. Die Leute, die nach Sanditon strömen, sind genau die Vertreter der Gentry, die Jane Austen immer kritisiert hat: städtisch, wurzellos, unverantwortlich, verwöhnt.

Wieder also sollten sich in *Sanditon* sozialkritische Absichten und klassischer Komödiengeist zu einer höchst lebendigen und lesbaren Mischung verbinden. Elizabeth Jenkins' Urteil (1938), »Nur wenige werden wohl in *Sanditon* ein so vielversprechendes Romanfragment sehen wie in *Die Watsons*«, können wir uns deshalb nicht anschließen.

Im Personenensemble scheint in *Sanditon* ein Element zu fehlen, das alle bisherigen Romane Jane Austens ausgezeichnet hatte, denn eines ihrer konstantesten sozialkritischen Themen ist die beißende Darstellung unverantwortlicher Eltern. Der furchteinjagend strenge und gesellschaftlich rüde Mr. Tilney in *Kloster Northanger*; das Ehepaar Bennet mit der albernen Mutter und dem zynischen Vater von fünf Töchtern, der denn auch die Folgen seiner laxen Erziehung tragen muss, in *Stolz und Vorurteil*; Mrs. Ferrars in *Verstand und Gefühl*, die ihre Söhne ungerecht unterschiedlich behandelt und erst den einen, dann den anderen verstößt; die Bertrams in *Mansfield Park* – er ohne liebevolle Beziehung zu seinen Kindern und sie lethargisch und ohne jeden Einfluss auf ihre Töchter –, die schreckliche Fehlschläge mit ihrem älteren Sohn und ihrer älteren Tochter hinnehmen müssen; der allzu nachsichtige Mr. Woodhouse in *Emma*, der seine Tochter ständig in den Himmel hebt; und der eitle, adelsstolze und herzlose Sir Walter Elliot, den an seinen Töchtern vor allem der Teint interessiert: sie alle sind abschreckende Beispiele elterlicher Verantwortungslosigkeit. Mehrmals ist dabei das kalte Verhalten des Vaters letztlich darauf zurückzuführen, dass er den Fehler gemacht hat, auf eine schöne Frau hereinzufallen, ohne rechtzeitig genug zu merken, dass ihr Verstand nicht dieselbe Anziehungskraft wie ihre äußere Erscheinung hat. Sir Thomas Bertram und Mr. Bennet befinden sich in dieser unglücklichen Lage, und Mr. Allen in *Kloster Northanger* hat es noch unangenehmer getroffen:

> Mrs. Allen war eine der zahlreichen Frauen, in deren Gesellschaft man nichts anderes empfindet als Erstaunen darüber, dass es auf dieser Welt sage und schreibe Männer gibt, die genug Sympathie für sie aufbringen, sie zu heiraten. Sie besaß weder Schönheit noch Geist, Bildung oder Geschmack. Damenhaftes Auftreten, eine gehörige Portion von unaufdringlicher, passiver Gutmütigkeit und ein Hang zur Oberflächlichkeit waren alles, was sie dazu berechtigte, dass die Wahl eines so vernünftigen, intelligenten Mannes wie Mr. Allen auf sie gefallen war. (S. 13)

In *Sanditon* finden sich zum erstenmal keine Eltern und Ehen dieser Art, aber der Mangel – wenn es denn einer ist – wird dadurch gewissermaßen ausgeglichen, dass Jane Austen darin eine Gestalt mit einer für sie neuen Herkunft einführt. Was schon in *Mansfield Park* hinter der Bühne herumspukt, wenn Sir Thomas nach Antigua fährt, um auf seinen Plantagen nach dem Rechten zu sehen, und in *Überredung* in der Geschichte der verarmten Mrs. Smith eine Rolle spielt, tritt in *Sanditon* auf die Bühne selbst: die britische Kolonialwelt in der Karibik, wo man unter unberechenbarem gesundheitlichen Risiko – Cassandra Austens Verlobter war ja dort am Gelbfieber gestorben – schnell Reichtum erwerben konnte. Mit »Miss Lambe, einer jungen Karibin mit großem Vermögen und anfälliger Gesundheit«, »ungefähr 17 Jahre alt, halb Mulattin, kühl und zerbrechlich«, die in Begleitung von Mrs. Griffith, den beiden modischen, aber nicht reichen Miss Beaufort und ihrer eigenen Zofe an der See Erholung sucht, versucht sich Jane Austen an einer für sie ungewohnten exotischen Gestalt. Sollte ihr Name »Lamm« symbolisch für ihr Schicksal sein? Wäre sie das Entführungsopfer von Sir Edward geworden? Man möchte jedenfalls vermuten, dass sich dieser Pseudo-Lovelace magisch von ihrem Reichtum angezogen gefühlt hätte. Es muss allerdings gesagt werden, dass das karibische Element selbst im zeitgenössischen Roman durchaus nicht neu war. Schon in Maria Edgeworths *Belinda* etwa ist mit Mr. Vincent, dessen Negerdiener als Kuriosum auftritt, ein reicher Kreole in die Handlung eingebaut.

Sanditon also erweitert sowohl den Kreis der austenschen Figuren als auch der Schauplätze und zeigt eine Sicherheit der Darstellung und eine treffende Komik, die Bedauern wecken, dass die Autorin das Buch nicht mehr zu Ende schreiben konnte. Die Fortsetzung, die 1980 von einer anonymen modernen Schriftstellerin auf dem Markt erschien, erreicht die künstlerische Höhe des Originals keineswegs und bestätigt nur ein weiteres Mal die unverwechselbare künstlerische Begabung Jane Austens. Sie hatte sich, wie es ihrer eigenen Meinung nach »früher oder später fast alle Romanschriftsteller« tun, noch keineswegs »ausgeschrieben« (an Gräfin Morley, 31. Dezember 1815).

III

Janes Ruhm wuchs nach ihrem Tod langsam. Wohl gab es, als sie starb, schon einige kritische Stimmen, die ihren Rang erkannten, und viele Leser. Immerhin war unter den wenigen Kritikern der spätere Erzbischof von Dublin in Irland. Er veröffentlichte im Januar 1821 einen langen Aufsatz über Jane Austin (sic!), in dem er sie als ›christliche Schriftstellerin‹ beanspruchte und als begabteste und vernünftigste unter den neuen Realisten einstufte, bei denen Phantasieprodukt und Realität endlich nicht mehr so weit auseinander klaffen. Aber dann wurde es wieder verhältnismäßig still um sie; erst 1833 wurden ihre sechs Romane wieder aufgelegt. Sie musste zu schnell und nach zu wenigen Veröffentlichungen von der literarischen Bühne ihrer Zeit abtreten, die sie ja eigentlich immer nur hinter den Kulissen erlebt hatte. Auf den Titelblättern ihrer Bücher war ihr Name ohnehin nie erschienen. Literarischen Umgang hatte sie nie gepflegt und zu keinerlei Clique gehört, ja, im kulturellen Zentrum London hatte sie sich immer nur vorübergehend aufgehalten. Ohnehin ist es ja für die Zeitgenossen einer künstlerischen Erscheinung schwierig, deren Wert und Dauerhaftigkeit zu bestimmen. Darüber hinaus gehörten Romane der Vergangenheit in dieser Zeit erst selten zum Lesepensum, weil der Roman nicht als anspruchsvolle literarische Gattung, sondern als Unterhaltung galt, die mit der Mode wechselte. Gerade in den ersten dreißig Jahren des 19. Jahrhunderts wurde in England der Widerstand gegen den Roman und seinen moralisch angeblich bedenklichen Einfluss aus religiösen Gründen eher stärker als schwächer. Eine Literaturwissenschaft, die Werke kategorisierte und wertete, war erst im Entstehen.

Aber es änderte sich bald nach Jane Austens Tod auch die

literarische Szene zu ihren Ungunsten. Schon zu ihrer Lebenszeit drängte die Romantik, die das Versepos favorisierte, den Roman in den Hintergrund. Das Urteil, das William Wordsworth (1770–1850), selbst ja Verfasser eines umfangreichen autobiographischen Epos mit dem Titel *Präludium* (Erstfassung 1799–1805), über Jane Austen fällte, ist in dieser Hinsicht wohl typisch für die Romantiker überhaupt. Nach Aussage seiner Schwester

> pflegte er zu sagen, er erkenne an, dass ihre Romane ein bewundernswertes Abbild des Lebens seien, könne sich aber für solche Schöpfungen nicht interessieren; wenn die Wahrheit der Natur ihm nicht gewissermaßen vom durchdringenden Licht der Einbildungskraft geklärt dargeboten werde, wirke sie in seinen Augen kaum anziehend.

Bald danach wurde der von Jane Austen vertretene Gesellschaftsroman mit Charles Dickens (1812–70), William Thackeray (1811–63) und Elizabeth Gaskell (1810–56), die allerdings mit *Cranford* (1851–53) noch einmal den Geist von Jane Austens Romanen, wenn auch kleinbürgerlicher angelegt, aufs charmanteste erweckte, durch die breite Gesellschaftsanalyse abgelöst, die die sozialen und auch ökonomischen Konflikte der Zeit ungleich schärfer beleuchtete, dabei die Arbeitswelt einbezog, sich auch wesentlich weiter in die menschlichen Niederungen der Gesellschaft vorwagte und den männlichen Helden wieder, wie in der Mitte des 18. Jahrhunderts, ins Zentrum rückte.

Es erschienen in den ersten fünfzig Jahren nach Jane Austens Tod nicht viele, aber wichtige Urteile von prominenten Kritikern über sie, und das wenige, was in Büchern und Zeitschriften gedruckt wurde, enthielt eigentlich schon die wesentlichen Argumente für und gegen ihre Romankunst, obwohl das 20. Jahrhundert durch eine Fülle von Spezial- und Detailstudien die Komplexität ihres Werkes und seine Verflochtenheit mit Tendenzen der Zeit genauer untersucht hat.

Schon früh wurde der Vergleich Jane Austens mit Shakespeare in die Debatte eingeführt, den dann in der Mitte des 19. Jahrhunderts Thomas Macauley und George Henry Lewes besonders betonten. Der letztere nannte sie »Shakespeares jüngere Schwester«, und der erstere fand die Lebendigkeit und Vielfalt ihrer Personendarstellung neben dem Dramatiker fast konkurrenzlos:

> Shakespeare hat weder seinesgleichen noch Nachfolger. Aber wir zögern nicht, unter denen, die [...] der Art des großen Meisters am nächsten gekommen sind, Jane Austen zu nennen, eine Frau, auf die England zu Recht stolz ist.

Unter den Stimmen über Jane Austen um 1850 ist Lewes überhaupt die begeistertste. Der Wissenschaftler und Kritiker, der lange Jahre mit der Romanschriftstellerin George Eliot zusammenlebte und sie literarisch stark beeinflusste, war ein angesehener Mann; seine verschiedenen Aufsätze über Jane Austen über einen Zeitraum von fünfzehn Jahren, darunter als wichtigster *Jane Austens Romane* von 1859, haben sicher wesentlich zur größeren Bekanntheit der Autorin nach 1870 beigetragen. Lewes' Ausführungen heben immer wieder drei Punkte als besonders eindrucksvoll hervor, die auch anderen Kritikern vorher und nachher aufgefallen sind.

(1) Der schon von Scott betonte Realismus der Darstellung des alltäglichen Lebens zeichnet für Lewes, der in einer

Zeit lebte, die diese Lebenstreue in der Literatur erwartete, Jane Austen besonders aus. »Ihre Bücher zu lesen ist wie eine Begegnung mit dem wirklichen Leben: man kennt ihre Gestalten, als hätte man mit ihnen zusammengelebt.« »Von allen Schöpfern unwirklicher Welten sind ihre Darstellungen am wirklichsten.« Jane Austens Kunst »besteht darin, dass sie uns durch die Treue des Bildes entzückt, während sie uns zugleich von der Langeweile der Wirklichkeit befreit«.

(2) Lewes vergleicht Jane Austens szenisches und beschreibendes Verfahren mit dem anderer Autoren und kommt dabei zu der Einsicht, dass sie die Kunst der »dramatischen Bauchrednerei« vollkommen beherrscht. Er meint mit diesem Ausdruck die starke Vergegenwärtigung der Gestalten durch das Wort und den Verzicht der Autorin auf das Eingreifen in den Text:

> Balzac oder Dickens hätten sich nicht damit begnügt, den Leser Mr. Collins nicht auch *sehen* zu lassen. Miss Austen begnügt sich damit, dass wir ihn *kennen*, sogar bis in die Feinheiten seines Wesens.

Lewes spekuliert dann, ob diese auffällige »Abwesenheit allen Interesses an der äußeren Welt – sowohl der Szenerie als auch der Gestalten« – auf Kurzsichtigkeit beruht, ohne die Frage zu entscheiden. Aber die *vergleichende* Lektüre ihrer Werke lässt erkennen, dass gerade darin ein künstlerisches Prinzip besteht, durch das sie den Roman von der »Langeweile der Wirklichkeit« befreit, denn *zum einen* überlässt sie der Phantasie der Leser die Schaffung der äußeren Welt weitgehend und regt dadurch seine geistige Tätigkeit beim Lesen an. Tatsächlich ist die Suggestionskraft der austenschen Texte so stark, dass beim Umsetzen des Textes in Erlebnis die genauere Ausmalung der äußeren Welt eher stören würde. Schon die Erwähnung, dass Miss Bates klein ist, ist eigentlich zu viel. Nur das zur Geschichte Notwendige erscheint, und daher beschränkt sich das Weglassen auch nicht nur auf Äußeres, das sich durch Kurzsichtigkeit erklären ließe. In *Überredung* nehmen die Leser an einem Konzert teil, auf dessen Programm die Autorin keinerlei Mühe verwendet. Sie interessiert sich dabei lediglich für die menschlichen Beziehungen und die aus ihnen resultierenden Spannungen, verlegt die Szene aber als Konzert in eine gesellschaftliche Situation, die den Menschen nicht die Freiheit über ihre Bewegungen und Äußerungen erlaubt. So schaffen die Konventionen Zwang, der zu Missverständnissen führt. *Zum anderen* aber befreit gerade die Beschränkung auf die psychischen Ereignisse die Erzählung vom bloßen Füllwerk, das bei anderen Autorinnen der Zeit viel umfangreicher ist. Jane Austens Werk führt im zeitgenössischen Kontext einen Reinigungs- und Vertiefungsprozess durch, der beweist, wie stark sie den Roman als künstlerische Herausforderung begriff. Die Einsicht in die szenische und dialogische Kraft und Originalität Jane Austens, die Wirklichkeit fast ohne beschreibendes und theoretisches Beiwerk vor den Lesern entstehen zu lassen, also vorzuführen, statt zu beschreiben, ist schon früh gesehen worden. Schon Scott sprach davon, »dass sie den Charakter der redenden Figuren mit dramatischer Wirkung sich entwickeln lässt«, und der Romancier Thomas Henry Lister schrieb 1830:

> Sie verwendet [bei ihren Gestalten] keine ausführlichen Beschreibungen, keine philosophischen Analysen, keine antithetische Balance zwischen ihren guten und schlechten Eigenschaften. Sie tut kaum etwas anderes, als sie handeln und sprechen zu lassen.

Ähnlich klingen J. K. Kirks Kommentare von 1853, die auch deshalb interessant sind, weil sie die erste amerikanische Stimme über Jane Austen darstellen. Er sagt, ihr Talent sei »wesentlich dramatisch. Die Autorin selbst ist niemals sichtbar, sie sieht nicht einmal von hinten durch den Vorhang. Ihre Gestalten werden nicht beschrieben; sie stellen sich in Handlung und Sprache selber dar.« Richard Simpson hat es 1870 noch konzentrierter gefasst: Eine Jane Austen'sche Figur entfaltet sich »nicht in statuesker Ruhe, nicht als Plastik ohne Bewegung, sondern als dramatische Szene, als lebende Geschichte«.

(3) Lewes bewundert die künstlerische Zweckdienlichkeit der gestalterischen Mittel Jane Austens. Er hat dieses Lob mehrmals wiederholt: »Kein Künstler kann ihr das Wasser reichen in dem, was wir die ›Ökonomie der Mittel‹ nennen können, also die Verwendung der Mittel zu einem Zweck ohne Hilfe von äußeren und überflüssigen Elementen.«

Es sind drei weibliche Stimmen, die im 19. Jahrhundert im Vergleich mit den bewundernden Männern bei aller Anerkennung auch auf die Beschränkungen von Jane Austens Werk hingewiesen und zuerst die kritische Kühle ihrer Sicht der Gesellschaft wahrgenommen haben. Aber damit nicht der Eindruck erweckt wird, als habe es zu dieser Zeit keine männlichen negativen Kritiker Jane Austens gegeben, sei wenigstens auf Mark Twain hingewiesen, der nur bittere Worte über sie gesprochen und vor allem die gesellschaftliche Wohlanständigkeit, die Atmosphäre des Salons in ihren Romanen beanstandet hat, die bei ihm unerwünscht christliche Assoziationen auslöste. Er fand mit einem etwas gequälten Witz, eine Bibliothek, in der Jane Austens Bücher fehlten, mache eine gute Bibliothek aus einer, die gar keine Bücher enthalte.

Charlotte Brontë, die Verfasserin des erfolgreichen Romans *Jane Eyre* (1847), der Geschichte einer armen Waise, die als Gouvernante der Liebe zu ihrem Brotherrn verfällt, das verbrecherische Geheimnis seines Lebens entdeckt (er hält seine wahnsinnige Frau gefangen und wäre bereit gewesen, Jane in Bigamie zu heiraten) und ihn schließlich nach vielen Entbehrungen als blinden Mann heiratet, ist die Vertreterin der Kritik an der mangelnden Leidenschaft in Jane Austens Werk. Es ist ironisch, dass sie ihre Beanstandungen zunächst ausgerechnet in zwei Briefen an Jane Austens Bewunderer Lewes aussprach:

> Warum schätzen Sie Jane Austen so? [...] Ich hatte *Stolz und Vorurteil* nicht gesehen, bevor ich Ihren Satz las und mir daraufhin das Buch besorgte. Und was fand ich? Das exakte, daguerreotypierte Porträt eines alltäglichen Gesichts: einen sorgfältig eingezäunten, hochkultivierten Garten mit sauberen Rändern und zarten Blumen, aber keinen Blick auf eine strahlende, lebhafte Physiognomie, kein offenes Land, keine frische Luft, keinen blauen Hügel, keinen klaren Bach. Ich würde durchaus nicht gerne mit ihren Damen und Herren in ihren eleganten, aber einschränkenden Häusern leben. Sie beschäftigt sich nicht halb so viel mit dem menschlichen Herzen wie den menschlichen Augen, Mündern, Händen und Füßen.

Wenn man Charlotte Brontës eigenen Roman kennt, kann man sich des Verdachts nicht erwehren, dass ihr Vorwurf, »die Leidenschaften sind [Jane Austen] völlig fremd«, auf einer Verwechslung von Melodramatik und starken Emotionen beruht. Aber Charlotte Brontë ist nicht die einzige, die von der starken gesellschaftlichen Geprägtheit der Jane Austen'schen Gestalten auf deren Leidenschaftslosigkeit geschlossen hat. Solche Äußerungen berücksichtigen wohl doch die Verpflichtungen zu wenig, die ein bestimmter Romantyp einem Autor auferlegt. Der Gesellschaftsroman ist kein Roman der Leidenschaften, die in ihm gerade in soziale Situationen kanalisiert dargestellt werden.

Charlotte Brontës Kolleginnen Julia Kavanagh und Margaret Oliphant haben in *English Women of Letters* (1862) bzw. in dem Aufsatz »Miss Austen and Miss Mitford« (1870) nicht nur die Passionslosigkeit von Jane Austens Romangestalten beklagt, sondern vor allem auf die Kühle der Autorin hingewiesen, die »kalte Blicke auf das Leben« werfe und »weiblichen Zynismus« offenbare. Die zweite Formulierung stammt von Mrs. Oliphant, die findet, Jane Austen halte nicht viel von der Menschheit, und sich nicht vorstellen kann, »dass so ruhige, kalte und bittere Bücher je populär werden könnten«.

Wenn gerade zu dieser Zeit aber Jane Austens literarischer Kurswert zu steigen begann, bis ihr Ruhm bei der Fachwissenschaft und ihre Popularität beim Lesepublikum im 20. Jahrhundert ungeahnte Höhen erreichten, dann deshalb, weil die Nachkommen ihrer Geschwister, beginnend mit Edward Austen-Leighs *Memoir* von 1870, das schon 1871 in zweiter Auflage erschien, eine Person hinter dem Namen auf den Titelblättern der neueren Ausgaben enthüllten und daher biographisches Interesse hervorriefen. So verdienstvoll die Veröffentlichung der Familienerinnerungen und der Briefe Jane Austens ist, so bedenklich waren diese Bücher für Jane Austens Image, denn die familiäre Pietät, die John Halperin sehr nüchtern als »Familientradition von schützender Scheinheiligkeit« und als »zuckersüße Darstellung der Schriftstellerin« bezeichnet, etablierte nun das Bild einer Art Märchengestalt, die ihr Leben in makelloser Reinheit und himmlischer Menschenliebe geführt hatte, und verharmloste damit ihre Rolle als Gesellschaftsanalytikerin und -kritikerin. Nur besteht das Problem darin, dass es außerhalb dieser Familiendokumente nahezu keinerlei Wissen über Jane Austen gibt. Zu verklärender Sicht ist heute allerdings kein Anlass mehr. Uns ist mit der Suche nach der Wahrheit mehr gedient als mit dem Spinnen von Legenden. Jane Austens Ruhm und Ruf ist viel zu solide etabliert, als dass sie darauf angewiesen wäre. J. B. Priestley hat gesagt: Jane Austen »hat wahrscheinlich mehr englischsprachigen Menschen Entzücken bereitet als irgendeine Frau, die je gelebt hat«.

Der Schattenriss »L'aimable Jane«

Zum Autor

CHRISTIAN GRAWE, 1935 geboren, hat Germanistik, Philosophie und Geschichte studiert und war bis zu seiner Emeritierung Professor für deutsche Literatur an der University of Melbourne (Australien). Zusammen mit seiner Frau hat er die Romane Jane Austens zum erstenmal vollständig ins Deutsche übersetzt; eine Ausgabe ihrer drei Romanfragmente ist in Vorbereitung. Bei Reclam hat er außerdem *Jane Austen zum Vergnügen* herausgegeben, dazu kommen zahlreiche Editionen und Interpretationen von Werken der deutschen Literatur.

Abbildungsnachweis

Die Abbildungen sind entnommen aus:

David Cecil: A Portrait of Jane Austen. London: Constable & Co., 1978. (S. 141)
Claire Harman: Jane's Fame. How Jane Austen Conquered the World. Edinburgh / London / New York / Melbourne: Canongate Books, 2009. (S. 8, 245)
Park Honan: Jane Austen. Her Life. London: Weidenfeld and Nicolson, 1987. (S. 27)
Deirdre Le Faye: Jane Austen. London: The British Library, 1998. (S. 18, 23, 41, 100, 105, 115, 146)

Alle anderen Abbildungen: Verlagsarchiv

Personenregister

Nicht aufgenommen wurden nur einmal auftauchende Namen weiter nicht relevanter Personen. Bei bedeutenden historischen und bei für Jane Austens Leben wichtigen Personen sind die Lebensdaten hinzugefügt.